Carlos Rojas

El ingenioso hidalgo y poeta
Federico García Lorca
asciende a los infiernos

Carlos Rojas

El ingenioso hidalgo y poeta Federico García Lorca asciende a los infiernos

Premio Eugenio Nadal 1979

Ediciones Destino
Colección
Áncora y Delfín
Volumen 544

© Carlos Rojas
© Ediciones Destino, S.L.
Consejo de Ciento, 425. Barcelona-9
Primera edición: enero 1980
ISBN: 84-233-1033-7
Depósito legal B. 887-1980
Compuesto, impreso y encuadernado por
Printer industria gráfica sa   Provenza, 388   Barcelona-25
Sant Vicenç dels Horts   1980
Impreso en España - Printed in Spain

La espiral

Yo creí que los muertos eran ciegos, como el espectro de aquella gitana, en un poema mío, que abocada al aljibe del jardín no veía las cosas cuando la estaban mirando.

Me equivocaba. Para los muertos todo es presencia unánime, a una distancia siempre inalcanzable. Cuanto vivisteis, cuanto pensasteis, cualquier quimera fantaseada en la tierra, se hace a un tiempo posible e inasequible en el infierno. Basta evocar un hecho o un sueño, para que de inmediato se represente, con acabada precisión, en este teatro casi a oscuras donde peno a solas quizás eternamente.

Imaginad una soledad acaso interminable, en una gran platea que no comparto con nadie. Por dos tragaluces, en los muros tapizados, viene una luz muy fría entre ámbar y alabastro. Apenas perfila los respaldos de las butacas vacías, cubiertas a su vez de terciopelo ceniciento. Con el tiempo y en estas sombras casi cerradas, me habitué a distinguir el escenario, con su larga embocadura y su profundo proscenio. Allí los telones de boca y de fondo permanecen siempre alzados o acaso no existen. En las tablas —las tablas reales— se hace presente lo ausente, cuando la voluntad conjura espejismos de recuerdos, de lecturas o de ensueños. Si os dijese cuanto volví a presenciar y pudieseis oírme, creeríais que los muertos estamos locos.

Veo ahora mismo, pues así lo quise, la aurora boreal sobre el lago Edem Mills, encendiendo bancos de peces rojos, al pie de una junquera nevada de caracolillas, como la contemplé en verano de 1928 o de 1929, cuando mediaba agosto. Veo a aquel hombre de las cavernas, el mismo que

11

pintó el bisonte de Altamira y fue en nuestro mundo el escultor nazi Arno Breker, después de encontrarlo Julio Verne en mitad de una novela suya y en el centro de la tierra. Siempre al resplandor de aquella aurora, que prende la noche y los peces con su rojez más ardiente, veo a Julio César (un Julio César que siempre imaginaba parecido a Ignacio Sánchez Mejías) recitando dísticos blancos de satánica soberbia: «Prefiero ser el primero en un aldea/ a ser el segundo en Roma».

En la misma barajada de recuerdos redivivos, aparecen visiones de otros ensueños míos, a la orilla del lago y en mitad del escenario. Veo a Aquiles, el de los pies ligeros, pederasta a su vez por amor de Patroclo. Signos antes de que conciesen a César y en alguna lectura de mi adolescencia, aprendí lo que le dijo a Ulises cuando bajó a visitarlo en el infierno: «No quieras consolarme de la muerte. Es preferible servir a un mendigo que reinar sobre todos los muertos».

Sólo ahora, muerto y en este teatro, comprendo de dónde plagiara César aquel dístico blanco, después de deformarlo a la medida ampulosa de su soberbia. En último término, supongo que a esto se reduce siempre el poder en la tierra: a un plagio. En otras palabras, que son las de los sabios de la Real Academia de la Lengua Castellana, al vasallaje de los hombres libres en esclavos o al rapto de los siervos ajenos para hacerlos propios. Nada más pero tampoco nada menos. Sabedlo.

Con voz venida de las oscuras raíces del grito y desde este rincón de la eternidad, quisiera chillaros el desespero de Aquiles en el reino de las sombras. Deciros bien alto y aunque no podáis oírme que es mejor ser el más bajo de los hombres, el pordiosero, el aprendiz de verdugo, el lacayo o el déspota todopoderoso, a ser el rey de los muertos. Un monarca anterior al tiempo, a la luz, al espacio y al mismo silencio, un soberano absoluto y eterno como la nada, dueño y creador del infierno, quien debe reinar sobre todos nosotros, los muertos, aunque desconozcamos su nombre y su rostro.

Cualquier instante de mi vida fugitiva y arrebatada, cualquiera de estos momentos, ahora presentes e imposibles en el escenario de la sala, es preferible a la inmortalidad en el infierno. Aunque los muertos no tengamos nada ni seamos nadie, lo daría todo por revivir de veras la más simple o la más terrible de aquellas horas huidas, inclusive la de mi propia muerte a manos de mis semejantes. Volver a pisar con mis pasos, aquellos que fueron la medida de mi libertad pues pude darlos o no, el arco iris del asfalto de Manhattan, después de las últimas lluvias del verano, mientras la calzada se enciende en larguísimas estrías resplandecientes, que parecen de ágata en el crepúsculo. Arroyos deslumbrantes, al pie de la cola de obreros parados en espera de la sopa boba de Al Capone, junto al refectorio de San Patricio. Volver al Café Alameda, donde vi a Ignacio Sánchez Mejías por primera vez en la tierra, antes de que las gentes y el orgullo nos separasen. Oírle decir de nuevo: «¿Sabes tú qué repuso Pepe-Hillo, ya gordo, envejecido y castigado por la gota, cuando le aconsejaron dejar los toros? ME IRÉ DE AQUÍ A PIE, POR LA PUERTA GRANDE Y CON LAS ENTRAÑAS EN LAS MANOS».

La magia del albedrío en el infierno encarna

aquellos recuerdos en el escenario. No obstante los destellos del pasado siempre son pintados y no vivos. Si subo al tablado, tantas veces confundido por su aparente verismo, se desvanecen a mi paso inmediatamente. Como huye una fata morgana antes de pisarla, o se convierten en ceniza los vampiros a la hora del alba. El proscenio y la escena están vacíos, bajo la embocadura y los telones alzados. La luz de los tragaluces, aquella que recuerda la del ámbar o la del alabastro, sólo ilumina mi sombra en las tablas. La sombra inútil de un muerto, a solas en la eternidad con el espejismo de sus memorias.

En verdad tampoco hubo encuentro de Ulises y Aquiles en el Hades. Se limitó a soñarlo un ciego para nosotros. La muerte es un confinamiento solitario, donde a cada muerto corresponde la sala vacía de un teatro, en la espiral del infierno. De ahí la tragedia de la inmortalidad, ante el espectáculo de lo vivido: no poderla compartir nunca con nadie, como si yo fuese el único hombre que ha pasado en vano por la tierra. O al revés, como si fuese el único muerto del mundo. Imaginad a Robinson en su isla, o mejor aún imaginadlo en la cabeza de un alfiler, percatándose súbitamente de que en mitad de la noche y del universo permanece completamente a solas, como si fuese la conciencia culpable de todo lo creado. Éste es el destino de cada uno de nosotros.

Vosotros los vivos, los que acariciáis el lomo de un gato o de una mujer y veis el centelleo de las rayas de la mano, teméis la muerte por creerla la pérdida de la conciencia. ¡Tal vez éste sea el mayor sarcasmo de la razón humana, en el vacío de un firmamento irracional! No alcanzaréis a concebir

14

jamás el martirio de vivir eternamente despierto. Ahora yo sólo quisiera renunciar a la inmortalidad. Dormir al fin y dormir para siempre, libre de palabras, de memorias y aun de sueños. «Ahora es preciso dormir», dice Byron en su agonía, al volver su perfil de moneda romana en aquel camastro de Misolonghi, donde muere inútilmente por la libertad de un pueblo. DORMEZ, rezaba la lápida de una fosa común de guillotinados en nombre de la razón y de los derechos del hombre.

¡Vanidad de vanidades de una especie que no ha sido siempre humana y acaso esté destinada a dejar de serlo! ¡Escogida desde un tiempo anterior a todos los tiempos, para convertirse pasado mañana en los peces del lago Edem Mills que encendía la aurora boreal, en la noche de Vermon! Estáis condenados a ser inmortales. A perdurar despiertos, insomnes y a solas por siempre jamás, porque esta nada donde fundirse y acabarse no existe. ¡No ha existido nunca y éste es el mayor sarcasmo de nuestro destino! ¡Sabedlo!

«La muerte me aterra», les dije una vez a Rafael Alberti y a María Teresa León, no sé si hace años o siglos. Estábamos los tres en pie, en una cardencha florida y ante el castillo de Maqueda. En su luminosa juventud, bajo el sol de un domingo resplandeciente, ambos parecían venidos de un retablo florentino. Alberti sacudió aquel perfil suyo, que al igual que el de Byron dijérase troquelado en sestercios imperiales. Replicó que él vacilaba al pensar cuál sería el mayor de dos horrores, la incertidumbre de nuestra suerte en la muerte o su interminable eternidad. Le atajé y repuse que cuanto pudiese sucederme después de muerto, así fuera la nada, la lúcida dicha aguardada por fray

Luis de León, o el propio infierno de los medievales, me era indiferente. Mi pánico, mi pavor absoluto, reducíase a la pérdida de mi yo: a la renuncia inevitable de cuánto y de quién había sido hasta entonces. Jamás hubiese podido imaginar, como acaso no lo ha concebido nadie en el mundo, que la muerte era precisamente la condena a ser quien fuimos, con plena conciencia de nosotros mismos, a través de todos los tiempos y acaso más allá de los días y de los siglos.

Aquella noche, pensando acaso en Rafael y en María Teresa en mitad de la cardencha, escribí uno de mis sonetos del amor oscuro. Supe que luego lo interpretaban como un poema de amor al hombre, porque en mi tierra nunca se juzgó a derechas a nada ni a nadie. En realidad era la expresión de mi viejo terror, tal como lo expresara ante el castillo de Maqueda. La desesperación ante la certidumbre, sentida entonces, de que un día dejaría de ser quien fui entre mis semejantes. En fin de cuentas, la poesía sí era de amor irrevocable aunque el amado fuese yo mismo: aquel pobre ser de conciencia ardiente, como una cerilla encendida en el centro del mundo, condenado a desaparecer y a negarse. Así lo creía yo entonces, aunque en el infierno me ría al recordarlo.

También me río y avergüenzo del poema, que como otros míos podría recitar de memoria. Decía allí que si el frescor del hilo y la hiedra dieron norma al cuerpo perecedero, aquel que me arrebatarían con la vida, mi perfil devendría un largo silencio sin rubor de cocodrilo en las arenas de la eternidad. La expresión irracional, única adecuada a la insensatez de mi destino humano, se remansaba en formas de apariencia más inteligible en los últimos tercetos. Rimando llama con retama, manifestaba que mis besos ateridos no serían de fuego en la muerte sino de seca ginesta helada. Libre de medidas y de unidades (con un asomo de resignación bastante insincero), me auguraba invisible y dividido entre las yertas ramas y las dalias doloridas.

En verdad, el infierno es un desierto muy distinto del esbozado en aquel soneto. Es una espiral, quizás interminable, donde a cada muerto corresponde un teatro vacío con los telones alzados. Del mío puedo salir cuando me plazca por la puerta de tableros, que se abre al toque de la palma y al final de la sala. Afuera repecha un pasillo de unos diez pasos de ancho, que a veces anduve hasta postrarme la fatiga, parte de un arco cuyo radio no concibo, pues la cuesta del suelo, con ser cierta, casi no se advierte. De la corvadura en pendiente, deduje que un número infinito de revueltas seguíanse unas a otras sobre el mismo centro. En los muros del corredor repítense los tragaluces de la sala, bastante alejados pero equidistantes. La misma luz de crisoberilo, venida no sé de dónde, mantiene en idéntica penumbra la platea y el pasaje cubierto.

A veces paré a pensar en las dimensiones del infierno. Crecerá indefinidamente, en revueltas siempre más abiertas, añadiendo nuevas salas para cada recién llegado. No ha de cerrarse hasta que aquí acuda el último de los hombres y para entonces la espiral tendrá el tamaño del universo. No me preguntéis por qué ni cómo he llegado a semejante cálculo. Nunca pasé de sumar con los dedos ni de multiplicar con raya tirada y aspas por signos; pero juraría haber acertado las dimensiones del infierno. Concluido y clausurado, será tan alto y tan vasto como el firmamento. Aun cabría decir que entonces representará otro firmamento, invisible y paralelo al de nuestros cielos y constelaciones, vacíos de hombres.

Como los tragaluces del pasillo, los teatros de esta espiral son equidistantes. Corredor arriba, a unos centenares de pasos de mi platea, hay otra idéntica con el mismo escenario abierto al fondo. Estuve allí en diversas ocasiones; pero nunca distinguí a nadie en aquella sala, antes de cobrar la certeza de que cada muerto es invisible a los ojos de los demás en el infierno. Quienquiera que allí pare, pues presiento que alguien cumple condena en aquel sitio, tampoco evocará las memorias de su vida o de sus sueños con demasiada frecuencia, pues el tablado permanece siempre vacío, al fondo del proscenio y encima de la orquesta. Aunque nosotros no alcancemos a distinguirnos los unos a los otros, tal vez en virtud del designio que nos somete a esta soledad, sí son perceptibles las visiones de nuestros recuerdos o los recuerdos de nuestras quimeras, cuando se representan en las tablas.

El teatro siguiente, réplica del anterior y del mío como una lágrima copia a otra lágrima, sí sirve de escena a representaciones. Alguien consume allí la eternidad, desviviéndose en extraños recuerdos. Por la embocadura sin telones, detrás del proscenio, aparece una ciudad hiperbórea. Una de estas ciudades bálticas, olorosas a sal y a sol, de un fulgor tan brillante y tan irreal que hiere la vista bajo el vuelo perezoso de las gaviotas. Torres, ventanas, árboles y nubes relucen como piedras preciosas en el fondo de un delirio. Rojos son los tejados de las casas, sobre los cuales descienden graznando las gavinas aliquebradas, mientras a lo lejos huye hacia el sur una bandada de cigüeñas. Sobre un estanque helado se deslizan los trineos de los niños, tocados con gorros de lana escarlata. Por la orilla pasean caballeros de altas chisteras y monóculos prendidos a la solapa con largos cordones dorados, escoltando a mujeres rubias y blancas, de ojos azules y manos ocultas en manguitos de pieles. Empiezan a prenderse las luces en las bohardillas, bajo los techos inclinados. Duendes soñolientos, huyen de mala gana a esconderse debajo de las camas y en el fondo de los arcones de cedro. En grandes cajas de madera labrada, dan la misma hora todos los relojes, mientras un anciano sonriente tuesta castañas en el brasero de un salón, que ilustran cornucopias y bargüeños dorados. En otra estancia, un estudiante de lacias melenas, delgadísimo, enlevitado y con polainas, recorta muñequitos de papel con una tijera de sastre para una niña, mientras se aroma el ámbito de perfume a saúco. En una tienda encristalada, un zapatero lustra unas botas y canta mientras trabaja. Es la suya una melodía triste y lánguida, que habla de los amores de las raíces cuadradas por la mandrágora, en las tierras del mediodía donde los hombres no creen en Satanás. A lo lejos cruza una manada de renos, de astas torcidas, los befos rosados de frío, la pelambre cubierta de escarcha. En una cabaña dos cazadores se calientan las manos ateridas, sobre una marmita donde hierven semillas de eucalipto. El resplandor de muchas nieves les ha atezado el rostro y visten zamarras de cuero, con curvas navajas colgadas al cinto. En un mesón del puerto, pescadores de ojos verdes y prietas barbazas beben cerveza negra. Son anchos de espaldas, aunque un tanto corcovados y largas cicatrices les pespuntan las palmas. La testa disecada de un oso polar les mira desde el muro, con sus pupilas de cristal rosado. En el mismo retablo viviente y por la escalera de un campanario, trepa un elfo enfundado en una camisa de noche demasiado larga, mientras el pico de la cola resbala por las huellas y contrahuellas de los peldaños. Lleva una bujía prendida en una mano y un paraguas de oro en la otra. Al hombro los cepillos y las escobas, un deshollinador cruza la calle empedrada de guijarros pulidos. Va ataviado de negro, la altísima chistera de charol alemán hundida hasta las cejas, como Raskolnikov antes de sus crímenes. Pasa ante la estatua de bronce de una pareja de reyes, cuya sombra interminable se extiende por el hielo hasta el centro del lago. Los monarcas se abrigan con armiños, bajo los cuellos escarolados, y empuñan cetros entre las manos cruzadas sobre el pecho, como las figuras yacentes de otros soberanos acostados sobre sus tumbas. Las gaviotas se posan sobre sus hombros y el viento del Báltico les azota los rostros impasibles, mientras cae la tarde por el cielo de ámbar.

Todo cambia ahora súbitamente en el escenario. La ciudad se ha convertido en una villa italiana, acaso del Renacimiento. Junto a un ventanal, un caballero contempla el crepúsculo y bebe distraído un vaso de oporto. La barba entrecana recortada le confiere cierto parecido con algún personaje de Veronese en *Las Bodas de Caná de Galilea*. Acaso con el Aretino, que allí mira los cielos consumado el prodigio. En un sillón frailuno, de brazos labrados y cuero ennegrecido, se sienta una anciana enlutada que acaso sea su madre, a juzgar por su vaga semejanza. Entre los encajes de los puños, se adivinan sus manos diminutas y blancas, surcadas de venas azules. En la diestra estruja un pañuelo de Malinas, mientras increpa a aquel hidalgo en un alemán que no comprendo. El mismo atardecer asalmonado resplandece en los ventanales del taller de un pintor, donde posa un cardenal. Su boca tiene el gesto implacable de quien ha visto los espectros de los papas envenenados, deslizándose en adviento por los laberintos de la rosalera vaticana. Sus hábitos flamearán muy pronto en la penumbra, como ascuas avivadas por el vendaval, mientras rebrillan los ojos oscurísimos bajo las cejas. En torno a una mesa de mármol macizo, como cuentan que la tuvo Blasco Ibáñez, trece ediles vestidos de velludo intrigan en voz baja. Tienen las manos y los rostros idénticos, como trece mellizos. Por la calle pina, baja al galope y picando espuelas un jinete sudoroso. Ante la puerta de una venta, una moza del partido, entrada en carnes y despechugada, le llama riendo por su nombre con los brazos en jarras. A su paso le atraviesa la cara de un trallazo, sin detenerse. Detrás de la ciudad se abre un paisaje de viñedos. Las cepas trepan por las laderas de los cerros, cortadas en terrazas de tierra roja como el cinabrio. Más lejos pasan los mirlos sobre un pinar, que perfuma el aire a resina y mieles. Abejas amarillas se posan en los bancales, donde florecen el hinojo, el tomillo, el sándalo y el poleo. Chirría una nube de vencejos y una serpiente se adentra entre los brezos. Bueyes cansinos y blancos, pringadas las ancas de costras pardas, negros de moscas los lagrimales, vienen por la vereda arrastrando una carretada de heno. Los conduce un muchacho adormilado, descalzo y desnudo de torso, tarareando un aire en un italiano que tampoco comprendo. Por la plaza desfila un piquete y redoblan los tambores, mientras flamean las enseñas milanesas y vaticanas. Mosquetones al hombro, daga al cinto, calzas acuchilladas, cascos bruñidos, corazas relucientes, barbas y sonrisas mercenarias, la tropa se abre ante la iglesia. Por el portón abierto aparécese una mujer en cueros, de carnes tan claras como si se desvistiese por primera vez a la luz del cielo. Su mirar es de espiritada, que acaso olvidara sus propias visiones o tal vez cegase al contemplarlas. El pelo renegrido se le derrama por los pechos y la espalda, en tanto que los soldados le rinden armas con los arcabuces alzados al sol de una tarde, tan luminosa como la de Corpus Cristi. El gentío se apretuja a su paso y brama enfervorizado: «*Viva, viva la ragione nuda e chiara!*» (¡Viva! ¡Viva la razón desnuda y clara!).

Quienquiera que pague el pecado de nacer o para el caso de morir en esta sala, merecería hermanarse conmigo en los infiernos. Así lo presiento primero y deduzco después, a juzgar por las quimeras que convoca en el tablado de su teatro. Está escrito sin embargo que los muertos no alcanzaremos a vernos ni tampoco a oírnos en las plateas de esta espiral. ¡Cuántas veces no le llamé en vano, entre las butacas vacías, mientras cruzaban por la escena los caballeros de altas chisteras, los duendes soñolientos, los reyes con gorguera escarolada, las cepas de las terrazas, las nubes de mirlos o el piquete de *condottieri*! «¿Quién eres? ¿De dónde vienes? ¿Cómo te dijiste entre los hombres?» Mi voz suena agrandada por un eco, que le presta el tono de un barítono sochantre; pero nadie me oye y nadie me responde. Sólo desciende y queda el silencio.

No quisiera, en cambio, verme ni hablarme con el condenado de la próxima sala. Es decir, la tercera después de la mía, cuesta arriba por la curva de la espiral. Advierto ahora que siempre preciso el lugar, como si quisiera exorcizarlo. Al igual que el salvaje, cuando el tiempo era aún tierno, pintaba sus monstruos en las cuevas para aprisionarlos. La sala me fascina y aterra, por razones que nunca, ni aun en el infierno, osaría explicarme. Aquel teatro es idéntico a los otros; pero en cuanto lo piso me sobrecoge un frío a cementerios escarchados. Por la boca del proscenio se aparece siempre la misma escena: un paisaje de pinedas, robledos, chopales, donde florece la jara, que reconozco de inmediato. Es el Risco de la Nava, por la parte de Cuelgamuros, entre la Portera del Cura y el Cerro de San Juan. Cerca andarán la Mujer Muerta y la Pedriza. El panorama no cambió mucho desde los días de mi adolescencia o de mi primera juventud. Tampoco habrá mudado gran cosa desde otro siglo, cuando Felipe II escogió el solar de El Escorial, entre la cumbres de los Abantos y aquella que llaman su silla en la roca, pasados el Cervunal y las Machotas. Sólo los bosques se espesaron un poco, con el paso de los años por los montes. La mayor novedad, la única a mis ojos, es la cruz más grande que viera en mi vida desafiando los cielos sobre el Risco de la Nava.

En las cuatro aristas de la peana gigantesca, se encaraman cuatro estatuas de los evangelistas. Son de un grandioso mal gusto que aturde el ánimo. En el arranque de la cruz se levantan unas mujeres, que supongo serán las virtudes teologales. También ellas hieren la piedra y el paisaje con su rebuscada vulgaridad. El monumento preside una basílica subterránea que, evocada por quien quiera que la evoque en esta sala, parece tan grande como el propio infierno. Sobre la puerta de bronce una Piedad no menos sacrílega que los evangelistas, en su aberrante concepción, se convierte en burda parodia de la de Buonarroti. A la vista de semejantes esculturas religiosas y acaso para defenderme de su abrumadora plebeyez, pensé en aquella oda mía al Santísimo Sacramento del Altar, que dediqué a Manuel de Falla sin prever lo mucho que iba a ofenderle. Allí decía ver vivo a Cristo en el ostensorio, traspasado por su Padre con una aguja ardiente, latiendo como el corazoncillo de una rana en el portaobjetos de un laboratorio.

La basílica se abre en la roca por un pórtico, que precede un atrio seguido por dos ángeles con espadas (*Espadas como Labios*), guardianes aparentes de una verja de bronce. Ésta divide la fábrica, como si después de concluirla temiesen haberla hecho mayor que San Pedro de Roma o que el mismo infierno. La nave principal, de bóveda de cañón, viene precedida por una estela de mártires y de mílites. Allí se acogen seis capillas, con un solo altar, tríptico pintado en cuero y estatuas de alabastro. Parte de la bóveda es un acierto y permite ver la roca viva, desdiciendo de la grandiosa villanía del resto. De los muros penden grandes tapices flamencos. Increíblemente todos representan el apocalipsis.

He ahí el trono, donde se sienta un hombre de jaspe y de sardio, rodeado de un arco celeste verde como las esmeraldas recién lavadas. He ahí y también alrededor del trono, las veinticuatro sillas donde se sientan los veinticuatro ancianos, vestidos de blanco y coronados de oro. He ahí las siete lámparas de fuego, que arden ante el hombre de sardio y de jaspe y son los siete espíritus de Dios, al decir del Evangelista iluminado. He ahí el mar de cristal, que viera San Juan delante del trono, sin saberlo idéntico a otros mares de Patinir y de Dalí aún no pintados. He ahí las cuatro fieras recién aparecidas ante el mar y frente al trono. He ahí que una semeja un león, otra un becerro salvaje, otra un hombre y otra un águila caudal. He ahí que cada monstruo tiene seis alas y las alas seis ojos. He ahí que los ojos no tienen reposo día ni noche, diciendo: santo, santo, santo el Señor Dios Todopoderoso, que era, que es y que ha de venir. He ahí que los ancianos echan sus coronas a los pies del hombre de jaspe y de sardio, y a su vez dicen: Señor, digno eres de recibir gloria y honra y virtud, porque creaste todas las cosas y por tu voluntad tienen que ser y fueron criadas.

En verdad ignoro si aún vive o ha muerto el hombre que imagina en el tablado esta basílica y este paisaje. Es posible que nuestros recuerdos nos precedan en los teatros del infierno, poco antes de nuestro propio descenso en la muerte. En cualquier caso, sólo existió o quiso existir para levantar este templo, a la medida exacta de su orgullo. Una soberbia tan vasta que, como dije, casi rivaliza en apariencia con el ámbito interminable de esta espiral. Sea quien fuese quien aquí pena o penará muy pronto, para reavivar eternamente las mismas memorias obsesivas, me infunde a un tiempo temor y compasión. Me aterra porque yo, que tantas criaturas imaginé en mis versos, soy incapaz de concebir un ser como él. No obstante le compadezco, porque a pesar de su inmensa arrogancia nunca vivió de veras aunque viva todavía.

No, los ojos de los animales no se cerraban nunca, ante el mar del apocalipsis. Leí aquel versículo cuando tenía quince años y no pude olvidarlo jamás. Aun ahora, en el mismísimo infierno, puedo repetirlo palabra por palabra: «Y los cuatro animales tenían cada uno por sí seis alas alrededor, y de dentro estaban llenos de ojos; y no tenían reposo día ni noche, diciendo: Santo, santo, santo...». Nadie reparó en ello; pero pensaba en aquel pasaje de San Juan cuando escribí uno de mis romances más citados: aquel que di en llamar del Emplazado. Como los ojos de las cuatro fieras del fin del mundo (una de ellas, un hombre, recordadlo), los ojos del Amargo y de su caballo no se entornan nunca. Su desasosegado insomnio los lleva por paisajes dalinianos, de montes metálicos, donde los naipes se convierten en escarcha. Cuando por último le anuncian la muerte, a dos meses vista, descubre la paz, se tiende y se duerme serenamente, cumpliendo su plazo en la tierra. La verdad le hizo libre, como diría el propio San Juan; pero el Amargo paga su libertad con la vida. Cierra el poema su sombra inmóvil, en el muro enjalbegado de la alcoba.

Huelga añadir que, en retrospectiva y al recordar el poema, me percato de haber presagiado mi destino exactamente al revés. Si el desvelo del Amargo, inadvertido de su suerte, recuerda el insomnio inacabable del infierno, la muerte no es el reposo ni el olvido sino la eterna presencia de lo vivido en el mundo y en el alma. Diríase que el cometido del poeta es inventar el pasado que olvidan los hombres y prever la imagen invertida de todo porvenir, en la tierra y en esta espiral.

(«¿*Sabes tú qué repuso Pepe-Hillo, ya gordo, envejecido y castigado por la gota, cuando le aconsejaron dejar los toros?* ME IRÉ DE AQUÍ A PIE, POR LA PUERTA GRANDE Y CON LAS ENTRAÑAS EN LAS MANOS.») Volví a pensar en los monstruos del fin del mundo, aquellos que viera San Juan, el viejo virgen, llenos de ojos y ante el mar del infinito, cuando murió Sánchez Mejías. Fue el año de gracia de 1934 y de nuevo al evocarlo comprendo cuán claras fueron entonces las señales de la gran tragedia en espera de nuestro pueblo y cuán ciegos fuimos nosotros al ignorarlas. Siempre advertimos demasiado tarde nuestra suerte inminente, en el mundo y en esta cárcel de plateas vacías y de teatros poblados por la memoria de los espectros.

Cuarenta toreros fueron gravemente heridos aquel año. Doce, uno por mes, murieron en puntos diversos del Ruedo Ibérico. Ignacio Sánchez Mejías se había retirado ya dos veces de los toros, siempre por la misma razón: «A mi edad, un hombre no se exhibe en público con medias rosadas sin cubrirse de ridículo». Otras dos veces había renegado de su propósito, para volver a la lidia. Era rico y ya entrado en años; muy viejo para el toreo a los cuarenta y tres cumplidos, como los tenía la tarde de la cogida. A primeros de agosto, toreaba en La Coruña con Belmonte y Ortega. Al entrar a matar Belmonte, se le arrancó un toro de Ayala y el estoque le alcanzó en la testuz, saliendo despedido de la mano del diestro. Brincó increíblemente hasta el graderío, para caer de punta en la garganta de un espectador, cruzándola de oreja a oreja. No tenía ni veinte años y falleció en la enfermería, inconsciente y desangrado. Al término de la corrida, llegó un telegrama de Madrid para anunciar la muerte supitaña de un hermano de Ortega. Éste partió en coche, acompañado de su primo y de Dominguín, su apoderado. No habían salido aún de Galicia, cuando sufrieron un accidente y pereció en el acto Paco Caballero, el pariente de Ortega. El diestro, deshecho por tanto infortunio, renunció a la corrida contratada en Manzanares el día once. La víspera, en Zaragoza, donde acababa de llegar después de haber toreado en Huesca, Sánchez Mejías aceptó sustituir a Ortega, contra el parecer de toda su cuadrilla. Le creían demasiado fatigado la tarde siguiente para enfrentarse con otros toros de Ayala, sin gravísimos riesgos. Sus peones de brega gitanos callaban sus razones, a un tiempo más terribles e inevitables. Desde hacía dos o tres semanas, Ignacio les olía a muerto. Aquella peste a podre y a violetas mustias, que los payos nunca alcanzaban a sentir, era indecible en estancias reducidas, como las de los hoteles. La flamenquería tenía que forzarse para no delatársela a Sánchez Mejías.

Cuentan que Ignacio llegó fatigadísimo a Manzanares, después de muchas horas de viaje por carreteras abrasadas de luz y campos de chicharras. Toreaba con Armillita y Corrochano, la tarde de la cogida, aquella en que le correspondió el primer toro: otro bicho de Ayala, oscuro y poderoso, llamado Granadino. El diestro le dio un pase cambiado y suicida, sentado en el estribo. Lo jalearon las multitudes y quiso repetirlo. Granadino le prendió entonces por el muslo izquierdo y le volteó por encima de la barrera. Todavía consciente pidió que le llevasen a Madrid. Había visto la enfermería del pueblo, antes de la corrida, y la juzgaba mal atendida e insuficiente. No obstante tuvieron que administrarle la primera cura en Manzanares y taponar la cornada, por donde se iba en sangre. Quizás la herida no fuese mortal, de haberla socorrido debidamente en la plaza. No obstante y desde entonces, las desdichas se enredaron como las cerezas. Camino de Madrid se averió el coche y nadie quiso llevarse a Ignacio en el suyo, para no mancharlo de sangre. Costó Dios y ayuda, horas enteras, reparar el deterioro y poner de nuevo el vehículo en marcha. Entre tanto fue preciso cambiarle los apósitos a Sánchez Mejías, porque aquel calor de infierno empezaba a pudrirlos. Cuando por último llegaron a Madrid y a la clínica del doctor Segovia, no había perdido el conocimiento pero la fiebre altísima le hacía delirar. Nos llamaba a gritos a su hijo y a mí. Se había vuelto niño aquel hombre que no parecía nacido de mujer sino tallado de una vez en roble. Bramando nos pedía que jugásemos con él al chirimbolo y a las cuatro esquinas.

No quise entrar en la clínica ni en aquel cuarto, que yo mismo diría irisado de agonía en el más doloroso de mis poemas. No pasé de la acera, donde sí consumí largas horas preguntando a todos los visitantes por el estado de Ignacio. Respondían que se agravaba por horas y se iba perdiendo la esperanza. Me esquivaban la mirada, sin osar asomarse a mis ojos, porque les repelía mi actitud. Creían que sólo un miedo irracional, el supuesto pánico del afeminado a la muerte, me impedía cruzar la puerta del edificio. Hubiese querido gritarles allí mismo, en mitad de la calle, aquella declaración de principios de Gide: «*Je ne suis une tapette! Je suis un pédéraste!»* (¡Yo no soy un mariquita, sabedlo! ¡Soy un pederasta!). No me aterraba la muerte hasta el punto de creerla contagiosa. Nunca fui de tal modo irracional, aunque tampoco admitiese la lógica del universo ni acepto la insensatez del infierno. De hecho nadie demostró luego mayor valor que yo en mi poema, para encararse con el destino de Ignacio. Si alguien hubo no dejó testimonio de su hombría, pues el responso que le dedicó Alberti desmerece al lado del mío. Lisa y llanamente no tuve corazón para ver sufrir a Ignacio. Para presenciar cómo la gangrena le destrozaba sin remedio, hasta reducirle a alguien que él no había sido nunca: un muerto.

El propio Ignacio debía creer en su desvarío que me negaba a verle, por flaquezas de invertido. En sueños se me aparecían sus ojos para reprochármelo. Los tenía siempre muy grandes y abiertos, en aquellas pesadillas mías; fija y durísima la mirada en medio del rostro viril y sensible, tan ancho entre las templas como prolongado por los quijares. Bajo su frente de pórfido, que la calva agrandaba en los últimos años, aquellas pupilas quietas me denunciaban y perseguían. Aunque me sabía soñando no lograba despertar ni huir de su encaro vengativo, que me reprobaba la ausencia y el delito de haber nacido homosexual, como hubiese podido culparme de que me engendraran hombre cumplido.

Siempre perseguido por aquellos ojos suyos, entre el sueño y la vigilia, debí concebir entonces los versos matrices de mi elegía antes de su propia muerte. Como los ojos de los monstruos apocalípticos, eternamente fijos ante el hombre de sardio y de jaspe, pensé que los de Ignacio no se cerrarían en el instante de la última cornada. Me dije que los mantendría abiertos, después de muerto y nadie debía cubrírselos con pañuelos. La eternidad le transformaría en un oscurísimo minotauro, confundidos en idénticos despojos la bestia y la víctima. Ninguno de aquellos adanes machos, los de huesos resonantes como pasos o pedernales, se atrevería a mirarse en su mirada detenida en mitad de la capilla ardiente, como yo no osaba verle en su agonía por razones muy distintas.

Resultaba irónico que Ignacio, el diestro más valeroso que haya existido, me reprendiese cobardías de acaponado. Irónico, sí, puesto que ante mí se humillara mansa y vergonzosamente en otras circunstancias. Todos le vimos en la feria de Córdoba, muleta en mano y doblada una rodilla ante un toro gigantesco como uno de los verracos de piedra en Guisando, mientras con la otra le golpeaba el hocico para que embistiese. De arrancarse la fiera, le habría traspasado porque las puntas de los pitones le arañaban el pecho. Su temeridad no era del todo ciega, pues conocía demasiado a las reses de aquella vacada, para temer el embite. No obstante, de haberlo presentido, no se abstuviera de probar la suerte porque Ignacio era inmune al miedo en su inmenso arrojo.

Al miedo físico me refiero, que el moral bien podía sentirlo. Dos o tres años antes de su muerte, él y la Argentinita llevaban casi otros diez siendo amantes. Yo quería mucho a la Argentinita quien hizo el papel de la Mariposa en mi primera y muy pateada pieza teatral en dos actos y un prólogo. A ella precisamente tendría que dedicarle mi elegía a Ignacio, aunque entonces ninguno de los tres pudiese presentirlo. La Argentinita me tuvo siempre el afecto inevitable, un sí es no es de madre y un sí es no es de hermana que algunas mujeres sienten por los hombres como yo. Siendo una bailarina aclamada en toda Europa, aceptó actuar en aquella comedia lejanísima, de un chiquillo de veinte años mal cumplidos y nunca me culpó por su fracaso. Yo no fui jamás olvidadizo para la gratitud, aunque sí lo fuese para el rencor, y no dejé de recordar su deferencia. Luego, cuando mis versos y otros dramas míos me hicieron conocido, los celebró y me dijo que siempre creyera en mi talento y en el triunfo que la suerte iba a depararme. Me confió desde el principio sus amores con Sánchez Mejías, de quien ella se prendó de una vez e irrevocablemente, aunque antes hubiese amado y gozado a otros hombres. Sabía que Ignacio no abandonaría a su mujer, aquella gitana hermana de los Gallos a un tiempo resignada y celosa; a su hacienda de Pino Montano ni a aquel hijo suyo, que para desvelo del padre se empeñaba en ser matador de toros. («Si ha de entrar un cuerpo hecho pedazos en mi casa, que sea el mío y no el de mi hijo», me confesaba la Argentinita que le había dicho Ignacio.) Sólo ahora, en esta espiral del infierno, comprendo cómo se transformaron aquellas palabras suyas en otros versos de mi elegía, sin que yo pudiese percibirlo, cuando afirmo en el poema que nadie le conoce de cuerpo presente, ni la losa de la piedra donde yace, ni el raso negro donde se destroza. Aun de abandonar a la esposa, al hijo y al cortijo, proseguía la Argentinita sacudiendo la cabeza, Ignacio volvería a ellos, como regresaba a los ruedos después de sus retiradas. «Es su destino, ¿sabes? No puede evitarlo y acaso esté escrito también que ha de morir en la plaza.»

Si hubo un libro invisible de su vida, que punto por punto la precediera antes de vivirla, habría también allí una nota a pie de página sobre otros amores, esta vez circunstanciales. Los tuvo Ignacio con una extranjera, casada y madre, cuyo nombre olvidé aunque yo mismo les presentase. La Argentinita, quien nunca fue celosa de la mujer de Ignacio, vivía arrebatada ahora por el resentimiento, las sospechas y el encono. Casi todos los días me telefoneaba o venía a ver para contarme, en palabras casi idénticas, su desesperación. Huí de Madrid a Granada, a casa de mis padres, para evitarla. Por mejor decirlo, me impuse una tregua y escapé de la ciudad por las mismas razones que no quise asistir a Ignacio en su agonía: porque jamás toleré mi propia impotencia ante el dolor ajeno. A la vuelta, una mañana muy quieta de domingo, estaba yo con unos amigos en un café de la Gran Vía cuando entró casualmente Ignacio. Se detuvo frente a nuestra mesa, despatarrándose y bien clavados los pies en el suelo, el abrigo abierto y los brazos cruzados a la espalda bajo los hombros hercúleos, el sombrero caído hacia atrás sobre aquella calva de cuarzo y de feldespato, sin que nadie le invitase a sentarse. Paseó la mirada despectiva por encima de mis acompañantes, que eran gitanillos y *cantaores* en agraz, muy relamidos y poco ricos en talento.

—¿Cuánto hace que volviste de Granada? —me preguntó.

—Unos diez días —mentí porque no pasarían de cinco.

—¿Por qué eres tan caro de ver? Me prometiste avisarme a tu regreso.

—Pues no lo hice.

—¿Qué motivo tienes para rehuirme?

—Lo sabes mejor que nadie —bajé el tono de la voz, sin restarle desapego ni severidad—. Procediste como un jaque con alguien a quien siempre quise. Esta extranjera tiene a su marido y tú tenías a la Argentinita.

—No es razón para que me evites como si fuese un leproso. ¿Podríamos hablar en privado?

—No tengo nada que decirte, Ignacio, y mejor será que no volvamos a vernos.

En el café le habían reconocido y la gente nos miraba. Se sabía observado por la curiosidad y la maledicencia de los extraños, como en un circo, pero no podía moverse. Incapaz de irse, o de tomar asiento cuando no se lo ofrecía, el hombre que se arrodillaba ante los toros y les golpeaba para incitarlos al derrote, echaba raíces en el suelo y se sometía a aquel desprecio, en presencia de los extraños y de mis gitanillos. Yo le miraba de frente y a los ojos. Él los humillaba y los hombros parecían derrumbársele debajo del gabán cortado en Londres. Mis espoliques, los niños flamencos, empezaron a sonreírse y a cambiar cuchicheos de encanallados.

—¿Dónde vais ahora? —preguntó con un hilo de voz, mordiéndose los labios.

—Me iba a almorzar.

—¿Con tus amigos?

—Con ellos, al restaurante de costumbre.

—Os acompañaré —insistió en un susurro.

—Nadie te ha invitado.

Ignacio se encorvaba despaciosamente, a fuerza de buscar una grieta en el suelo donde esconder la vista vencida. Sabía cuánto yo le admirara siempre y cómo respeté hasta entonces su valor en la arena y su talento en el teatro. Citaba a los toros desde el estribo, a su salida del toril, y escribía descabellados juguetes escénicos. Desde hacía tiempo y sin preguntárselo nunca, llegué al convencimiento de que sus obras surrealistas y su toreo eran parte de un solo intento, magnífico y casi suicida, por darle sentido a su vida y descubrírselo al universo. Por una especie de simétrica ironía, al verlo avasallado de aquel modo, detesté mi inesperada fuerza y mi absurda crueldad. Sin embargo yo tampoco podía renunciar a ninguna de las dos, una vez descubiertas, sin dejar de ser yo mismo.

—El restaurante es un sitio público —bisbiseó al cabo—. Puedo ir allí a tomar café, si me place.

Me abstuve de replicar y él se marchó, arrastrando los pies y sin mirarme. Se iba como vino, aunque ahora se le encogieran las espaldas, las manos aún cruzadas sobre los ijares debajo del abrigo abierto. Casi me había olvidado de la Argentinita y del enojo mío por su aflicción; pero pensé en las muchas mujeres a quienes amó Ignacio. No le llevaban a ellas la lujuria, la soberbia, ni tampoco el amor, aunque de todas se creyese prendado al mismo tiempo. La cama, la plaza de toros, o el teatro eran sólo escenarios o bancos de prueba, donde trataba de crecerse y de representar el papel del auténtico Ignacio Sánchez Mejías. Un Ignacio Sánchez Mejías, que desbordase a cada momento a quien el universo le condenaba a ser. Pensaría en Ignacio y en la síntesis de su semblanza que me hice entonces, cuando en vísperas de la guerra y de mi propia muerte don José Ortega y Gasset vino a hablarme en un entreacto del Club Anfistora. «El hombre es siempre más que el hombre», me dijo a propósito de no sé quién, con su larguísima boquilla de marfil, la que parecía de Marlene Dietrich, con el Pall Mall encendido al cabo, entre aquellos dientes suyos tan increíblemente jóvenes para su edad. «No», repliqué. «Pero algunos hombres se esfuerzan por serlo. Ignacio Sánchez Mejías fue uno de ellos y pronto se cumplirán dos años de su muerte, en la plaza de Manzanares.»

Apenas sentado en el restaurante con mis dos aprendices de *cantaor*, llegó Ignacio solo. Fue a acomodarse a una mesa arrinconada, de espaldas al muro. Permaneció allí enteras eternidades, inclinado sobre una copa de jerez o de manzanilla, como si aguardara que la pared le cayese rajada sobre la espalda. De vez en vez me miraba subrepticiamente y luego volvía a ensimismarse, contemplando los manteles. No habían concluido sus sopas de ajo, cuando despedí a los gitanillos con malas maneras. Se fueron sin incomodarse ni sorprenderse, porque mi magnificencia los hizo serviles. Eran mi versión del vicio oscuro, frente al amor que no podía decir su nombre y que en aquellos tiempos yo no sentía por nadie. Los había conocido en mi única época de abundancia y en ellos derrochaba los derechos de mis obras teatrales, para que me besaran a escondidas. Después me odiaba por odiarles.

A solas miré a Ignacio sin recato. Casi se le traslucía la calavera a través de la piel, como el cráneo de Freud se transparentaba en el carboncillo que le hizo Dalí. («Un perfecto ejemplar del fanático español», había dicho Freud de Dalí muy acertadamente.) El de Sánchez Mejías era ancho por la parte del frontal, de los pómulos y de las sienes. La obstinación le endurecía las mandíbulas y le pegaba los labios a los dientes. También inadvertidamente debí adivinar entonces que los dos, Ignacio y yo, moriríamos pronto con toda la sangre derramada por la tierra. Casi diez años antes y de forma vicaria, hice augurar aquel destino mío a una de mis criaturas en el «Romance Sonámbulo». Al padre de su amada muerta, le pide perecer en su cama, la de acero con las sábanas de holanda, cuando llega acuchillado y perseguido por la Guardia Civil. El trato no puede cerrarse en el poema, como yo no lograba percatarme de mi suerte inevitable. No obstante los sentidos y el instinto del poeta percibirían cuanto la razón y la conciencia no esclarecieron, porque de pronto me sorprendí llamando a Ignacio con la mano. Me miró sin verme, como si no atinase a dar crédito a mis intenciones o a mi propia existencia. Al fin se incorporó, acuciado por mi impaciencia, y vino a la mesa titubeando. Dijérase no estar muy cierto de si aquello le ocurría a él, o a alguien que fuese su viva réplica en el alma y en la apariencia. De nuevo y como en el café, todo el mundo nos contemplaba. Habían reconocido a Ignacio, cuando no atinaba a identificarse; pero en aquel punto me era indiferente la atención de los extraños. La vida devenía mentira de verdad y saberse observado era tan propio de las circunstancias como pudiese serlo el público en el teatro. Le abracé los hombros y le ofrecí la carta, mirándome en sus ojos. Los tenía muy oscuros y abiertos, con unos hilos de plata encendidos junto al iris.

—Anda, hombre —murmuré—, dime qué vas a comer y cómo se darán los toros este verano.

En tu teatro, el de la sala que te asignaron en los infiernos, se aparece y escenifica tu último día en Madrid, al recordarlo. Todo revive puntualmente, como te sucedió aquel jueves, 16 de julio de 1936, que era la víspera del estallido de la guerra en África. La noche anterior soñaste un sueño, que era el cuadro de otro hombre. Al pie de aquella composición, que parecía concebida en cristal y el cristal prendido a un panel de madera, dormía el Paris de Rafael inadvertido de las tres gracias. A su lado viste una concha abierta, que antes contemplaras en Port Lligat y junto a algún mar mágico de los pintados por Dalí, en los tiempos en que le dedicaste aquella oda tuya. Era mitad blanca y mitad ocre y grana en su cuenco, rodeado de un canto que doraba el sol. («La llaman *Crepidula Onyx*, que es su nombre técnico y exacto en latín», te había dicho Dalí en uno de los últimos veranos de vuestra amistad, pues gustaba de atesorar saberes vanos. «En el Pacífico tropical, la conocen como la zapatilla de ónix.») Al otro lado de la zapatilla de ónix, flanqueándola con Paris, había un zapato blanco de Bally. Un zapato blanco y muy escotado, que reconociste en seguida porque era tuyo. Te obligó a comprarlo Carlillo Morla, tu amigo el diplomático chileno harto de verte calzado con aquellos zapatones hebillados, que él llamaba las chancletas de doña Juana la Loca. Sobre la zapatilla de ónix, en mitad del cristal que era una pintura, suspendíase una concha enorme y nacarada. Suspendíase o sosteníala acaso, sobre el vacío que era todo un remolino de cobres, granas y dorados, un torso cercenado y desnudo de mujer con una manzana en la mano. Era sin duda parte del cuerpo de una de las gracias de Rafael, aunque Rafael no

38

había pintado aquel desvarío. Tampoco lo hizo Dalí, aunque una montaña o un acantilado, de lisas cuestas y picos metálicos, se apareciese a la derecha del caparazón para recordarme a Port Lligat. Sobre aquellos peñascales, surgía un mono gigantesco y acuclillado, como vencido por una carga invisible u omitida en el sueño. Si bien era casi tan alto como los propios farallones, se le diría tallado en ojo de gato por su transparencia amarilla. Las pupilas en cambio las tenía redondas y azules como las turquesas. Justo en el centro de la concha nacarada y titánica, viste otra que acaso fuese un panel sajado o el corte secante de un árbol muy viejo. También hubieses podido creerla la mirada fosilizada de un hombre anterior a esta especie nuestra, la que no ha sido siempre humana y acaso esté condenada a dejar de serlo. Era azul turquí en aquella parte exterior suya, semejante a la corteza, y del color de la resina seca por debajo. En medio del tajo transversal, volvía a oscurecerse y a azularse como si revelara la niña oculta del ojo metalizado. Quedaba un cabo del sueño, que ahora brota en lo más alto del escenario, sobre la imagen dormida de Paris. Era otra espiral, la de un caracol tan gigantesco como el mono de los acantilados, de grande curva roja al fondo seguida por otra parda como los pergaminos con muchos palimpsestos. Casaban con aquellas vueltas las de otra gracia de Rafael, abierta de brazos para estrecharlas contra su cuerpo desnudo y visto de espalda. De la tercera divinidad sólo percibiste, como aquí lo percibes, el torso amputado a la altura de los pechos. Aquel busto vivo asomábase por encima del antebrazo de su compañera o acaso brotase de la concha partida del caracol singularísimo, o de algún repliegue abierto a navaja entre sus rampas rojas y pardas.

Al levantarte, después de tan raros sueños, pensaste que cuanto iba a ocurrirte aquel día te había pasado ya, incluido el recuerdo de tu pesadilla. Más que pensarlo lo sentiste, en una suerte de corazonada. Puestos a matizar, no era la tuya la sensación adivinada en Ignacio y confirmada luego por él mismo de haber sido otro, mientras se aproximaba a tu mesa aquel domingo de invierno, en el restaurante de la Gran Vía. No, lo tuyo era la certeza de que cada uno de tus actos y cada una de tus palabras, aquel jueves, 16 de julio de 1936, fueron realizados y pronunciadas en otro día idéntico y muy anterior. No obstante vacilas y te preguntas si de veras viviste dos veces aquellas horas o presentiste, en la zona más irracional de tu espíritu, que su representación se te anticipaba en el infierno. Es muy posible que nuestras memorias nos precedan en los tablados de esta espiral y que aquí amanezca lo recordado, antes de que lo vivamos en la tierra. En fin de cuentas, tú mismo eres incapaz de decidir si el hombre de la tercera sala, por la rampa del pasillo, vive o ha muerto. Viendo aquella basílica en su escenario, sospechaste a veces que acaso los recuerdos se nos adelantan en la eternidad, en vísperas de la muerte. Quizás quepa ampliar tal sospecha y preguntarse si cada uno de nosotros no tendrá dispuesta su platea particular en este universo, desde mucho antes de que le conciban en el otro.

En cualquier caso y como ahora aparece puntualmente en las tablas, sonó el timbre de la puerta en aquel piso tuyo de la calle de Alcalá, mientras aún andabas en bata y zapatillas hirviéndote el primer café con leche. No te sorprendiste ni quisiste adivinar de quién se trataría, pues de forma oblicua temías saberlo. Era un viejo actor, cesante y zamarreado por todas las desdichas plausibles e inimaginables, quien la víspera casi te había anticipado el sablazo. Lo invitaste a desayunar café, marías y tostadas con jalea, que tomasteis de pie y en tu despacho junto al balcón. Según testabas en uno de tus poemas, a tu muerte debían dejarlos abiertos de par en par y muy oreados, para enterrarte luego en una veleta. Vendedores ambulantes voceaban en las aceras cangrejos de mar y de río, mantecadas de Astorga y quesitos de Miraflores. Entraba el sol a raudales, derramándose por la taracea clara y por la manta de Momostenango que cubría el sofá.

—Usted no alcanzaría a sumar mis desgracias. Ni yo mismo podría contárselas todas, sin olvidar algunas de las principales.

—...

—Vaciló un instante, sin saber dónde dejar la taza vacía. Ibas a tomársela, para que volviese a sus quejas; pero se anticipó y la puso en el suelo de piedra del balcón, al pie del umbral y junto a las persianas de postigos blancos. Lamióse la mermelada de los dedos y prosiguió aquel planto de elogios y preguntas académicas.

—Usted es aún joven; pero muy justamente celebrado. Usted tiene un talento natural, que nadie puede negar sin ofenderle. Por eso me atrevería a pedir su opinión pensando en mi vida de hoy, de ayer y de anteayer. Dígame usted, ¿por qué nacemos?

—...

—Se lo diré yo. Será para morir, aunque la

justicia del caso se me escape. De todos modos no
sería sólo para padecer, como a mí me cupo en
suerte. Resumiendo una existencia tan aciaga como la mía, debo concluir que mi paso por el
mundo está equivocado, porque el Gran Arquitec-
to no puede construir tan mal una vida por
insignificante que sea. ¿Qué le parece?

—...

—Yo diría que estoy aquí por error y debí haber
nacido en otro tiempo. En otra época de mi
familia, que por ambas ramas se enriquece siempre
con actores y actrices ilustres. ¿Sabía usted que una
bisabuela mía era hermana del gran Máiquez?

—...

—Sí, señor. Del mismísimo Isidro Máiquez,
quien abucheando una tarde de toros a Costillares,
halló la horma de su zapato cuando le gritó el
diestro: «¡Señor Máiquez, señor Máiquez! ¡Que
esto no es el teatro! ¡Que aquí se muere de veras!»
Apuesto a que usted ya sabía la historia.

—...

—En nuestra familia la transmitimos de generación en generación desde los días de mi bisabuela.
Por cierto que ella estrenó *La Comedia Nueva,* de
don Leandro Fernández de Moratín, en el papel de
la joven Mariquita. También hizo de Mediocuclo en
El Fandango del Candil, aunque esto no nos honre
tanto pues era un simple entremés. Yo debí haber
nacido en aquella época y haberme casado con mi
bisabuela, en los tiempos de *La Comedia* y de *El
Fandango,* de Máiquez y de Costillares, de Goya
y de Moratín. Apuesto a que entonces no habría sido mi vida tan aciaga, tan propia de una
mala tragedia griega, como ahora. Usted que es un
joven tan brillante, quizás pueda responderme

a dos preguntas que me parecen casi siamesas. ¿Por qué venimos al mundo y por qué lo hacemos en un tiempo único e irrevocable?

—...

—Volvieron a llamar con tres timbrazos, que reconociste en seguida. Era Rafael Martínez Nadal, quien prometiera recogerte a la una en punto para almorzar juntos aquel día. No sé qué dolencia le llenó de postillas aquella alta crisma suya y le habían rapado a navaja, para untárselas de azufre. Ahora volvía a crecerle el pelo, prieto y ensortijado en la cabeza alargada y de menudas orejas como las de un cordero mueso. Aguardó pacientemente, hojeando un libro en el sofá mientras le dabas unas pesetas al biznieto de la Medioculo y una carta de recomendación para Lola Membrives. Escribiste la esquela en una cuartilla, sentado a tu mesa y ante aquel dibujo de Picasso que era un laberinto para *La Obra Maestra Desconocida*, de Balzac. Se fue el actor, despidiéndose muy ceremonioso, y Rafael prosiguió la espera en tanto te afeitabas y vestías. En la calle, os recibió aquel sol con resplandores de cal viva y sólo entonces recordaste que habías cerrado el balcón y olvidado fuera la taza vacía de café.

—En este restaurante almorcé por última vez con Ignacio Sánchez Mejías, el año de su muerte. Precisamente en esta misma mesa —dijiste apenas acomodados—. Tengo el presentimiento de que tampoco nosotros dos volveremos juntos aquí.

—Pronto se cumplirán dos años de aquella tragedia —asintió ignorando a propósito tus presagios—. Sin embargo a veces creería que Ignacio no ha muerto. Que aquella cornada en la plaza de Manzanares no ha ocurrido aún, si bien ha de suceder irremediablemente. No sé si me explico.

—Te comprendo muy bien. Por un lado juraría que nunca más almorzaremos juntos aquí ni en ningún sitio —andaluz al fin, tentaste la madera de la mesa por debajo del mantel—. Por otra parte, estoy cierto de que todo lo que ocurra esta mañana ha pasado antes en este mismo lugar.

Iba a replicarte, como se dispone a hacerlo ahora en este teatro, pero os interrumpieron el *maître* y una pareja con aire de provincianos recién casados. El *maître* traía las cartas y aquellos jóvenes querían saber, *encore une fois,* si eres el poeta de «La Casada Infiel». Te pidieron un autógrafo y se lo firmaste, con aquella delgadísima letra tuya de muy altas iniciales, que en la eternidad te parece tan cursi como la de una preciosa ridícula. Se fueron muy conmovidos, después de estrecharte la mano entre las suyas y decirte que eran maestros. Martínez Nadal encargó el almuerzo sonriendo y afirmando que pronto no podrían acompañarte tus amigos por la calle, pues las mujeres se disputarían tus pies para besarlos como le ocurría a Joselito en Sevilla. Replicaste que también una mujer le gritó a Joselito la víspera de su muerte: «¡Ojalá te mate un toro mañana en Talavera!». Los dioses complacieron puntualmente sus deseos. Callóse Rafael meneando la cabeza, porque empezaban a serviros la comida. Casi no la probaste, pues aquel día todo te era indiferente, salvo tu propia suerte que temías sellada.

—Rafael, ¿qué va a ocurrir aquí? Si viene una guerra, yo no voy a sobrevivirla.

—Este país siempre estuvo al borde del caos. La atracción del abismo es parte de la naturaleza nacional, al revés de lo ocurrido con los antiguos egipcios quienes, según dicen, aborrecían el vacío. Al final todo se compone con alfileres y sindeticón. Tampoco ahora llegará la sangre al río.

Mentía para no desesperarte. Estaba tan convencido como tú de que se avecinaba la pascua del crimen. La única diferencia entre vosotros dos era su íntima certeza de que en cualquier caso, él sobreviviría la matanza.

—Tenemos las horas contadas y esta incertidumbre me consume —proseguías de forma un tanto inconsecuente—. Poco antes de que le prendieran, cené una noche con José Antonio Primo de Rivera —a Rafael casi se le cayeron los tenedores de pescado de las manos, mientras te miraba sin dar crédito a lo que oía—... No te asombres así. Tampoco era aquélla la primera vez que nos reuníamos a escondidas. Como a ninguno de los dos le convenía que nos viesen juntos, íbamos siempre a un parador del quinto pino en un taxi con las cortinillas corridas.

—Pero, ¿por qué? ¡En nombre de Dios!

—¡Oh, por nada! Para hablar de Literatura. Conoce a Ronsard de memoria y comenta con lucidez la poesía francesa de cualquier época. No obstante aquel día no pudo decir gran cosa. Comíamos sin mirarnos hasta que exclamé en voz alta: «Si en España hay una guerra, ni tú ni yo le veremos el final. Nos fusilarán a los dos apenas haya empezado» —sin transición alguna te prendiste del brazo de Martínez Nadal, junto al borde de la mesa—. Rafael yo no quiero que me maten como a un perro. Rafael, yo podría esconderme en casa de tu madre, ¿verdad?

Te miraba asustado de tu miedo. Los ojos tristes y estupefactos, entre aquellas orejas chiquirriticas y bajo el rastrojo de pelo ovejuno en lo alto de la frente.

—Sí, claro que podrías ocultarte en casa de mi madre. Pero, ¿quién iba a querer tu muerte? Tú eres sólo un poeta.

—Exactamente lo mismo replicó José Antonio Primo de Rivera. Le dije que por esto me matarían, por haber escrito versos. No por ser marica y partidario de los pobres. De los pobres buenos, se entiende, claro. Añadí que este país es una República de asesinos de todas clases y que los españoles se exterminan como ratas, a la primera oportunidad que les depara la Historia. A mí me fusilarían por escribir versos y por ser incapaz de defenderme. Sólo por esto, sí, señor. «Ven acá», le dije a José Antonio Primo de Rivera, recurriendo a una de las expresiones aprendidas en La Habana. «¿Sabes tú que muchos días antes de la muerte de Ignacio Sánchez Mejías, los gitanos de su cuadrilla decían que hedía a muerto? Si ahora entraran aquí, les aterraría la peste de nuestros despojos.»

—No levantes la voz. Trata de serenarte.

—Estoy muy sereno. Confiado hasta el punto de referirme a mi gloria póstuma, como si fuese ajena. Muchos años después de que me revienten a tiros, todavía escribirán libros para preguntarse por qué me asesinaron. Al menos yo no me iré de este mundo sin saberlo —de pronto, inconstante e inconsecuente, volvías a tus súplicas—. Rafael, ¿de veras crees que tu madre me ocultará en su casa?

—No me cabe duda. Si quieres, vamos allí esta misma tarde.

—¡Sí, sí, cuanto antes mejor! Voy a encerrarme con tu madre y tu hermana y no saldré hasta que escampe la tormenta de odio y de crimen que se avecina. Vamos, pide la cuenta. Es posible que hasta las horas sean preciosas en estos días —de súbito golpeaste la mesa con la palma de la mano y diste un grito de angustia. Gentes sentadas a vuestro alrededor se volvían a miraros—. Pero, ¿qué estoy diciendo, Rafael? ¿Me habré vuelto loco? No puedo esconderme en casa de tu madre. Tengo que ir a Granada esta misma tarde. Pasado mañana, el 18 de julio, es mi santo y el santo de mi padre. Siempre lo pasamos en casa, en la Huerta de San Vicente. No puedo faltar. Ya estará aquello lleno de jazmines y de damas de noche.

—Aquí cometes una imprudencia —dijo mientras abonaba la cuenta con propina incluida, que plegó debajo de las vinajeras—. Si algo ocurre y tanto temes, estarías más a salvo en Madrid que en Granada. Mucha gente que no ha leído un libro, no te perdona allí que tengas tanto prestigio y que te gusten los hombres. Serán siempre incapaces de comprender ninguna de las dos cosas y la primera les parecerá más indignante.

—¿Cómo puedes hablar de este modo, si nunca estuviste en Granada?

—Es igual, me la imagino.

—Pues me iré de todos modos y que sea lo que Dios quiera. ¿Por qué pagaste el almuerzo? Quería hacerlo yo. Tal vez no volveremos a vernos y tú sin duda has de sobrevivirme. Vamos a tomar café a Puerta de Hierro. Te invito a un coñac o a cuantos te apetezcan.

Fueron dos y tú bebiste aquellos fundadores de un par de buchadas. Martínez Nadal te miraba casi a hurtadillas. Parte de tu pánico y sobre todo de su incertidumbre parecía contagiarle. Leías en sus gestos pesares o presagios cada vez más evidentes. O acaso creías leerlos, porque siempre hiciste del prójimo y del mundo no sólo un reflejo sino una extensión de ti mismo y de tus mudanzas de ánimo. No obstante aquel día y en aquel café junto a Puerta de Hierro, no había que forzar la imaginación para ver en el ambiente una imagen colectiva de tus desazones. El verano estaba avanzado; pero la gente llenaba las calles de Madrid a toda hora. Nadie se decidía a abandonarlo antes del estallido. Camionetas de la Guardia de Asalto venían de la Ciudad Universitaria y se iban Princesa abajo. Unos chiquillos voceaban los periódicos, con la recesión del último debate en el Parlamento. Compró uno Rafael y tú lo leíste temblando. Se prolongaba el Estado de Alarma y seguía la airada controversia sobre el asesinato de Calvo Sotelo. Gil Robles decía que el Gobierno del Frente Popular era el de la vergüenza, del fango y de la sangre y muy pronto sería a la vez el del hambre y de la miseria. Le replicaba Barcia, en nombre del Consejo.

—Rafael, ¿recuerdas el original de aquel drama mío, inédito, el que llamo *El Público*? Te lo presté la semana pasada.

—¿Por qué iba a olvidarlo? ¿Acaso crees que lo he perdido?

—¡Claro que no! ¡Santo cielo, no irás a enfadarte conmigo esta tarde!

—No me enfado; pero tampoco quiero que pienses mal de mí ni por un solo instante.

—¿Cómo voy a pensar mal de ti, cuando quiero confiarte una certeza que ni a mí mismo me atrevía a decirme?

—¿De qué demonios intentabas hablarme?

—De *El Público*, del drama mío que tienes en tu casa.

—Lo lamento pero todavía no pude leerlo.

—No importa. Yo tampoco lo he mirado desde hace años; pero estoy convencido de que trasciende nuestra época. Me adelanté en varias generaciones a todo teatro, incluido el mío, naturalmente. Tal vez me anticipé en siglos enteros, aunque te cueste creerlo. Una vez les leí aquella pieza a los Morla y quedaron horrorizados. ¡Figúrate, los Morla que tanto me quieren, con aquella gentileza suya de benévolas vicuñas! Bebé casi lloraba de rabia al escucharme. Luego dijo que todo aquello no eran sino puras insensateces y blasfemias. Carlillo me riñó a su modo, que era más diplomático, pero estaba lívido el hombre. «No puedes publicar eso, ni mucho menos representarlo», gemía entre profundos suspiros chilenos. «Será mejor que lo quemes y olvides». Entonces comprendí que había escrito mi obra maestra. Ya sabes, la eterna obra maestra incomprendida que a los ojos ajenos es siempre un laberinto.

—Debe ser así, cuando tú lo dices —asintió en tono fatigado—. Leeré *El Público* en seguida.

—No hace falta que lo leas. El teatro mío que se representa está lleno de fáciles concesiones. A la gente la asombra y le agrada porque todo lo demás es todavía peor. En otras palabras, se reduce a pura cochambre. No obstante yo sé cuán fácil me resulta escribirlo. Me siento un poco como Zorrilla, cuando se escandalizaba de su aptitud para rimar lugares comunes. Y me siento otro poco como Polícrates, asustado de su buena suerte. *El Público* es otra cosa. Tuve que exigirlo todo de mí mismo, absolutamente todo, y bajar hasta el centro de mi ser por la escalera que me cruza el alma, para lograr un drama tan auténtico.

—Bien, bien —te interrumpía impaciente Martínez Nadal—. Ya te dije que voy a leerlo.

—Y yo te repito que no debes hacerlo. No te ofendas pero hoy por hoy tú tampoco entenderías *El Público*. Como tampoco acabo de comprenderlo yo mismo, a decir verdad.

—¿Por qué me lo prestaste entonces?

—Para suplicarte un favor más grande y bastante menos inútil que su lectura.

—Perfectamente, tú dirás.

Rafael Martínez Nadal te observaba intrigado. Hasta entonces se sintió malsufrido e impaciente ante tu pánico. De pronto y a su pesar, te escuchaba con sus cinco sentidos pendientes de tus palabras. Poco a poco caía la tarde, entre una piada de pardales y la gritería de los vendedores de diarios.

—Si algo me ocurriese en esta guerra que tenemos a las puertas, júrame destruir en seguida el original de *El Público*.

—¡Yo no juro nada!

—Dame tu palabra entonces.

—Tampoco te la doy. ¿Por qué quieres quemarlo, si es tu obra maestra?

—Precisamente por esto, porque sólo yo podría sospechar la importancia de lo que he escrito. Si muero, *El Público* no tiene razón de ser para los demás.

—Sólo te prometo devolvértelo cuando regreses de Granada, sin haberlo leído.

Cediste en silencio, en parte por súbita fatiga y en parte porque *El Público* se te antojó de pronto una obra ajena. Como si a la inversa de cuanto venías diciendo, sólo tú en la tierra fueses incapaz de comprenderla. Volvía a vencerte la sensación de haber vivido antes aquel día, en idéntica incertidumbre de ánimo. A poco, en un taxi que os llevaba a *Cook's* para comprar tu billete de tren, hablabas por los codos sobre otro drama que tenías en mente. Lo llamabas *La Destrucción de Sodoma* y aunque no habías escrito una sola palabra de aquella obra, donde la Biblia lindaba con el surrealismo, describías escenas enteras con todo detalle. Abría Lot el último acto, con su invitación a los dos ángeles del Señor. La casa del justo sería a un lado de la plaza de Sodoma y en una galería pompeyana y porticada («Pompeya, vista por el Giotto, Rafael»), Lot brindaría su banquete a aquel par de bellísimos varones, los arcángeles incógnitos de Jahvé. Cortados al bies los bastidores, aparecería un jardincillo tapiado, donde las dos hijas vírgenes del patriarca lamentarían el desapego de los hombres del lugar. Poco a poco, el pueblo de maricas juntaríase ante el pórtico, hambriento de goces perversos y reclamando a gritos a los extraños. «Danos a los extranjeros que vinieron a ti. Sácalos a la plaza para que los conozcamos.» Y Lot: «Os suplico, hermanos, que no hagáis tal maldad. He aquí que ahora yo tengo dos hijas núbiles y doncellas. Os las sacaré afuera y haced con ellas como bien os pareciere. Solamente a estos huéspedes míos no hagáis nada, pues que vinieron a la sombra de mi tejado». Sordo a sus ruegos, el gentío de invertidos se precipitaría sobre la galería. Lot y los ángeles huirían entonces a la casa, atrancando el portón al tiempo que la muchedumbre lo golpearía a puñadas, cada vez más enardecida. Desde la casa, vendrían los chillidos del padre aterrorizado. «¡Os daré a mis hijas! ¡Os daré a mis hijas, para que las conozcáis y concibáis en ellas! ¡Usadlas todos y curad vuestro mal, antes que el Único, Aquel Cuyo Nombre no Debe Decirse, arrase esta ciudad en castigo de vuestros pecados!» El coro de bramidos contrapuntearíase con el planto de las vírgenes, alucinadas por la lujuria, en un contraste de tonos y timbres dictados por el mismo deseo. («Como en los *revivals* de los evangelistas negros, que presencié en una iglesia de Harlem. No puedes imaginar qué marejada, qué tormenta de cánticos arremolinándose en el aire y descendiendo como una lluvia de látigos y relámpagos sobre el lomo de los comulgantes.») De improviso se abrirían las puertas de par en par y por el vano vendríanse los ángeles, resplandecientes de hermosura. Su mirada en cambio cegaría como la de la Hidra, porque el Señor la convirtió en el rayo de su ira y de su castigo en la ciudad de los maricas. Abrasados los ojos por el encaro de las prodigiosas criaturas, los perversos huirían chillando y revolveríanse por el suelo de la plaza («...un poco parecida a las de Chirico, en sus asépticas pinturas metafísicas»), entre aullidos de espanto y de dolor. Lot tomaría de las manos a sus hijas y huiría a los montes por la senda del yermo. A su espalda, diluviaría azufre ardiente y Adonai, Aquel Cuyo Nombre No Debe Decirse, quemaría vivos a los pederastas después de cegarlos. Añadiste a modo de estrambote, pues aquélla era la lección singular aprendida del destino de Sodoma, que a su condena y castigo seguía irónicamente la invención del incesto. A solas con Lot y de acuerdo entre ellas, las vírgenes resolverían dejar de serlo con ayuda de su propio padre, a falta de otro varón. Embriagarían a Lot dos veces seguidas

52

y cada hija yacería con el patriarca, que la había concebido, en cada una de aquellas noches. Lot sembraría en ambas y de la estirpe de la mayor vendrían los moabitas. La menor daría a luz a Ben-ammí, padre de la casa de los ammonitas. («*Rideau*»)

—¡Rafael, Rafael, tengo una idea maravillosa! ¡No sé por qué no pudo ocurrírseme antes!

—¿Qué pretendes? ¿Arrasar Madrid con azufre ardiente? Quizás sea la suerte que merecemos todos.

—¡No, no, qué horror! Yo no soy el Dios del Viejo Testamento. Soy sólo una ambigua criatura y un poeta despavorido. ¡Rafael, vete conmigo a Granada!

—Pero, ¿cuándo?

—Ahora mismo. En *Cook's* compramos dos coches-camas, en vez de uno. Asunto listo.

—Pero tú estás loco. ¿Cómo iría yo a Granada? ¿Y por qué esta misma tarde, en nombre del cielo?

—Porque te invito yo. Todo corre de mi cuenta, incluido el billete, naturalmente. No has estado nunca en Granada y es hora sobrada de que la conozcas. Además yo te necesito. Tengo el presentimiento de que si vas allí conmigo, cambiarás mi destino para hacerme invulnerable.

—¡Loco de remate! Crees que el mundo te lo debe todo, como si fueses el aprendiz de brujo —poco a poco Martínez Nadal se indignaba contigo; pero tú no te airaste ni te cohibiste. Sólo eras presa de infinita fatiga, porque hasta su reacción a tu propuesta había sido presenciada antes—. ¡Voy a decidir el viaje sin más demora, porque tú me lo ordenas! Así, tal como suena y sólo para complacerte. ¡La cosa no tiene nombre!

El taxi se detuvo delante de *Cook's,* a una orilla de la Gran Vía. Abonaste la carrera, mientras Martínez Nadal seguía perorando. Hablaba ahora por hablar y tú no le escuchabas. Creíste o volviste a creer que esto era el mundo, o al menos esto era el país: un coro de orates hablándose los unos a los otros, sin oírse nunca.

—Está bien, hombre. Está bien. No tiene importancia —mentías—. Iremos juntos a la Huerta de San Vicente, en otra ocasión. Perdóname si en algo te ofendí.

Le tomaste del brazo y entrasteis en *Cook's.* Al dar tu nombre para que te extendiesen un muy británico recibo, el empleado te miró boquiabierto de pies a cabeza. ¿Eras tú el poeta? Todos somos poetas a nuestro modo. Se refería al poeta y dramaturgo, aquel que escribió *Yerma.* ¡Qué obra, jolines! ¡La había visto tres veces! Todos somos dramaturgos en sueños. ¿Se paró usted a pensarlo alguna vez? No, no se le había ocurrido; pero porfiaba en la demanda. ¿Eras o no eras el poeta de «La Casada Infiel» y el autor de *Yerma?* No, tú sólo eras el hermano de tu hermano. Rafael Martínez Nadal reíase de perfil y acodado en el mostrador. Reconcilióse con el aprendiz de brujo, casi sin darse cuenta. Ahora más que nunca te recordaba un carnero a punto de transformarse en hombre. Pensaste en viejos versos tuyos, garrapateados en Nueva York precisamente a la salida de aquel servicio de los negros. («*Go down, Moses! Go down, Moses!* ¡Desciende, Moisés! ¡Desciende, Moisés!*») Atestiguabas allí el esfuerzo de toda metamorfosis. La interminable tentativa del caballo por ser perro. La del perro por convertirse en golondrina. La de la golondrina por volverse abeja. Y por fin, cerrando la danza de la vida, la de la abeja por devenir caballo. Ésta era la idea del poema, aunque te habías olvidado de los versos, si alguna vez los supiste de memoria. El muchacho de la *Cook's* no salía de su atribulado asombro. Perdón, no acabo de comprenderle. ¿Es usted hermano de su hermano? Sin responderle te despediste, barriendo los aires con un ademán. Afuera viste el mismo taxi, que os llevó de Puerta de Hierro a *Cook's* (o de *Cook's* a este teatro del infierno), con la bandera bajada. Subisteis y diste las señas de tu casa. Alcalá, 102.

Nunca supiste hacer tu equipaje. Cuando ibas a la Huerta de San Vicente, desde Madrid, solías viajar con las manos en los bolsillos. Aquella vez te resignaste a arrastrar una maleta, para evitarte escándalos de Rafael Martínez Nadal. Él se encargó de reunir tus cosas, mientras le decías que sí, que ya ves, tanto trotar por el mundo en estos últimos años y tú juntarías los zapatos viejos con las camisas nuevas. O te irías con un cepillo de los dientes en el bolsillo del pecho de la chaqueta. Un cepillo rojo, de duras crines, como la orquídea que Georges Carpentier llevaba siempre prendida a la solapa. Ya sabes. A la puerta de tu casa, junto a la acera de Alcalá, seguía parado el mismo taxi. No os aguardaba a vosotros ni a nadie, detenido a la vera del tránsito. Diríasele prodigiosamente venido de un espacio sin tiempo, para llevarte a un destino insoslayable. Como aquella góndola que Gustave Aschenbach, o Von Aschenbach, toma a su llegada a Venecia. Cuando ignora que sus días están contados y que antes de la muerte conocerá el amor, siempre incomprensible, por un seráfico adolescente. Aunque nada confesaste a Rafael, habrías jurado que el taxi y su chófer eran desconocidos en Madrid y nunca figuraron en compañía, registro ni sindicato. Igual que la góndola de Aschenbach, sí, con su remero sin nombre («Yo sólo soy el hermano de mi hermano»), o de nombre nunca aprendido por los otros gondoleros. «El señor pagará», le había dicho aquel ser de aspecto brutal y distante a Aschenbach, cuando le pidió llevarle al Lido. No obstante y apenas llegados, hombre y embarcación desaparecieron sorprendentemente, como huidos por el aire y no por las turbias aguas del canal. Gustave Aschenbach o Von Aschenbach no pudo abonar el servicio, aunque su deuda incomprensible a implacables acreedores siguiera en pie.

—Rafael...

—Veamos qué te ocurre ahora.

—Volví a olvidarme de la taza, en el balcón, al pasar por casa.

—¡Por los clavos de Cristo! ¿De qué me estás hablando? ¡No comprendo una sola palabra!

—De una taza de café vacía. Quedó en el balcón, cuando llegaste a mi casa. Luego me distraje mientras despedía a aquel actor, quien gloriábase de descender de Máiquez por vía de una hermana, y hasta ahora no acerté a acordarme del segundo olvido.

—Eres incomprensible —sonreía el cordero mueso en el fondo del taxi—. Sencillamente incomprensible.

—¿Por qué iba a serlo?

—Por un lado profetizas una guerra y dices que te devorará apenas empezada. Por otro, te desvives al pensar en una taza olvidada en el balcón de tu piso.

—Todo casa trágicamente —te sorprendiste replicando—. Rafael, estas calles y los campos alrededor de Madrid se llenarán de muertos, rebozados en su propia sangre. Esta ciudad será cañoneada y bombardeada hasta que muchos de sus barrios se desmiguen en ruinas. No obstante presiento también que aquella taza permanecerá intacta, en mi balcón, a través de todas las catástrofes.

Callaba ahora Martínez Nadal. Te lo hiciste replegado en su almario, tratando de imaginar tus palabras sin comprenderlas, asaltado por los espejismos de otro hombre. Entre tanto la tarde huía cielos arriba por los tejados, como en algunos cuadros de Pisarro. Pensando en tu sueño de la víspera, te preguntaste si por azar cuanto creíamos vivo no fuera precisamente lo pintado. En otros términos, ¿existíamos de veras, como seres condenados a muerte, o éramos apariencias conscientes en un cuadro ajeno? Rechazaste la idea, meneando aquella oscura cabeza que a tus espaldas decían de gañán. Vuestro destino era tan inexorable e irrevocable como el curso de aquel río, de fuentes soterradas más allá de la nada, que a falta de otro nombre decían el tiempo. En cambio en los cuadros, como en los sueños, no discurrían las aguas ni las horas. Todo se inmovilizaba en las telas, los huracanes de Van Gogh, los nenúfares de Monet y las lentísimas meninas de Velázquez.

Y en aquel instante, en una suerte de súbita revelación, creíste comprender el infierno.

No podía ser sino aquel sueño de la noche anterior, que a la vez presentías como el último de los tuyos. Hasta tu muerte, anticipada con una fría y casi inhumana lucidez, dormirías ciego y en cerradas tinieblas. No olvidarías en cambio aquella pesadilla, suma de cuanto vivieras y soñaras a la vez que presagio muy cierto (así lo creíste entonces al menos) del infierno sin fin. Éste no sería sino la interminable presencia de las imágenes incomprensibles, cercándote y poblándote eternidad adentro. Allí, en ti y contigo, el caracol abierto a navaja barbera, la diosa amputada debajo de los pechos y la gracia prendida a la concha, de largas vueltas rojas y pardas. La pupila fosilizada de una especie anterior a la nuestra, vuelta corazón azul de otra concha nacarada. El mono amarillo y gigantesco, el de pupilas como turquesas, acuclillado bajo una carga transparente ante los farallones cortados a pico. El torso cercenado del desnudo, con la manzana en la mano, que aun en el sueño atribuiste a otra de las gracias. El zapato blanco de Bally y la zapatilla de ónix, perdidos al pie de tu pesadilla y velando el descanso de Paris.

Evidentemente te equivocaste. Nadie, salvo los muertos, alcanza a comprender el infierno. Ésta es la única verdad eterna y es a la vez la más vana de las habladurías.

Creíste que era el todo una parte fugitiva de este reino, aquí reducida a un simple recuerdo, que puedes presenciar en el tablado de tu teatro cuando te plazca. Quizás quepa deducir una obvia lección, como las de los textos morales en las escuelitas de tus padres, de semejantes consecuencias. Imagináis la muerte, como la propia vida, a hechura de vuestros sueños. Hacéis al hombre medida de todas las cosas, incluida la eternidad. Sarcásticamente no es proporción ni escala de nada. Su sueño del infierno es sólo un fantasma, una sombra suya, en esta espiral que es el otro universo.

Llegados a la estación os apeasteis del taxi,

Rafael con tu valija en la mano. Le asombró que el chofer se fuese sin aguardar el cobro de la carrera. Tú no te sorprendiste. Estaba escrito que el señor pagaría de todos modos y aquel hombre, que tan pacientemente os esperara a la puerta de *Cook's* y delante de tu casa, había cumplido su parte prevista en tu destino. A ti te faltaban aún tiempo y espacio para tu sacrificio. Te faltaban sin sobrarte para que te matasen o para repetir el martirio, pues la doble sensación de plazo cada vez más menguado y de sucesos ya vividos tomaba mayor cuerpo en aquellos andenes. Casi con abrumado desapego, rendido bajo la carga como el mono gigantesco de tu pesadilla, te esforzabas por corregir cuanto estaba escrito.

—Rafael, ¿de veras no te decides a acompañarme a Granada?

—Esto sí, ahora mismo —sonreía—. ¿Qué más se le ofrece al señor?

—Nada más, el resto del viaje debo hacerlo solo, si me obligan a emprenderlo.

—Como comprenderás, no podía replicarte de otro modo.

—Ni yo dejar de pedírtelo esta vez, aunque te parezca increíble.

—Está bien, hombre. Está bien. No hagamos una nueva tragedia romana.

Tu coche cama estaba al final del andén, dos o tres vagones detrás de la locomotora. En la estación, como en las calles pobladas de vendedores ambulantes, Madrid se rejuvenecía y volvíase provinciano de un modo que nunca lo fuera Granada. Te plugo comprobarlo, a pesar de tu estado de ánimo. Definitivamente no habías perdido tu capacidad de observación, aquella que te llevó a la de Góngora muchos años antes de que Dámaso Alonso pretendiese descubrírtela. Ver claro era pensar claro en cualquier trance, como lo decía Ortega en su primer libro. Un hombre vestido de caqui empujaba plataforma abajo su carrito de dos ruedas, repleto de granadinas, de gaseosas, de peladillas de bautizo, de chocolatines en cajas metálicas pintadas con los canales de Amsterdam al alba y con el campanario de San Giovanni, en Montepulciano, el del reloj parado en el punto de las doce, desde un día de 1452 cuando nació Leonardo en Vinci. La granadina, pensaste en un paréntesis, mientras mirabas aquellas rojas como la sangre recién licuada de San Genaro, era también el cante de Granada. Aquel que tú pretendiste expresar como una larga y triste onomatopeya del curso de sus ríos, en uno de tus poemas tempranos. Pero la granada era también el fruto de las sombras en el reino de los muertos, el que Ascálafon vio morder a Perséfone, cuando Hades la raptó a sus dominios en el corazón de la eternidad y en el centro de la tierra.

Al cabo del andén, Madrid desandaba el tiempo hasta regresar al del género chico, las verbenas, las zarzuelas vernáculas y los pasodobles en *La Bombilla* para los banderilleros y las majas de otra época. («¿Sabía usted que una bisabuela mía era hermana del gran Máiquez?») Campesinas de increíbles faldas largas y pañuelos atados debajo del mentón con un nudo muy prieto de orejas de conejo, corrían entre risas y chillidos hacia un tren que las aguardaba pacientemente. Sus parejas, paletos endomingados aunque fuese jueves, gorras abrochadas y un sí es no es ladeadillas a la izquierda, pañizuelos planchados al cuello y pantalones prietos, las seguían más marchosos. Ellas llevaban cestas de paja vacías al brazo, donde acaso trajeran algún capón o una gallina pintada. Ellos empuñaban bastoncillos finos como juncos, parecidos a los que rifan los barquilleros, que esgrimían en el aire con mucho meneo de las muñecas pardas.

Un sentido de imperativa simetría, al paso de aquella gente, te obligó a evocar la primera vez que viste Madrid. Era en los años anteriores a la guerra europea y en tiempos tan lejanos ahora como la Roma de Escipión Emiliano. Os llevaban vuestros padres, en demorado cumplimiento de alguna promesa casi olvidada, a ti y a tus hermanos. Como salidos de un daguerrotipo, aparecisteis todos en el Retiro otra mañana de verano incierto y recién despuntado. Las niñas casi tiritando en sus vestidos blancos, con grandes lazos amarillos a la cabeza. Tu hermano y tú con corbatas de punto y nudo gordo, las chaquetas de un solo botón abrochado casi en mitad del pecho. Os mostraban la estatua de *El Ángel Caído*, el único monumento del mundo al demonio al enfático decir de vuestro padre, cuando pasaron en una manuela Machaquito y Vicente Pastor. Los reconociste en seguida por haberlos visto algunas veces en la plaza de Granada y otras muchas más en las ilustraciones de *La Esfera* y de *Mundo Gráfico*. Machaco tenía el aire desvaído de un empresario cordobés o de un tenedor de libros súbitamente enriquecido. A su lado, largo de cuerpo, de brazos y de cara, ancha la sonrisa y muy salida la quijada azulada, se agigantaba el madrileñísimo Vicente Pastor, el Chico de la Blusa. Del blusón obrero con que acudía a las primeras capeas, no quedaba traza ni memoria. No obstante, al verle tocado con su jipijapa, calzado con altas botas abotonadas, ceñidos el chaleco, los pantalones y la chaquetilla, pañuelo de seda blanca al cuello, leontina con tres vueltas al pecho y clavel reventón en la solapa, te venció una certeza que aun en tu infancia titubeante supiste clara y válida. Un día, te dijiste, recordarías al cabo de muchos años el coche de punto con el torero de paseo por el parque. Hasta entonces su memoria en la mañana madrileña, cabe a *El Ángel Caído*, dormiría en ti apercibiéndose para la hora señalada. Venida ésta, te sería devuelta, como se revela el clisé en la cubeta de los fotógrafos, para dar sentido y cumplimiento al tiempo irrevocable e irreversible como las aguas de los ríos.

Y ahora regresaba Vicente Pastor. Fosforecía súbitamente la reliquia de su recuerdo para identificarse con los majos y los pichis, de pañuelitos almidonados, pantalones prietos y gorrillas ladeadas. Uno era también el Chico de la Blusa con las campesinas de faldas agitanadas y cestas al brazo, aún calientes y olorosas a gallinas pintadas. Todo se barajaba y confundía para darte la imagen del otro Madrid, el de los cangrejos de mar y de río, voceados por las calles con los quesitos de Miraflores y las mantecadas de Astorga, tal como la viste en aquella mañana de la infancia y volvías a presenciarla ahora, cumplida y viviendo casi de prestado. Su agonía, la del Madrid de los toreros en calesa, los manolos y las majas de verbena, venía a coincidir con la tuya. Todo aquel mundo, heredado de los cartones para tapices de Goya a través de diversos avatares, terminaría para siempre en cuanto las calles y los campos se llenasen de muertos, como acababas de presagiárselo a Rafael Martínez Nadal.

En el Retiro exhibían a los viejos impresionistas franceses. Os parasteis todos ante *La Gare Saint Lazare*, de Monet. Tu padre sacudió la cabeza, donde la sonrisa de desprecio se le derramaba sobre las quijadas y preguntó qué demonios era aquella chafarrinada. Él comprendía perfectamente que al cabo de los siglos los pintores no pueden pintar como Murillo en su época. Además había conocido a Moreno Carbonero, el gran artista de Málaga, y entendía y apreciaba el arte. Por esto, precisamente por esto, crecíase cada vez más poseído de sí mismo, denunciaba aquellas supercherías de unos impostores quienes no sabían qué hacer para llamar la atención. Tu hermano y tú le replicasteis en seguida, expresando una admiración por el cuadro muy superior a la sentida. Si bien por lo común era atrabiliario y no toleraba controversias, casi no reparó en tales discrepancias. Limitóse a encoger los hombros, que no doblaban los años, echando a cuenta de vuestra inocencia tanta ignorancia. Callaban las niñas y como hablándoles a ellas, siempre en voz baja y muy pausada, tu madre empezó a deciros que Monet no se propuso representar el mundo de las superficies, los contornos y los volúmenes (estaba a punto de añadir, «el mundo que en fin de cuentas no vemos sino imaginamos para entendernos»; pero no se atrevió para no enfurecer a tu padre, quien hasta entonces la escuchaba con la misma estudiada displicencia que a vosotros), sino el otro mundo, el que la luz y las sombras transforman constantemente. Su propósito, como el de Velázquez en aquellas *Meninas* que ayer vimos en el Prado, era captar un instante fugitivo: uno de estos momentos inadvertidos y transitorios, que vienen, pasan, se apagan y juntos componen nuestras breves vidas. Para la realización de esta pintura, siempre fluida y en transición, valióse Monet de pinceladas muy cortas y gruesas, que se distinguen perfectamente en el cuadro, como a su vez las señalábamos en *Las Meninas*. Huelga añadir, concluía tu madre, que la coincidencia no es casual, si tenemos en cuenta que tanto Velázquez como Monet se esforzaban por representar una pausa en el tiempo. Velázquez, el instante en que la menina ofrece un búcaro a la Infanta y Monet la llegada del tren humeante al fondo de la estación de Saint Lazare.

La escuchaste hasta aquel punto. (El punto que ahora se representa, con los espectros de todos vosotros como actores, en este teatro de los infiernos.) Luego dejaste de oírla, para advertir tu propia revelación personal ante el cuadro. Como te había ocurrido antes, cuando os cruzasteis con Vicente Pastor junto a *El Ángel Caído*, te dijiste que debías atesorar aquel momento, con *La Gare Saint Lazare* al fondo, porque en otra circunstancia de tu vida se te revelaría su verdadero significado. De nuevo en la estación de Madrid y al pie del expreso de Andalucía, comprendiste llegada la hora presentida y veinticuatro o veinticinco años antes. Como el agua en el agua, el recuerdo del cuadro de Monet se fundía en la realidad presente, donde tú no escuchabas a Rafael al igual que en el Retiro dejaste de oír a tu madre, mientras se esforzaba por explicaros los designios secretos del impresionismo ante la sonrisa sarcástica de vuestro padre. El humo en el humo, los andenes en los andenes, los caballetes de hierro en los caballetes de hierro, todo se entreveraba en todo. Tan prieto era el tejido de lo vivo y lo pintado que tú no sabías a ciencia si te adentrabas en una estación o en un cuadro. De súbito, como una nota al margen de aquella vivencia, te repetiste cuanto dijera tu madre en el Retiro. Monet quiso recoger un instante fugaz en *La Gare Saint Lazare*, uno de estos segundos fugitivos y maravillosos cuyo paso ignoramos casi siempre en nuestras vidas. Pintó la entrada de un tren cualquiera en París y realizó un milagro, antes sólo obrado por Velázquez. En otras palabras, detuvo el tiempo para que los hombres se recrearan con aquel callado portento, en el supuesto de que no fuesen ciegos ante su pintura como lo era tu padre. Ahora su momento pintado y el tuyo vivido eran uno, al confundir en un solo instante tu llegada y tu partida de Madrid, a los dos cabos de un cuarto de siglo que también era el lapso de tu vida consciente.

Lo demás era previsible y te esforzaste en abreviarlo, aunque volviera a vencerte la certeza de haberlo vivido todo antes, en alguna dimensión desconocida del tiempo o del alma. Rafael Martínez Nadal se empeñó en subirte la maleta al compartimiento y en encaramarla a la redecilla, sobre unas marchitas fotografías del Rhin en Basilea y del Loire a su paso por Amboise, que coronaban los asientos tapizados con dalias bordadas y abiertas. Le acompañabas hasta la plataforma, para despedirle en el estribo, cuando viste a aquel hombre en el pasillo y te abrumó el espanto.

De pechos en el alféizar de una ventana, casi vuelto de espaldas a ti, miraba el andén distraídamente. Reconociste su corpulencia, sus duras quijadas que le daban un distante parecido con retratos de la primera juventud de tu padre, sus hombros de camellero y aquel pelo renegrido y ensortijado como el de un africano. Siendo diputado de derechas, acudía a los mítines ataviado con un blusón de carnicero, idéntico al de Vicente Pastor en sus primeras capeas. En sus discursos tomaba el nombre de Dios en vano, con la misma ensoberbecida displicencia que tomó un taxi en Granada para ir a Madrid, aunque luego quiso esquivar el pago ocultándose no sé dónde. En una de las cenas, a las que tú y José Antonio Primo de Rivera ibais también a escondidas, te referiste a los callos de sus manos, que mostraba al Partido para probar que un curtido trabajador podía ser fiel a la Ley, al Orden y a la Patria Indivisible. José Antonio Primo de Rivera reíase de buena gana. «¡Ése es sólo un obrero amaestrado!», exclamó. «¡Un puro obrero amaestrado! Cuando Gil Robles se canse de exhibirlo, lo venderá a un circo de provincias.»

—Vete ahora, Rafael —le dijiste a Martínez Nadal en la plataforma—. No aguardes a que salga el expreso.

—No te impacientes. Todo se andará a su hora. Yo no tengo prisa.

—Me haces un señalado favor si te marchas en seguida.

—¿A qué vienen tanta urgencia y tanto misterio? Pareces un conspirador.

—¿Ves a aquel hombre? El corpulento, de las grandes quijadas, asomado a la ventanilla. Es un diputado de Granada y un mal bicho. No quiero hablar con él, de ningún modo. En cuanto te vayas, me encerraré en el compartimiento y correré las cortinillas. Márchate por favor antes de que nos vea.

—Está bien, está bien. Me iré si insistes —volvía a sacudir fatigosamente su cabeza de carnero—. Eres el ser más asustadizo y supersticioso que he conocido.

—Lo que tú digas; pero vete ahora. Te lo suplico. Puede volverse en cualquier momento.

—¿Quién es ese hombre, en fin de cuentas? ¿Un espectro, la *bête noire* de tus desvelos, o simplemente un mensajero del destino?

—Ya te lo dije, un diputado de derechas por Granada —vacilaste y recurriste a todo tu valor para pronunciar aquel nombre, que por razones aún no presentidas te aterraba el alma—. Se llama Ramón Ruiz Alonso.

Con un respingo de hombros, donde expresaba su ignorancia o su indiferencia, se despidió Rafael Martínez Nadal estrechándote la mano. Le viste alejarse por el andén, sin volverse ni una sola vez, bien ajeno a todo presagio de que allí acababa vuestro último encuentro. Sin nostalgia ni tristeza, porque el desasosiego se barajaba en tu ánimo con una inesperada frialdad, le contemplaste hasta perderlo en un revuelo de gentes presurosas que corrían hacia el expreso de Andalucía. Luego, en tu compartimiento, cerraste la puerta que daba al pasillo y echaste las cortinillas. En la penumbra se oscurecía Basilea y un Loire, entre gris y amarillento, atravesaba Amboise donde según creías sepultaron a Leonardo. En alguno de sus apuntes describía el agua que tocamos en los ríos como la última de las que se fueron y la primera de las que vendrán. A su parecer, así era el día presente. Ni que decirlo tiene se equivocaba, como erraste tú cuando supusiste ciegos a los muertos. Si los días de nuestras vidas eran como el agua de los ríos, cada río sería una rueda que iba a verterse a sus mismas fuentes. Cada gota idéntica a las demás y cada hora igual a otra vivida antes. El tren de Monet venía a fundirse a través tuyo en el tren de Andalucía. Uno entraba en la *Gare Saint Lazare* y el otro salía lentamente de Madrid, para llevarte a una muerte irrevocable que ya viviste antes.

Por los cristales de la ventana pasaban cada vez más deprisa rieles, traviesas, agujas, areneros, muros, vías muertas, balasto, carboneras, vagones, andenes y apartaderos. Pasan ahora por el tablado de este teatro, donde los recuerdos te devuelven intacta la vida vivida. Cada hombre lleva el infierno dentro, por ser el infierno la memoria absoluta. Aquellos ríos vueltos ruedas, que fueron vuestras vidas, regresan en cualquier punto de sus aguas al conjuro de la voluntad. Caía la noche, como cae ahora en el escenario, mientras el tren se alejaba de Madrid. Cruzan las primeras luces el vidrio de la ventana, como se iban encendiendo en la anochecida de 1936. Te sentiste fatigado y soñoliento, al cabo de aquel día interminable, el último de los tuyos en Madrid. Te levantaste para correr aquellas cortinas, como antes las de la puerta del pasillo. Como se levanta ahora tu propia imagen en el teatro para bajarlas. La entera representación es idéntica a lo sucedido, hasta el último y más insignificante de los detalles, como lo fuera tantas otras veces al revivir aquel último viaje a las tierras donde naciste y a la muerte inevitable.

¡De improviso y de forma tan súbita como inesperada, algo difiere en el escenario de lo sucedido! Diríase que tardas eternidades, si de eternidades puede hablarse en el infierno, en correr las cortinas. Jurarías que en la realidad del pasado las cerraste en seguida, para tenderte en la cama del compartimiento y olvidarte de todo, absolutamente de todo, de Ruiz Alonso y de Martínez Nadal, de Monet y de Vicente Pastor, del gondolero de Aschenbach y del taxista siempre parado a tu espera, de Sánchez Mejías y de Primo de Rivera, de Sodoma y de la iglesia de Harlem, de *El Público* y de *Yerma,* de *El Ángel Caído* y de la Huerta de San Vicente, de la taza vacía en el balcón cerrado y del biznieto de la Medioculo, de la zapatilla de ónix en tus sueños y de tu admirador en *Cook's.* Ahora sin embargo tu imagen se demora en pie y de espaldas a la puerta del pasillo, mientras el infierno estampa un imprevisto y terrible mensaje en el vidrio de la ventana. Allí y en grandes letras resplandecientes, que no aparecieron nunca en los cristales del expreso, cuatro palabras doradas y encendidas: PREPÁRATE PARA EL JUICIO.

El prendimiento

Prepárate para el juicio.

No sé si me acusan de haber nacido o de haber sido asesinado. Sólo presiento que si me absuelven, sean quien fueren mis jueces, dormiré en el olvido y seré libre de mis memorias.

Prepárate para el juicio.

Tan pronto como aparecieran, se apagaron aquellas palabras en la ventana. Serían fugaces pero no me cupo duda de haberlas visto. Cómo apercibirme para el juicio, a solas y desconociendo los cargos, se me antojó grotesco e insensato. Lo absurdo del trance me infundió una impensada hilaridad, no menos irracional que aquel supuesto proceso mío. Torcido sobre un brazo de la butaca, me desatinaba riendo como un loco, un muerto loco, con las palmas en las sienes. Dejé de reír al percatarme que si vida y razón eran excepciones perdidas en el firmamento, también este otro universo, el de nuestra espiral, podía ser igualmente desatinado y ajeno a la conciencia de los hombres. De este modo y una vez echadas todas las cuentas, seguía preso en el mismo apremio. Me exigían prepararme para un juicio, sin decirme las faltas imputadas. A la vez y por designio tan obvio como inexplicable, me infundían la certeza de que la absolución representaría el olvido eterno, la interminable libertad de dormir sin sueños y sin recuerdos.

Un arrebato me levantó de improviso, para llevarme corredor arriba hasta la próxima platea. Me arrastraba el presentimiento, por demás injustificado, de que allí encontraría parte de la respuesta a mi incertidumbre. Como de costumbre, el teatro seguía vacío en el tablado y en la sala de butacas. No obstante y por primera vez, me embargó una sensación desconocida en aquel lugar. Siempre creí que quien allí parase raramente evocaría su pasado, pues nunca vi representarse sus memorias. Llegué a pensar que al cabo los muertos éramos ciegos como el espectro de aquella gitana mía, porque sólo nos veíamos los recuerdos sin distinguirnos unos a otros. Para mayor soledad, en aquella platea, ni siquiera coincidía con las evocaciones de aquel hombre. Fue entonces, en una de mis recaladas por el teatro desierto, cuando observé que cada muerto era un Robinson sentado en la cabeza de un alfiler, asumiendo la entera conciencia culpable del universo.

Sin razón alguna pero con certeza absoluta, mudé de parecer en aquel instante y me dije que la sala, su proscenio y sus tablas, todo estaba vacío. Quienquiera que allí hubiese penado había sido absuelto en su juicio. Dormía ahora sin sueños en el infierno y por lo tanto ya no era nadie, liberado de la conciencia y de la memoria. Nunca más volvería a pasear la vista entre las sombras de su pasado, ni volverían éstas a aparecerse en el escenario. De inmediato y en una síntesis inconsciente de aterradoras realidades, pensé que acaso la espiral no fuese otro universo, a la medida de la entera humanidad, donde a cada muerto correspondiese un teatro. Cabía en lo posible que se hubiese cerrado, cuando las gentes poblaban aún el mundo con su insensatez y su esperanza. Acaso las plateas y los tablados de quienes fueron absueltos y librados a la nada, donde ni siquiera existe la memoria, aguardasen a otros hombres y la puesta en escena de sus propios recuerdos.

Las hipótesis se trenzaban y anudaban como los hilos. Me obligué a preguntarme si alguna razón ignorada, pero no inconsecuente, relacionaría a quienes pasasen por la misma sala. Cabía en lo posible que habiéndose desconocido en la tierra, secretas analogías gobernasen sus vidas y en consecuencia les fueran asignados las mismas plateas e idénticos tablados. Tal vez y en último término, un término tan lógico como irónico, aquélla y sólo aquélla fuese la razón de ser de la humanidad. Por contraste y acaso con idéntica verosimilitud, podía imaginar cierto lo opuesto. En otras palabras, suponer la ironía sarcasmo y atribuir a un azar insensato el paso sucesivo de distintos espectros por los mismos teatros. Me estremeció la idea de una imprevisión tan grande que diese un día a Ruiz Alonso mi ámbito en el infierno, para que eternamente presenciase mi prendimiento en Granada, si yo era absuelto en el juicio.

Fue aquel miedo anticipado e irracional, el de mi sala y mi escenario heredados por Ruiz Alonso, el que me llevó corredor arriba y bajo los tragaluces al siguiente teatro. De nuevo y como siempre, llamé a quien allí suponía hermanado conmigo en sentimientos o en intereses. «¿Quién eres? ¿De dónde vienes? ¿Cómo te dijiste entre los hombres?» Y ahora, por vez primera quise preguntarle: «¿Quién nos juzga? ¿Por qué nos procesan a los muertos?». Sólo repuso el mismo silencio, que acogía el eco de mis preguntas. Quizás el elegido para poblar a solas aquel teatro viviese aún y sus recuerdos y fantasías se le anticipasen por el camino del proscenio. Al menos, ésta fue siempre mi convicción en la sala siguiente, donde se aparece la cruz gigantesca del Risco de la Nava. Aquí no estaba tan cierto de mi presentimiento, por razones arbitrarias e inexplicables. De cualquier modo y en el caso de que hubiese muerto aquel hombre, tampoco podríamos encontrarnos en nuestro desvelo, incapaces de oírnos o de vernos en la platea o en este pasillo que se curva y sube por la espiral interminable.

Precedido o no por sus memorias, éstas empezaron a iluminar de pronto el tablado. Donde antes desfilaban los caballeros de las chisteras, los reyes con gorguera, las ciudades bálticas bajo las cigüeñas, las damas blancas con las manos en los manguitos, los duendes soñolientos, las manadas de renos relucientes de escarcha, los cazadores apiñados sobre la marmita del eucalipto, los pescadores de mirada verde, el doble del Aretino, los trece mellizos en torno de la mesa de Blasco Ibáñez, la moza del partido con el rostro cruzado por un trallazo, los hinojales y tomillares cubiertos de abejas y la iluminada desnuda, que era la *ragione clara* y aclamada por los mosqueteros, aparecíase ahora la vidriera del Lyon frente a Correos, con su ventanal sobre la acera de la calle de Alcalá. El café había cambiado poco, desde los tiempos en que yo parara por allí con Buñuel o con Alberti, a la vuelta del teatro. Los mismos sofás apoyados al muro, que primero fueron de felpa y luego de hule. La misma barra, cubierta de cinc y de mármol, ante los mismos estantes de botellas iluminadas. Idénticas mesas y sillas en los sitios de siempre. Dos hombres conversaban junto al vidrio del vano; pero sus voces venían muy claras a través del cristal. Uno era alto y mediría dos varas sobradas, como decían los campesinos en mi infancia. Llevaba el pelo cepillado hacia atrás, muy renegrido y pegado al cráneo. La cicatriz de un rayo o de una cuchillada le partía la mejilla, prieta de sol y azulada por la barba. De tiempo en tiempo tomaba apuntes en un cuadernillo abierto sobre la mesa o jugueteaba con un cenicero de aluminio. Era para mí un desconocido y podría tener cualquier edad, entre la mía cuando me hundieron en el infierno a tiros y el medio siglo.

El otro hombre frisaría los ochenta o quizás los pasase. Había alcanzado aquel punto de ancianidad en que las gentes dejan de envejecer, para convertirse en su propia semblanza esfumada. No atiné a identificarle hasta oírle la voz. Con una desasida frialdad, que no dejaba de sorprenderme, comprendí que iba a referirlo a alguien muy bien conocido. El cabello algodonado y rizoso raleaba ahora y las facciones angulares y quijarudas se achicaron en torno de los ojos oscuros. También las espaldas, que en otro tiempo parecían de estibador o de jayán, derrumbábanse abrumadas por los años. Las manos, manchadas por el tiempo a grandes lunares, sobaban el entrecejo o restañaban con el canto de la palma una agüilla amarillenta, que a cada instante le brotaba por un lado de los labios. Era Ramón Ruiz Alonso.

Los dos hablaban de mí, si bien esforzábanse curiosamente, y como de mutuo acuerdo, en no mencionarme nunca por el nombre. El hombre de la cicatriz en la mejilla asentía de tarde en tarde a las palabras de Ruiz Alonso, con un gesto vago y casi por cortesía. La mayor parte de las veces parecía escucharle sin creer casi nada de cuanto le decía. Nunca se miraban a los ojos; pero estaban absortos en su diálogo. Olvidadas en la mesa enfriábanse dos tazas de café.

—Aquí, en este mismo sitio, hablé hace unos años de aquel pobre señor, que Dios tenga en su gloria, con un inglés o un irlandés quien recogió cuanto dije, a escondidas y sin saberlo yo, en una cosa de ésas, ¿cómo se llama? —titubeaba Ruiz Alonso.

—Una grabadora —apuntó el hombre del corte en la cara.

—Esto, en una grabadora. Luego lo publicó en un libro sobre la muerte de aquel desgraciado, que en paz descanse. ¿Se imagina usted qué falta de principios?

El hombre de la cicatriz no aventuró ningún comentario. Limitándose a trazar dos rayas paralelas y muy cortas en su cuaderno, que luego cruzó con otra vertical bosquejando una especie de cruz de Lorena.

—Yo no tengo ninguna grabadora —dijo como si hablase consigo mismo.

—No lo dudo. No lo dudo —el énfasis delataba la secreta incertidumbre de Ruiz Alonso. Para entonces debía arrepentirse ya de haber accedido a la entrevista—. Usted es un caballero.

—No hay un solo ser en la tierra capaz de saber quién es —replicó el hombre de la cara cortada, citando a Léon Bloy.

—Es posible. Es posible, aunque estas cosas no acabo de comprenderlas. Yo soy sólo un pobre tipógrafo jubilado —vaciló un instante, como lo haría un actor que midiese su público antes de proferir una obscenidad, en medio de un auto sacramental o de una tragedia clásica—. Yo soy un hijo del pueblo.

—Perdón, ¿cómo decía usted?

—Dije que yo soy un hijo del pueblo.

—Hijo del pueblo o no, pasará a la Historia, señor Ruiz Alonso. O, en honor a la verdad, ha entrado ya en ella, porque una vez asesinaron a un poeta que usted había detenido —replicó el hombre del rostro rajado, sin ironía.

—Yo no le detuve. Me mandaron detenerle, ¡santa gloria haya, el pobrecito! Sí, me mandaron detenerle y tuve que obedecer porque estábamos en guerra, cuando todas las órdenes son sagradas. ¡Se lo juro por la Santísima Virgen!

—¿Ésta es la verdad?

—Éste es el principio de la verdad —precisó después de meditar la respuesta—. El gobernador de Granada se hallaba de visita en el frente aquel día. Un oficial, cuyo nombre olvidé porque con los años hasta los recuerdos más terribles se confunden y oscurecen, me dio órdenes ineludibles. «Mire usted», me dijo, «ese señor tiene que comparecer en el Gobierno Civil, porque el gobernador así lo ha mandado. Quiere encontrarlo aquí a su vuelta del frente, sin demora ni pretexto. Tiene un grandísimo interés en hablar con él y quiere que lo traigan debidamente protegido, sin que nadie le roce un pelo de la ropa. Para este servicio se ha pensado en una persona de autoridad y prestigio, como usted, Ruiz Alonso».

Hablaba en voz muy baja, casi en susurros que el hombre de la cicatriz anotaba a veces bajo la cruz de Lorena. Dijo enteladas las memorias más terribles; pero él parecía desvivirse como sin duda no lo hiciera cuando le mandaron prenderme, en el supuesto de que todo hubiese sucedido como lo contaba. La agüilla amarilla se le secaba en el canto de la boca y temblábale la mano, cuando se obstinaba en borrarla con la palma.

—Conocía la versión de estas órdenes, que usted dice santas en tiempo de guerra —hablaba de nuevo sin ironía alguna, mirando las tazas de café frío como si fuesen el bodegón de un maestro, mientras Ruiz Alonso asentía con la cabeza—. Como usted comprenderá, es imposible creerla.

—Sí, sí, esto también lo comprendo. Pero así iban las cosas entonces. Estábamos en guerra, en una guerra sin cuartel y a muerte, no lo olvide. Yo puedo jurarle por todos los santos del cielo que ésta es la verdad del caso —titubeaba lívido ahora, como si hubiese llegado al cabo de sus fuerzas. De súbito se encendió golpeando la mesa con el puño. Una ira inesperada le devolvía a la vida—. Luego se contaron toda clase de atrocidades para desprestigiarme. Son tan absurdas que yo me río, sí, me río, al pensar en ellas.

—¿De qué se ríe usted, señor Ruiz Alonso?

—¡Vayamos por partes y pongamos cierto orden en las cosas! Sí, cierto orden, ¿eh? Bueno, pues mire, para empezar aquel señor, que en paz descanse, era un invertido. Al decirlo así, con esta franqueza mía, no pretendo ofender su digna memoria porque esto lo sabe y lo comenta el mundo entero. Mire usted, yo soy un hombre de otra época. De una época que hoy me parece muy remota, a la vista de tanta pornografía y tanta delincuencia. Pues yo, con mi sentido moral y mi piedad religiosa, digo que su aberración no me importa en absoluto porque pertenece a su vida privada. Sí, señor, a su vida privada...

—Y a su muerte, más privada todavía.

Se interrumpió Ruiz Alonso para mirarle indeciso. Desconfiado y vulnerable, parecía temeroso de perderse un sarcasmo a expensas suyas. De improviso, parpadeando como deslumbrado, creyó haber comprendido. Se le crecían las pestañas canas y un laberinto de venillas le encendía los pómulos pálidos.

—Sí, sí, entiendo. La muerte es tan privada como la vida, porque nadie puede vivir ni morir por otro. Ni usted por mí, ni yo por usted.

—Ni usted por aquel hombre.

—¿De qué hombre me habla?

—De aquel a quien detuvo o le mandaron detener.

—¡Ah, sí, que Dios le haya perdonado! Rezo por él cada domingo, en misa, aunque a mí quisieron crucificarme vivo. ¡A eso iba; pero perdí el hilo y se me fue el santo al cielo! Decía serme indiferente que aquel señor fuese marica o no, con perdón y hablando en plata, porque por encima de todo respeto la intimidad y la dignidad de una vida humana, ¿estamos? Lo ignominioso, lo incalificable, es lo que hicieron conmigo.

—¿Qué hicieron con usted, señor Ruiz Alonso?

—Difamarme. Sí, señor, difamarme por escrito y en libros impresos. Aquel inglés o irlandés, el mismo que recogió subrepticiamente cuanto dije en una... ¿Cómo me dijo que se llamaba?

—En una grabadora.

—Sí, esto es, en una grabadora. Pues bien, él me dio cuenta de que un francés había escrito una vida de aquel caballero fusilado, ¡que santa gloria goce!, donde decíase así, tal como suena, que yo le detuve porque mediaban entre nosotros celos y riñas de homosexuales. Confieso que al oír semejante injuria, perdí los estribos porque cada cual tiene su honra y la mía es doble: la de ser muy cristiano por un lado pero por otro también muy hombre. «Dígale a este señor francés», repliqué con estas palabras u otras parecidas, «que si duda de mi virilidad puede traerme a su madre, a su mujer, o a sus hijas y aunque viejo me serviré de ellas, como lo merecen según la profesión por la cual las tiene fichadas la policía en su país». No era bravata, se lo juro, porque aquí donde me ve, hecho un carcamal, todavía desenvaino que da goce verme.

La tarde se iba hacia la Sierra, en el tablado del infierno. Se enrojecieron los cielos como la boca de un horno. Luego tiraron a ocre y a grana, como aquella zapatilla de ónix, de mi último sueño en Madrid. («La llaman *Crepidula Onyx,* que es su nombre técnico y exacto en latín. En el Pacífico tropical, la conocen como la Zapatilla de Ónix», me había dicho Dalí con su acento de cómico catalán. Luego, sin transición: «¿Tú has leído a Proust? ¿No? ¿Nunca? Estás todavía por desbastar; pero con un poco de suerte voy a lijarte y a barnizarte, hasta que tomes la apariencia de un auténtico poeta. De niño, antes de que le llevasen al teatro por primera vez, Proust creía que todos los espectadores presenciaban el mismo drama, mientras permanecían aislados los unos de los otros. En otras palabras, como leemos la Historia o como espía vergonzosamente un *voyeur* por el ojo de la cerradura».) En el Lyon se encendían las luces y en aquella hora incierta crecíase la voz chillona de Ruiz Alonso, pregonando sus atributos. Parejas perdidas por los sofás y viejos embebecidos en periódicos abiertos le miraban de pronto sonriendo.

—Todo el mundo le está observando, señor Ruiz Alonso —dijo el hombre de la cicatriz, siempre en voz baja y sin matices.

El anciano pretendía no haberle oído, o acaso no

le oyese extraviado en aquella farsa suya, irreal y desproporcionada, como la de un payaso del cine más primitivo. No se volvió para comprobar la presencia de su inesperado público; pero descendió el tono de sus quejas.

—Yo todo lo perdono porque a mi edad uno sabe que no somos nadie. Lo perdono, sí, pero no entiendo qué placer encuentran estos extranjeros en hacernos daño. En otra época hubiese dicho que esto era la eterna conjura de la anti-España. Ahora la verdad es que no sé qué decir —sacudió la cabeza fatigosamente; pero también de improviso pareció recobrarse—. Oiga, ¿por dónde andábamos?

—El gobernador accidental le mandó prenderle, según usted dice.

—¡Ah, sí! Ésta es la verdad. «Tome usted la protección necesaria y deténgalo inmediatamente», insistía. Repliqué no necesitar ninguna y bastarme con mi prestigio y mi valor. «Aun así debe llevarse una escolta», dijo de mala gana y como si le doliese revelarme la entera verdad, «porque se oculta en casa de un jefe de Falange. De un alto jefe». Las nuevas me asombraron y no dejaron de escandalizarme, porque entonces yo era muy joven y obcecado. El pan, pan y el vino, vino, ¿comprende? O ellos o nosotros y punto final. De todos modos, me afirmé en mi propósito de prender a aquel señor, que en paz descanse, completamente solo porque mi moralidad y mi reputación me abrían todas las puertas de la ciudad.

—Hay versiones muy distintas de los hechos. Gentes que aún hoy juran que soldados y paisanos armados, todos a sus órdenes, tomaron la calle y hasta a otros apostó en los tejados para impedir la fuga de un poeta.

—¡Mentiras! ¡Sólo mentiras y vilezas! La gente que le ocultaba, hasta su nombre me avergüenzo de pronunciar y no por haberle escondido, claro, sino por las infamias que divulgaron sobre mí, pusieron en circulación semejante especie. Aseguran que asalté su casa, protegido por un ejército, como si fuese una fortaleza. ¡No, señor! Lo hice solo y a pecho descubierto porque, como le dije, yo soy muy cristiano pero también muy macho.

—En este punto no puedo creerle.

—¿Cómo? ¿Cómo dice?

—Dije que en este punto no puedo creerle. Son muchos los testigos que afirman todo lo contrario. La calle estaba tomada.

—¡Mentiras! ¡Sólo mentiras y vilezas! ¡Si usted supiese cuántos embustes deforman la verdad de los hechos, casi todos con el propósito de infamarme! Mire, vayamos a un ejemplo que más se refiere a aquel pobre señor, que en paz descanse, que a mí mismo. Han propalado la fábula de su pánico patológico. Al parecer siendo marica debía ser también cobarde. Así rige la cabeza de estas gentes malignas y primitivas, que luego pasan por sabios...

—¿Quiénes?

—¿Cómo? ¿Cómo dice?...

—Pregunté a quiénes se refería.

—¡Pues a todos! ¿A quién iba a referirme? Al inglés o irlandés, al francés, a usted mismo si no cree la verdad cuando se la atestiguo bajo palabra. Lo cierto es que aquel señor, que en gloria esté, mantuvo siempre una entereza digna de encomio. Esto sí se lo juro con la mano en los Evangelios. Le

dije que se diese preso; pero le permití despedirse
de la gente que le cobijaba. Volvió casi en seguida
y me habló muy sereno. «Pues aquí la familia dice
que lo mejor es que sí, que me vaya con usted.
¿Pero qué me quieren en el Gobierno Civil?» «No
tengo la menor idea», repuse sin mentirle. «A mí
sólo me han pedido que garantice su llegada sano
y salvo. De modo que no tengo otra misión.
¿Quiere usted seguirme?» «Pues, sí, pues en este
caso sí voy a seguirle.» «Muy bien, muy bien»,
asentí. «Vámonos entonces.» Cuando entrábamos
en el Gobierno Civil, alguien quiso golpearle con
la culata de un mosquetón porque cobardes así los
hay por todas partes. Me interpuse como una fiera;
le hice cuadrarse y le grité: «¿Cómo te atreves,
miserable? ¡En mi presencia!». Aquel pobre señor,
¡que Dios le haya perdonado!, se sintió tan agrade-
cido que me ofreció un cigarrillo. «No, muchas
gracias. No he fumado nunca. Pero si en algo
puedo serle útil, no tiene más que pedirlo.» «No,
señor, sólo quisiera darle las gracias y un abrazo...» Estas fueron sus palabras textuales: «...darle
las gracias y un abrazo por lo bien que me ha
atendido. Nunca olvidaré su comportamiento».
Nos abrazamos y ya me iba, dejándole custodiado
en la antesala del gobernador, cuando se me
ocurrió decirle: «Al menos me permitirá que
mande a un ordenanza por un caldo de gallina. Un
caldito, aunque sea *Maggi*, nunca viene mal»,
porque yo soy así de correcto y caballeroso.
«Bueno, sea un caldo», asintió y aquellas fueron
las últimas palabras que le oí, porque un servidor
se fue entonces a su casa. No volví a verle nunca
más ni pude imaginar aquella tarde que fuesen
a matarle. Ésta es toda la verdad y así se la repetiría

yo, si estuviésemos en presencia de Nuestro Señor Jesucristo, clavado en su cruz. Así la confesaré también, ante su divino tribunal, cuando a mí llegue la hora postrera y comparezca en el juicio...

—Hay otras versiones de los hechos muy distintas de la suya. Testimonios de quienes también los ratificarían en presencia de Dios o de cualquier hombre, incluido usted mismo. Se le ha citado diciéndole, en el momento de prenderle: «Vengo a detenerte y llevarte al Gobierno Civil, porque hiciste más daño con tus libros que otros con sus pistolas».

—¡Muerte y condenación! ¡Así me fulmine el cielo aquí mismo, sobre la mesa, que ésta es la mayor de las mentiras! ¡Por el Santísimo Sacramento del Altar!... ¿Me oye usted bien? Por el Santísimo Sacramento del Altar, vuelvo a jurarle que es la más vil de todas las calumnias —Ruiz Alonso hablaba en tono muy quedo y el hombre de la cara marcada, fruncía el entrecejo como esforzándose en oírle o en creerle—. ¿Cómo iba a decir semejante aberración, si entonces no había leído ninguno de sus libros?

—¿Los ha leído ahora?

—Ahora sí los leí, después de comprarme aquella edición de sus *Obras Completas* encuadernada en piel y en un solo volumen. Ya le dije que con los años hasta los peores recuerdos se enturbian y entibian. No obstante usted comprenderá que no podría encerrarme a solas con sus versos, si me sintiese culpable de su muerte. Cuando le prendieron sólo conocía de oídas uno de sus poemas, el de la casada infiel, porque entonces lo recitaba toda España... Bueno, ¿qué quiere que le diga? También en esto voy a serle muy sincero. En aquel tiempo me parecía una obscenidad, porque esencialmente soy un caballero cristiano y creo que tales pecados, a los que nunca echaría la primera piedra, no deben ponerse al alcance de la juventud inocente e impresionable.

—Usted dijo que todavía desenvainaba que daba gozo verle, señor Ruiz Alonso. Añadió que no era bravata.

—Y no lo es, señor mío, no lo es porque aunque devoto soy hombre y pecador. También soy más viejo y veo en aquella poesía unos méritos artísticos que no distinguía antes. No obstante no acaba de gustarme. La que sí me encanta es la del hombre a quien el veinticinco de junio le dicen emplazado por la muerte y el veinticinco de agosto se tiende a morir, con la suprema dignidad de los héroes y de los santos. Mire, tiene tal grandeza dentro de su sencillez que a veces me saltaron las lágrimas, al leerla y acordarme de aquel pobre señor, cuando me aceptó el último caldito.

—Muy bien, prosiga.

—No quiero ocultarle nada. Yo, señor mío, soy un libro abierto. Si usted me pide el juicio sobre la muerte de aquel desdichado...

—No se lo pedí.

—Ya lo sé, pero en el supuesto de que lo preguntase, como no se privó de hacerlo el de la grabadora, le respondería como a él. Creo su fusilamiento muy reprobable porque, como cristiano practicante y piadoso, condeno la muerte del hombre a manos del hombre. No me importa que la víctima sea rojo, blanco o a topos. Yo soy enemigo de la violencia, venga de donde venga. Por otra parte, si me pide el parecer acerca de su muerte con relación a su obra...

—Tampoco se lo pedí.

—Le diré de todos modos, con mi habitual sinceridad, que si la muerte del hombre fue un pecado, la del escritor fue un bien que le hicieron porque al final sólo paría disparates y blasfemias; Dios se las haya absuelto a la hora del juicio. Sin irme por los cerros de Úbeda, pero tampoco sin morderme la lengua, añadiré no comprender el prestigio de que goza ahora, según creo aún mayor en el extranjero que en este país. ¿Por qué se interesan tanto por sus hechos y por sus versos? Será porque murió como muriera el pobrecillo, me digo yo, pues de haber sobrevivido nadie le recordaría.

—Ni los toros, ni las higueras, ni los caballos, ni las hormigas de su casa —dijo el de la cara cortada, mirando por primera vez a Ruiz Alonso a los ojos.

—Esto lo dice él, que en paz descanse, en su elegía a Sánchez Mejías, de la que no comprendo casi nada aunque me acuerde de casi todo —replicó Ruiz Alonso—. Ya ve usted como un pobre tipógrafo tiene también derecho a la memoria, aunque los recuerdos sean a veces su maldición. ¿Por qué no nos absolvemos todos a todos del pecado de nacer? ¿Por qué no dejamos que los muertos entierren a los muertos, como lo quería Nuestro Señor Jesucristo? ¿Por qué se empeña usted, un español aunque su nombre parezca italiano, señor Vasigli, en escribir un libro sobre aquel infeliz, en vez de dedicar una misa a su alma?

—Vasari, Sandro Vasari.

—Bueno, Vasari. ¿Por qué se obstina, señor Vasari, en volver a aquellos tiempos, cuando usted sería un niño, para contarnos la vida o la muerte de un infeliz, quien tantas cruces llevó a cuestas, desde su homosexualidad a su fusilamiento pasando por su talento perdido? Mejor dejarle descansar en paz, donde quiera que se pudra, en espera del juicio final.

—Yo no quiero escribir un libro sino un sueño, señor Ruiz Alonso.

—¿Un sueño?

—El que tuve el primero de abril de este año. Soñé con el infierno y lo vi como una espiral inacabable, por donde ascendía un pasillo alfombrado —el hombre de la cicatriz dobló la última página escrita de su cuaderno y dibujó una perspectiva de espiral en la siguiente. La atravesaban tres rayas equidistantes que señaló abstraído con la punta de la pluma—. Unos teatros se abren al corredor y a cada uno de éstos corresponde un muerto. Precisamente en una de aquellas plateas, el hombre a quien usted detuvo y según dicen también denunció aguarda el juicio...

—¡Yo no denuncié a nadie! ¡Yo no soy un delator!

—Sea. El hombre a quien usted detuvo evocaba a retazos y a destellos fragmentos de su pasado, en mi sueño. Inmediatamente aquellos recuerdos se materializaban y representaban en el escenario de su teatro. Desde la platea, él parecía contemplarlos y distinguirlos con la misma claridad que yo lo advertía todo en mi pesadilla a vista de Dios. Me dije: «Esto no puede ser, soñando te volviste loco». Y luego: «Soñando llegaste al infierno». Partes de aquella pesadilla, quizás las más terribles, desaparecieron al despertar. Como usted dijo, señor Ruiz Alonso, las memorias más espantosas se enturbian con los años. Los sueños también, al paso de las horas. De esta forma el olvido nos preserva la cordura. No obstante recuerdo haberle visto a él, todavía niño, en aquellas tablas transformadas en el paseo de Coches del Retiro. Le acompañaban otro chiquillo de su edad y dos niñas, tal vez menores que ellos, quienes evidentemente eran sus hermanos. Sus padres, muy endomingados y provincianos, les apacentaban orgullosos. Todos comentaban por menudo aquel primer viaje de los niños a Madrid, la capital del Reino. Pasó un coche abierto donde iban conversando y riendo Machaquito y Vicente Pastor. Los dos llevaban jipijapas y botas altas, abotonadas con ganchillo. Vicente Pastor combinaba un pañuelo de seda blanca al cuello, con una leontina de tres vueltas al pecho y un clavel prendido al ojal de la solapa. El clavel, muy rojo y esponjado, parecía recién abierto en aquella mañana luminosa.

Me engañé al creer que Ruiz Alonso le tomaría por loco. Por el contrario, la fatiga que al principio le trababa la voz era ida por completo ahora. Se le erguía el espinazo poco a poco, bajo las cargadas espaldas, mientras escuchaba a Sandro Vasari atentamente y desojábase contemplando la espiral del cuaderno. De vez en cuando sacudía la cabeza, con un gesto que no era de incredulidad sino de maravillado asombro. Por último y con un índice manchado de sombras color tabaco, señaló dos de las tres rayas que cortaban el bosquejo, en mitad de una de sus vueltas.

—En su sueño, ¿quiénes se aparecían en estos teatros? —preguntó en tono ansioso y acuciante, aunque no desprovisto de firmeza.

—La sala vecina a la del poeta estaba vacía y a oscuras, despoblado el escenario —repuso Sandro Vasari—. Me sería imposible describirle la otra: la tercera de las cuatro que ascendían por el pasillo.

—¿Por qué iba a serlo? Cuénteme cuanto recuerde. Se lo ruego.

—En sus proporciones parecía idéntica a la de aquel hombre, como ya dije; pero en el tablado no se materializaban sus recuerdos sino los míos. Memorias inalienables e intrasferibles por ser las de quimeras mías, que antes sólo tuvieron vida en las fábulas de mis libros —se encogió de hombros casi despectivamente—. De ello deduzco haber soñado el teatro que ocuparía en la espiral, si hubiese muerto. O la futura presentación de mis recuerdos, en la sala que me corresponderá cuando me muera.

—Habla usted como si su sueño fuese... No sé cómo decirlo, fuese una verdadera visión.

—Yo no sé si mi sueño era o no era una verdadera visión, como usted dice. Sólo sé que cuanto vi me parece más cierto que este café, con sus gentes y sus mesas; que este cenicero de aparente aluminio; que usted mismo o que mi propia imagen, reflejada en aquel espejo.

El anciano casi no le escuchaba. Embebecido y ensimismado, adoptaba la misma postura e idéntico gesto que los de su inesperada estampa en la estación, cuando me lo topé allí al marcharme de Madrid por última vez. Si entonces se apoyaba de codos en el alféizar de la ventana, acodábase ahora en el canto de la mesa, mirando los suelos tan abstraído como aquella tarde contemplaba el andén. Hasta las quijadas parecían endurecerse, a la medida de aquel día en el pasado lejanísimo, mientras afanábase en ordenar recuerdos, ideas o miedos, en aquella canosa cabeza suya. Más que envejecido por el transcurso de tantos años, parecía disfrazado de sí mismo en el teatro del infierno. Vestido y maquillado por maestros, aunque no fuese lo bastante hábil para desenvolverse convincentemente en el papel del viejo Ruiz Alonso. Sin advertirlo, delataba al hombre que había sido o, por mejor decirlo, al hombre que aún era y seguiría siendo. («¡Éste es sólo un obrero amaestrado! ¡Un puro obrero amaestrado! Cuando Gil Robles se canse de exhibirlo, lo venderá a un circo de provincias.»)

—¿Me vio usted a mí alguna vez, en aquel escenario de sus sueños, donde el pobre señor —hizo una pausa, como si mi nombre le quemase la lengua aunque no pudiera decirlo, o precisamente porque no alcanzaba a pronunciarlo— ...donde el pobre señor, que en paz descanse, presenciaba la representación de sus recuerdos?

Sandro Vasari, el hombre de la cicatriz, se encogió de hombros y se puso en pie al tiempo que cerraba y recogía el cuaderno. Guardó la pluma en el bolsillo del pecho de su chaqueta y repuso, sin descender la mirada hasta los ojos del anciano:

—No, señor Ruiz Alonso, no le vi nunca en mis sueños cuando allí se representaban las memorias de aquel hombre. Nunca jamás. Si usted me mintió, como sinceramente creo que lo hizo, porque son muchos los testimonios que contradicen el suyo en casi todos sus puntos, en sueños al menos no pude comprobarlo —detúvose de pronto, cuando ya se disponía a marcharse—. Perdóneme, una vez sí le vi y no sé cómo llegué a olvidarlo. En mi pesadilla, él evocaba su salida de Madrid y su vuelta a Granada, en el verano de su muerte. Puntualmente se aparecían sus memorias en el infierno. Llegaba a la estación, acompañado de un amigo, y aquel hombre le subía la maleta al coche cama y se la dejaba en la rejilla. Salían al pasillo a despedirse y allí cambiaba de talante. Desasosegado, rogaba a su compañero que se fuese en seguida para encerrarse en su compartimiento y correr las cortinas. En el corredor, medio vuelto de espaldas y asomado a una ventana del andén, había un diputado por Granada con quien no quería tratarse. Aquel viajero, rejuvenecido casi en medio siglo, era usted. A escondidas, para que no le viese ni le oyera, él decía su nombre al amigo: Ramón Ruiz Alonso.

Ramón Ruiz Alonso contemplaba las tazas en sus platillos, sin un gesto y sin un parpadeo. Al enfriarse se agrisaba el café y dijérase que menudas arañas subían de los posos, para tejer sus telas junto a la superficie. Tomó una cucharilla y volvió a dejarla sobre el cristal de la mesa, tintineando. Luego paseó la mirada por las palmas abiertas de las manos, por aquel laberinto de pliegues que parecían marcados a punta de cuchillo.

—Es muy cierto; pero también muy extraño —dijo al fin meneando la cabeza—. No sé cómo pudo saber todo esto, si sus sueños no iluminasen el pasado. Sí, aquel amigo suyo lo contó luego y hoy dicen sus biografías que coincidimos en el expreso de Andalucía. Ésta es la realidad del caso y yo no la afirmé ni la negué nunca. No podía desmentirla ni aseverarla, por suponerse que no llegué a verle aquella tarde. Con todo...

—Con todo...

En el café, que de pronto empezara a vaciarse, Sandro Vasari y Ramón Ruiz Alonso componían una insólita estampa. El viejo muy concorvado y con las manos aún abiertas, frente, cejas y mirada, reflejadas en el cristal de la mesa; al lado el hombre de la cicatriz, en pie y erguido, renacidos el ánimo y la circunspección, aunque no sin una obvia nota de asombro, cuando ya se disponía a marcharse. Juntos semejaban modelos para uno de aquellos abizcochados panteones de la época en que nuestros padres nos llevaron a Madrid por primera vez, cuando los impresionistas franceses se exhibían en el Retiro. Panteones firmados por Mariano Benlliure o por alguno de sus aventajados discípulos, donde un anciano patricio, labrado en alabastro estatuario junto a una mesa de mármol como la de Blasco Ibáñez, mostraba sus palmas vacías al ángel exterminador.

—Yo sí le vi y vuelvo a verle ahora como entonces. Como usted dice haber presenciado la aparición de sus recuerdos, en el sueño. Le acompañaba un hombre, casi tan joven como él, parecido a un carnero. Debieron haberle afeitado la cabeza a navaja poco antes y una pelusa ensortijada empezaba a ennegrecerle el cráneo —proseguía Ruiz Alonso, sin levantar los ojos de las palmas abiertas, las palabras cada vez más quedas y espaciadas—. Advertí cómo me rehuía y obligaba a permanecer acodado en aquella ventana del pasillo, fingiendo contemplar a unos paletos salidos de *La Verbena de la Paloma*. No sé si usted me comprende porque gente como aquélla no se prodiga ahora en Madrid. Mujeres de faldas largas, a topos, con mantones de largos flecos a los hombros y pañoletas a la cabeza, escoltadas por mozos de gorras ladeadas, pantalones ajustados y pañuelitos almidonados al cuello, armados de mimbres como floretes. Ignoro cuánto tiempo pasaría asomado a aquella ventana, contemplándoles las carreras por el andén, unas veces para tomar un tren que aún se demoraría en salir, otras para comprar peladillas rosadas y gaseosas, otras en fin para exhibirse como si la estación fuese un teatro, mientras me sabía obligado a escuchar sus risas, sus requiebros y su chillería. Aquella especie de condena, impuesta por el desdén de aquel señor, que en paz descanse, me pareció tan interminable como la misma eternidad.

—¿Qué más hubo?

—Nada más. Se fue el hombre semejante a un carnero y el poeta, a quien Dios tenga en su gloria, le despidió en la plataforma del vagón. Lo espié fingiendo no ver nada, para que ellos a su vez no me viesen. A usted y al cabo de tantísimos años, la entera escena le parecerá una soberana majadería. Pero yo sé muy bien lo que sentí...

—¿Qué sintió usted, señor Ruiz Alonso?

—Aquel señor regresó a su compartimiento, cerró las puertas y corrió las cortinas, como si yo fuese un apestado —decía Ruiz Alonso sin escucharle—. Sí, exactamente como si fuese un apestado, o un leproso o un monstruo. Mire, él no tenía derecho a tratarme de aquel modo. No lo tenía, se lo aseguro. Yo soy un pobre obrero tipógrafo, ahora jubilado, y a mucha honra. Pero entonces era también diputado y autor de un libro sobre el corporativismo, con un prólogo del señor Gil Robles. Sobre todo y por encima de todo, yo era un hombre de bien, un caballero cristiano aunque operario, que esto en vez de desmerecerla aumenta mi prez. ¡Sí, señor, la aumenta! Yo tenía un nombre, que ahora quisieron pringar con toda suerte de mentiras, porque hoy por hoy y en este país no hay honor ni vergüenza. Yo iba por el mundo con la cabeza muy alta, porque tenía la conciencia tranquila y sabía que Dios Todopoderoso, a cuyas plantas me postraré muy pronto, me miraba la frente como la mira ahora.

—¿Levantó también la frente, cuando el gobernador le pidió que detuviese a aquel hombre, señor Ruiz Alonso?

—El gobernador accidental.

—Perfectamente, el gobernador accidental.

—El teniente coronel Velasco. Así se llamaba. No sé por qué lo recuerdo ahora.

—¿Levantó usted la frente cuando el teniente coronel Velasco le pidió que prendiese al poeta?

—¡Pues, sí, señor, sí la levanté porque una justicia inapelable, la divina, parecía saldar nuestras cuentas! Si no me hubiese rehuido en aquel tren, lo habría apresado igualmente; pero entonces sin orgullo ni satisfacción por mi parte, limitándome al estricto cumplimiento de mi deber. De haber sabido que iban a matarle a los pocos días, me habría horrorizado; pero también lo detuviera porque, como ya le dije, en tiempo de guerra las órdenes son santas. El mando es duro y la obediencia puede serlo todavía más. Si insistí en realizar el servicio a solas, fue para demostrarle que no me ocultaba detrás de las cortinillas a la hora de la verdad. Yo, un humilde tipógrafo, podía llevarle al Gobierno Civil, con la cara por única escolta, porque bastaba mi presencia para que nadie atentase contra él —hizo una pausa sacudiendo la apesadumbrada cabeza, para alzarla en seguida y encararse con Sandro Vasari—. ¿Soy tan reprobable como dicen el irlandés, el francés y uno de Barcelona que siendo de familia muy piadosa no sé cómo ha

salido, cuando el cielo dispuso que pudiese detenerle, a sabiendas de que su voluntad coincidía con
mi satisfacción por la afrenta en el tren de Andalucía? Respóndame con el alma en la mano, ¿soy
o no soy un hombre de bien?

PREPÁRATE PARA EL JUICIO.
Si el hombre es la conciencia culpable del universo, la única que puede advertir su casi absoluta
deshumanización, el hombre, vivo o muerto en la
tierra o en el infierno, es acaso el más complejo de
sus entramados. Sandro Vasari («¿Por qué se
empeña usted, un español aunque su nombre
parezca italiano, señor Vasigli, en escribir un libro
sobre aquel infeliz, en vez de dedicar una misa a su
alma?») Sandro Vasari, me repito, quien acaso
nació después de asesinarme otros o era niño
cuando lo hicieron, me soñó a mí en el infierno
y en espera del juicio. Vio a la vez la platea y el
proscenio, que algún día le corresponderán en esta
espiral, y esto me parece aún mayor portento.
Aquí y ahora, en el desvelo interminable de mi
propia muerte y vuelto al teatro que me asignaron,
me percato sobrecogido de la prieta correspon-
dencia entre los sueños y la eternidad, en la
urdimbre donde vida y muerte se entretejen
e identifican. Aseguraría a la vez, aunque sólo a mí
mismo pueda confesarme tal certeza, que la Literatura es la clave más aproximativa de este laberinto
donde nos confundimos los vivos y los muertos.
PREPÁRATE PARA EL JUICIO.
Morir es dormir o quizás soñar, dice Hamlet.
De inmediato y presintiendo su destino en esta

espiral, que en un tiempo u otro poblamos todos, se pregunta con sobrecogedora clarividencia qué sueños le aguardarán en la muerte. Aquella consideración le lleva a descartar el suicidio, temeroso de la peor pesadilla: este largo insomnio al que sólo la absolución en el juicio puede dar fin. Tres siglos después de Hamlet, Proust creía de niño que cada espectador presenciaba aislado las funciones en el teatro. («...En otras palabras, como leemos la Historia o como espía vergonzosamente un *voyeur* por el ojo de la cerradura.») Cuando finalmente le llevaron a ver a la Berma en *Phèdre*, descubrió el escenario común a todo el público. Dedujo entonces que el artificio, herencia de los democráticos griegos, convertía a cada persona en el centro del local. En el infierno, yo deduzco ahora que de este modo tendríamos un mundo tolomaico, los palcos, la orquesta, la platea y el gallinero, en mitad de un firmamento copernicano. Dos universos concéntricos, de signos por siempre opuestos.

PREPÁRATE PARA EL JUICIO.

Quizás una forma de apercibirme, antes de que me juzguen, sea evocar a Hamlet y a Proust para inferir su oblicuo presagio de los infiernos y de sus estancias. Aquel teatro que imaginaba Proust, para admirado encomio de Dalí, donde los espectadores observarían la obra en escena aislados y separados del resto del público, no es sino su propia concepción de *À la Recherche du Temps Perdu*: un tiempo muerto, de seres y lugares asolados y arrasados por la guerra, que el novelista resucita pacientemente en una alcoba tapizada de corcho, para mejor excluirse del otro mundo alrededor. Es a la vez, y acaso éste sea el más señero de sus portentos, una oblicua analogía del infierno, donde cada muerto en espera del juicio o cada muerto condenado en el juicio contempla la vuelta a la vida de su pasado, ciego ante los demás y extrañado entre ellos. En otra coincidencia, no menos notable, la *Recherche* empieza bajo el signo del insomnio e insomnio es el infierno, donde los sueños temidos por Hamlet en la muerte devienen recuerdos escenificados. O donde también a veces la puesta en escena de las memorias precede la llegada de los predestinados a presenciarlas, en sus teatros correspondientes.

PREPÁRATE PARA EL JUICIO.

En la tierra no me juzgaron nunca. Se limitaron a asesinarme sin haberme condenado. Hasta el día en que Ruiz Alonso y sus esbirros fueron a prenderme a aquella casa de la calle de Angulo, número uno, la que quizás ya no exista en Granada aunque vuelva a alzarse en mi escenario, me creí tan a salvo de la muerte como si no hubiese nacido. Tampoco entonces supe prepararme para el juicio, que, irónicamente, no llegaría nunca. La casa, que era la de los Rosales, se distingue toda blanca en el tablado bajo el sol de aquel agosto. Es de dos plantas y una terraza, con una puerta de bastante luz sobre la calle estrecha y sombreada. Tiene un patio, una fuente, una escalera de mármol, una ventana rejada que da a la acera y otra puerta lateral. Ésta se abre a una escalerilla y juntas conducen al segundo piso, casi aislado así del resto del inmueble. La ventana ilumina la biblioteca de mi amigo, el poeta Luis Rosales, quien casi nunca para ahora aquí, salvo por las noches. En la planta alta, Luis me ha ocultado a mí con la complicidad de su familia, aunque todos los hermanos sean falangistas y el Gobierno Civil haya decretado la pena de muerte para quien preste cobijo a un perseguido. A otros refugiaron también los Rosales o apercibieron la fuga de Granada. En varias ocasiones y en mitad de mis sueños desasosegados, me despertaron voces y pasos desconocidos en el primer piso. Nunca pregunté nada a nadie. Sobrevivir en esta ciudad de espanto es hoy por hoy algo tan privado y vergonzoso como un acto de amor entre dos hombres.

PREPÁRATE PARA EL JUICIO.

Si la memoria sistemática de mi agonía fuese parte de mi defensa ante los jueces ocultos, volverían a condenarme sin juicio alguno. No se ordenan los recuerdos de la guerra civil, cuando los campos de España se llenaron de muertos como se lo predije a Martínez Nadal. Sólo se barajan en destellos de imágenes, resplandecientes y casi relampagueantes, detrás del proscenio. Luis Rosales se aparece una noche en mi escondrijo, a la vuelta de las líneas de fuego. El frente debe ser un tanto singular, pues los Rosales solteros regresan de allí muchas veces, a la caída de la tarde, para dormir en casa de sus padres. Luis viene del sector de Motril, donde según asegura puede pasarme a las líneas republicanas sin peligro alguno, como lo hizo antes con otros muchos. En justa retribución, dice que también ayudó a huir a esta zona a varios evadidos de la gubernamental. «Por aquellos campos te pierdes sin oír un tiro y sin hallar un alma», reitera en voz baja para no despertar a su tía Luisa, quien comparte conmigo la planta alta y cuida de mí casi como una madre. «Llevarte a los otros sería lo más fácil del mundo.» Sacudo la cabeza y replico no querer que me cacen como a un conejo, a la salida de una arboleda o junto a una acequia. En diversas ocasiones sostuvimos el mismo debate inútil y ahora Luis ceja y lo zanja de improviso, quizás para no hacerme creer que a él y a los suyos les urge librarse de mi presencia. «Como quieras», asiente encogiéndose de hombros. «En último término, aquí tampoco pueden prenderte.»

Prepárate para el juicio.

«En último término, aquí tampoco pueden prenderte.» Después del pánico de los primeros días casi llegué a creerlo. No obstante, en alguna parte asotanada del alma, late el turbio presentimiento de no ser dueño de mi destino. Allí, en aquella recámara acaso excavada en el centro de mi ser, supe que mi último día en Madrid había sido vivido antes, paso a paso e instante a instante, bastaba abandonarse a aquella oscura memoria, perdida en una existencia anterior al tiempo irrevocable de los relojes, para casi predecir el olvido de la taza de café en el balcón o la presencia de Ruiz Alonso en el expreso. También ahora sé que de plegarme a los consejos de Luis, pasaría al campo del Gobierno por las tierras de Motril. Sin duda en una guerra donde los mandos de Falange, como los hermanos Rosales, duermen en casa por la noche, el frente está desierto en muchos parajes. No obstante inclusive exagero el miedo de evadirme, cuando Luis me lo propone, acogiéndome precisamente al recuerdo de mi pánico cerval cuando vine a refugiarme en esta casa. En realidad y visto el terror que los rebeldes impusieron en Granada, son mayores los riesgos de quienes nos ocultamos en la ciudad que los peligros de una huida a campo atraviesa. Incidí en parecidas contradicciones aun antes de esconderme en la calle de Angulo, cuando el propio Luis me apremiaba a solicitar asilo en casa de don Manuel de Falla. A su parecer la suya fuera más segura que la de sus padres, porque nadie osaría irrumpir en la de un compositor universalmente celebrado y tan conocido por su beatería. Adiviné en seguida que estaba en lo cierto y presentí que don Manuel, quien tanto me quiso en mi primera y más ambiciosa juventud, me habría socorrido de muy buena gana aunque sólo fuese para no dejar incumplida una obra de caridad. No obstante deseché los apremios y aduje que Falla se enfadara silenciosamente conmigo, cuando se me ocurrió dedicarle la «Oda al Santísimo Sacramento del Altar». Un católico tan tradicional y delicado como él no me perdonaría nunca por haber comparado al Señor de sus devociones y las mías, aunque yo fuese creyente no practicante, con el corazoncillo de una rana traspasado por una aguja. Lo cierto es que escogí la casa de los Rosales como refugio y quiero permanecer aquí hasta que vengan a prenderme, porque de este modo cumplo un destino inevitable. Diríase que el libro de mi vida y de mi muerte, incluidos el insomnio y el destierro en la espiral de los infiernos, me precede y determina mi suerte y mis actos.

PREPÁRATE PARA EL JUICIO.

En la casa de la calle de Angulo, número uno, la vida se desliza como de puntillas en medio de los crímenes de la guerra. Medio oculto detrás de la celosía de mi alcoba, veo salir puntualmente cada mañana y cada tarde al padre de los Rosales, camino de aquellos almacenes suyos que se dicen La Esperanza. Abajo, en la planta con el patio de fuente y columnas blancas, quedan la madre, su hija Esperancita, una ancianísima cocinera que parece vieja como el mundo, y una criadita tuerta y tartaja. Arriba, en el segundo piso que es casi un hogar aparte, la tía Luisa se despide de mí para irse a misa temprana. «Quédate con Dios, niño, y no hagas imprudencias. Rezaré por ti.» «Rece usted por todos, doña Luisa, los vivos y los muertos, las víctimas y sobre todo sus asesinos, a quienes tan difícil será entrar en los cielos.» Mediada la mañana, Esperancita me sube un café con dos terroncillos de azúcar y *El Ideal*. Cada día anuncia las ejecuciones por juicio sumarísimo y no recata los fusilamientos sin juicio alguno, en represalia por los bombardeos. En instantes de desolación e insistiendo siempre en pasarme a la otra zona, Luis me ha confesado que también asesinan a centenares en las tapias del cementerio y en los barrancos de Víznar. Mi cuñado Manolo está entre los presos, si es que vive todavía, después de haber sido alcalde socialista de Granada diez días cabales. Mi pobre hermana, con sus hijos niños, debe sufrir un calvario inimaginable aunque común a miles de mujeres en Granada. No obstante esta vasta tragedia, que acaso cada noche me aceche más de cerca, se me aleja del ánimo insensiblemente como si fuese un sueño ajeno. Esperancita tiene un novio falangista en Madrid, al que a estas horas no sabe vivo ni muerto. Me cuenta sus amores, sus angustias y hasta sus pesadillas de enamorada, como si fuese su hermana mayor o como si quisiésemos al mismo hombre. Trato de sosegarla como puedo: «No te desvivas niña, que todo será para bien. Dentro de nada esta guerra absurda habrá terminado y tú irás del brazo de tu novio al estreno de mi próxima obra». Sonríe entre sus lágrimas y me pregunta qué escribo ahora. «La destrucción de Sodoma y Gomorra por la ira de Dios Todopoderoso y la invención del incesto por parte de Lot y de sus hijas.» «¡Jesús, qué horrores! Esto será más bárbaro que *Yerma*. ¿Cuándo veremos una pieza tuya, donde la gente se ame, se case y tenga hijos hermosos como los ángeles?», me pregunta todavía sonriente mientras se seca los ojos con un pañuelo recamado. «Nunca, Esperancita, porque la gente se olvidó de amar, de casarse y de concebir hijos como los ángeles. Sólo paren monstruos y bufones a su imagen y semejanza.» «Es posible que tengas razón», asiente muy seria ahora. Luego retira el servicio de café, se despide besándome en la mejilla y se marcha presurosamente. Volvemos a vernos por la tarde, cuando bombardean Granada. Doña Esperanza Rosales nos llama a gritos a su hermana y a mí, para refugiarnos todos en la planta baja. Nos cobijamos apretujados en una sala diminuta, llena de bargueños y de cuadros bordados. Las mujeres rezan o sollozan, entre el retumbo de las explosiones y el aullido interminable de las sirenas. Yo me asusto de mi serenidad, al recordar antiguas cobardías. Dos días después *El Ideal* dice pasados por las armas otros quince presos, escogidos al azar, en muy justa venganza por aquel ataque. Otro suelto del mismo número trae la nota de protesta de diversos cautivos por el último bombardeo, que incluso dañó la Alhambra. La dirigen al Excelentísimo Señor Comandante Militar de la Plaza («¡Ojalá que todos los españoles se hagan eco de nuestros sentimientos y cese ya de derramarse tanta sangre inocente por el bien de España! ¡Viva Vuestra Excelencia muchos años!») y uno de los firmantes es mi cuñado Manolo. De este modo me entero de que vive todavía.

PREPÁRATE PARA EL JUICIO.

A instancias mías, Esperancita me ha subido *À la Recherche du Temps Perdu*, en la versión de vertedero de Quiroga Pla y de Pedro Salinas. Si no recuerdo malamente, lo cual fuera en este caso inevitable ironía, Proust publica el primer volumen de su vasta novela, *Du Côté de Chez Swann*, en vísperas de la Gran Guerra. Quizás no haya otro en la entera saga donde la evocación visual de lo vivido, desde los campanarios y las vidrieras de Combray hasta sus espinos floridos y sus capiteles medievales arruinados en los praderíos de los Guermantes, sea tan diáfano. Acaso el conjuro del pasado, por obra y gracia de Proust en esta parte de la *Recherche*, no tenga rival en la historia de ninguna Literatura. Inclusive me pregunté a veces, después de muerto, si Proust no conseguiría ver en vida y desde su lecho de asmático la anticipada escenificación de sus recuerdos en su correspondiente teatro del infierno, para limitarse luego a traducirla en precisas palabras. También y hasta aquel punto, la obra es el retablo de un paraíso perdido y recobrado por la memoria. Luego, con el paso de los años y en el tránsito de Combray a París, Marcel se desplaza del Edén a Sodoma y Gomorra. Desde el idílico camarín, en la casa de campo de sus padres, donde el narrador niño lee, sueña e inadvertidamente apercibe sus recuerdos, llegamos por vía de los celos y de la perversión de todos los amores a los burdeles para maricas de Jupien. El mundo de la novela y su contexto en la Historia de aquellos tiempos maduraron, se corrompieron y están listos para la ira de Dios.

PREPÁRATE PARA EL JUICIO.

Los razonamientos de mi defensa y el examen de mi conciencia me devuelven a mi propia *Sodoma y Gomorra*. («...¿Cuándo veremos una pieza tuya, donde la gente se ame, se case y tenga hijos hermosos como los ángeles?») Fue preciso que llegasen esta persecución y este encierro, para que volviese a pensar en Proust y adivinara el auténtico significado del drama que me propuse. Todo encaja ahora como los dientes implacables de un reloj, que no marcase las horas del tiempo sino las del destino. Supuse concebir esta obra mía, que ya presiento por siempre inacabada, como una volteriana réplica a don Manuel de Falla en pago de su enfado a la aparición de mi «Oda al Santísimo Sacramento del Altar». No obstante, valga siempre el reiterarlo, juraría con idéntica certeza que aquel poema mío era el de un creyente y que a pesar suyo Falla me hubiese acogido y ocultado en su casa. También me parece indudable que mi propósito para escribir *Sodoma y Gomorra* era muy distinto y desde luego mucho más complejo que aquella mínima venganza. Como le dije una vez a Gerardo Diego y creo que así lo citaba en aquella antología poética suya, tan parecida a un cajón de sastre, todo acto creador es el extravío de un hombre o de una mujer en un bosque tenebroso, que acaso debiera coincidir en mapas nunca trazados con la noche oscura del alma, donde el poeta se pierde por desconocerse a sí mismo. En verdad y aun dejando aparte mis remordimientos y mis orgullos de pederasta, *Sodoma y Gomorra* o, por mejor decirlo, la idea de *Sodoma y Gomorra* no era sino la anticipada alegoría de esta guerra civil, donde la cólera de los cielos es la ira que nos lleva a perseguirnos y despedazarnos los unos a los otros. Después de esta catástrofe, tal vez ni siquiera ideemos el incesto. Pero el mundo de nuestra juventud, aquel en el cual entramos en razón y en hombría Ignacio Sánchez Mejías, Rafael Alberti, José Antonio Primo de Rivera, Luis Rosales y yo, en una misma hornada encogida o ampliada en bien pocos años, habrá desaparecido para siempre. No quedarán sino vestigios rotos y esparcidos por los vientos del tiempo, como las pilastras, las cariátides y las estatuas quebradas de una Edad Media muerta, que Proust hallaba en las praderas del camino de Guermantes. Quizás una de estas ruinas partidas sea mi propia obra. En otro tiempo hubiese querido creerlo así. Ahora la posibilidad de que mis escritos sobrevivan o no me deja indiferente. En cualquier caso mi *Sodoma y Gomorra,* siempre inconclusa y nunca de veras empezada más allá de los esbozos, no hubiese sido sólo el augurio de esta matanza sino también el testamento de nuestra generación.

PREPÁRATE PARA EL JUICIO.

Es domingo y agosto encala los cielos del teatro, en el escenario del infierno. Muy altas, sobre la calle de Angulo, vuelan y se persiguen las golondrinas. Tocan a misa las campanas de las iglesias, cuando mi padre telefonea desde la Huerta de San Vicente. Me habla en voz tan baja, que me cuesta reconocerla y comprenderle.

—Hijo, han matado a Manolo. Vino a decirlo un cura que ya habló con su madre. Conchita no lo sabe todavía.

—...

—Tu madre fue a contárselo. Yo no tuve valor,

te lo confieso. ¡Estos pobres niños! ¡Estos nietos míos!

—...

—¡Hijo, prométeme que serás prudente! ¡Júramelo incluso, sí, tienes que jurármelo!

—...

—Hijo, tuvimos enfados y diferencias en esta vida. Pero todo esto no significa nada. Yo también te juro que aun ahora merecía la pena haber nacido para traerte al mundo. Tú eres mi mayor orgullo y no hay en la tierra otro padre más soberbio y más envanecido que yo.

—...

—¡Hijo, por ti lo daría todo, incluidos tu madre y tus hermanos! ¡Que Dios me perdone! ¡Ten mucha prudencia! ¡Tú no puedes faltarme nunca, nunca, nunca!

—...

Bruscamente cuelga el teléfono sin despedirse. «...Tuvimos enfados y diferencias en esta vida. Pero todo esto no significa nada.» Me habla como si los dos hubiésemos muerto y juntos echásemos cuenta de la pequeñez del mundo en esta espiral. Derribado en una silla, la cabeza caída en el pecho y los brazos abiertos, quisiera pensar en Manolo y en el dolor de mi hermana. No obstante sólo consigo acordarme de mi última pesadilla en Madrid. Por mejor decirlo, no la recuerdo sino vuelve intacta a mí, al igual que uno de estos sueños imprevistos y envueltos en una luz anfibia y resplandeciente, que nos sumergen en su claridad cuando de pronto nos dormimos al cabo de muy larga fatiga. De nuevo veo la caracola alabastrina y aquella otra concha, parecida a un leño partido que fuese a la vez el ojo de un cíclope. El zapato blanco de Bailly, en un mar de nubes de amaranto, al pie del torso cercenado de la gracia con la manzana en la mano. La diosa abrazada a la venera roja y Paris dormido, acaso soñándolo todo como tal vez Manolo nos sueñe ahora a nosotros. «Vino a decirlo un cura que ya habló con tu madre. Conchita no lo sabe todavía.» «¡Ojalá que todos los españoles se hagan eco de nuestros sentimientos y cese ya de derramarse tanta sangre inocente por el bien de España! ¡Viva Vuestra Excelencia muchos años!»

PREPÁRATE PARA EL JUICIO.

Me lleva a la ventana, siempre celada por los visillos que según me dijo bordara la tía Luisa, la estridencia de muchos coches bruscamente frenados en el arroyo y en las aceras de la calle. Un enjambre de guardias de Asalto, todos armados de fusiles, ocupan las esquinas y las puertas de las casas. Otros se aparecen en seguida, de pechos en las barandas de las azoteas bajo el revuelo indiferente de las golondrinas. De un Oakland descapotado descienden Ruiz Alonso, vestido de mono azul, y otros cinco civiles entre los cuales reconozco a Juan Luis Trescastro, un miembro de Acción Popular como el propio Ruiz Alonso. Apresuradamente y sin mirarse invaden el domicilio de los Rosales, escoltados por diversos números. Ahora sé sin lugar a dudas ni a esperanzas que todo ha concluido, o me encuentro muy cerca del final irreparable. De nuevo los antiguos temores y el pánico sobrecogedor, que me trajeron a esta casa, me parecen tan lejanos y tan ajenos como si los hubiese padecido otro hombre. No precisamente yo, en un tiempo muy alejado, sino alguien que en un mañana por igual remoto me describe a mí, percatado y sorprendido de mi serenidad en estos instantes. Es el mío un sosiego indecible pero no muy distinto de la paciente entereza, al borde de la indiferencia, que me embargaba al levantarse el telón en cualquiera de mis estrenos, después de todas las tormentas de ánimo y de todas las angustias de la carne. Sea lo que fuere se cumplirá la voluntad de Dios, si no se ha cumplido antes en estas mismas circunstancias.

PREPÁRATE PARA EL JUICIO.

La tía Luisa se ha aparecido junto a mí, blanca como una muerta o una resucitada. Se esfuerza por sonreírme tristemente, con estos dientes suyos parecidos a los de una cordera por lo claros y grandes. Me toma de una mano, al igual que si fuese el hijo que ella nunca tuvo, nacido hombre de una vez y casi perdido en el mismo instante.

—Niño, ahora vamos a rezar.

Me arrodilla a su lado ante un Sagrado Corazón, que tiene debajo de un fanal y sobre la cómoda donde guarda las sábanas, perfumadas con membrillos de la vega. Con los ojos cerrados oigo retazos de sus avemarías; pero no puedo entregarme a ninguna de las oraciones de mi niñez, sin cometer la peor de las blasfemias para un creyente y para un escritor: tomar el nombre de Dios o del hombre en vano. Quisiera ver a mis padres, en la cámara oscura donde se centra mi razón de ser. Pero también una parte de mí mismo, aquella que callada y sin nombre se opone siempre a la voluntad más férvida, ha borrado sus rostros en el recuerdo. Veo en cambio a Ignacio Sánchez Mejías, como lo describí en mi elegía, desangrado y convertido en una aparición, que sube por el graderío de una plaza desierta bajo la luna llena.

Yo estoy solo en la arena y sé que vivo, pues de nuevo temo aunque ahora desconozca la causa de mis terrores. Le llamo por su nombre y se vuelve sonriendo. «No quisiste visitarme en la clínica y nunca más volveremos a encontrarnos en la tierra ni en el infierno», me grita. De nuevo chillo su nombre porque tampoco sé cómo replicarle. Se ríe abiertamente y responde: «Al menos yo tuve la muerte escogida. La que no quería para mi hijo. («¡Hijo, por ti lo daría todo, incluidos tu madre y tus hermanos! ¡Que Dios me perdone! ¡Ten mucha prudencia! ¡Tú no puedes faltarme nunca, nunca, nunca!») Tú morirás la que te impongan otros porque en este país de infamia y de desdicha, quienes no eligen su muerte están destinados a que les maten los imbéciles. La estupidez es nuestra inocencia.»

PREPÁRATE PARA EL JUICIO.

Calla Ignacio en mis quimeras y se extinguen los rezos de doña Luisa. Puesta en pie, me llama desde la ventana. Ruiz Alonso y Trescastro salen de la casa, gesticulantes y al parecer contrariados. Suben al Oakland y el chofer les aleja a todo correr, aunque la calle, las casas y las azoteas siguen tomadas por la Guardia de Asalto. En la planta baja se hace el silencio y sólo ahora me percato de cuanto ya supieran los sentidos. En el primer piso ha concluido, al menos de momento, una airada disputa a voces entre doña Esperanza y Ruiz Alonso. A partir de este momento el tiempo abre una pausa, tan poco imprevisible como las demoras de un entreacto en un drama donde se muere de verdad. En cualquier caso, los dados están echados y sólo cabe aguardar su inevitable caída desde el borde de la mesa.

PREPÁRATE PARA EL JUICIO.

Regresa el coche y esta vez trae a Miguel Rosales, con Ruiz Alonso, Trescastro y el chofer. Miguel lleva los brazos cruzados sobre el pecho y el ceño fruncido, como un comulgante que impensadamente hubiese empezado a dudar de su fe. De perfil y a su lado, le habla Ruiz Alonso con gran insistencia y mucho manoteo. Miguel no le mira ni le responde. Contempla en cambio las dos salidas de la calle de Angulo, la que da a la plaza de los Lobos y la de la calle de las Tablas, tomadas por los guardias de Asalto. En el instante en que el Oakland se detiene ante la casa, Ruiz Alonso apoya la palma en el hombro de Miguel, con un ademán donde se confunden un pretendido afecto y la porfía en apoyo de una reiterada afirmación. Miguel le aparta la mano, sale el primero del coche y cruza el umbral sin cederles el paso. Trescastro y Ruiz Alonso vacilan y tropiezan el uno contra el otro, cuando pretenden seguirle al mismo tiempo. Por fin entran casi juntos por la puerta, entornada, que les abre un guardia. Otro, cabe a una de las esquinas de la calle de las Tablas, obliga a regresar a una muchacha quien salía de un zaguán ignorante de todo o precisada por una urgencia. Cuando ella se vuelve, extiende un largo pescuezo con una nuez de Adán muy prominente y la requiebra. De pronto, con la misma inesperada brusquedad que antes cesaron los gritos en la planta baja, cesa el revoloteo de las golondrinas. Aun diríase que desaparecieron todas, cielos adentro o desvanecidas en el aire. Como si la luz fuese aquel espejo de Lewis Carroll, el que puede atravesarse a voluntad propia, con el mundo a un lado y el infierno enfrente. Por otra parte y desde el primer piso, vuelven a subir rumores de desavenencias, ahora más contenidas o fatigadas que las anteriores. Callan y las siguen pasos por la escalera, al principio muy presurosos y luego vacilantes y demorados. Se abre la puerta del rellano y comparece Miguel. De cerca, diríase un alma en pena venida a través de los muros. En las últimas horas ha envejecido veinte años y poco queda de aquel muchacho, parecido a un personaje de soneto satírico de Machado: coplero, rijoso, bebedor; pero falangista anticlerical y sobre todo devoto de la Virgen de la Alhambra. Venillas rojas le encienden los ojos de sangre, si bien los labios se le juntan en un gesto de zozobra y de amargura muy blancos y ateridos. Esquiva las miradas de doña Luisa, encárase conmigo y hasta parece cuadrarse, como si saludase a un muerto a su paso por la calle. Luego susurra:

—Vístete, por favor, y mientras te vistes te lo cuento todo.

En este momento, el que precipitan el tono y el timbre de Miguel, comprendo varias verdades como el relámpago ilumina un crucero, un campanario, una fuente de siete caños o un manzano florido donde sólo había prietas tinieblas. Ante todo me percato de que aún voy en pijama y pantuflas. Las chancletas sin talón ni orejas me las prestó el propio Miguel y el pijama, blanco y muy almidonado por la criadita tuerta y tartaja, lo traje de la Huerta de San Vicente. También advierto que el aire soberbio y desdeñoso de Miguel Rosales en el Oakland, cuando con los brazos cruzados ignoraba las palabras de Ruiz Alonso, no desdice la evidencia de que la voluntad de éste se impusiese sobre la suya. Por último deduzco que la señora

Rosales se negó a entregarme, en ausencia de sus hijos. Estarían los otros en el frente, en aquellas giras de vigilancia y propaganda de las cuales regresan por las noches, y Miguel fue el único asequible en el convento de San Jerónimo, donde según me ha contado Luis tiene su cuartel la Falange. De hecho el mismo Miguel me confirmará en seguida la veracidad de mis presunciones. Calla en cambio, aunque yo lo adivine en su mirada huidiza, que de haberse resistido a Ruiz Alonso hasta la llegada de su hermano Pepe, quien tiene mucho prestigio y mayor poder, no me llevarían detenido. De hecho y aunque Miguel Rosales no lo perciba, no es más libre de salvarme que yo lo fuera de escapar por Motril o de pedirle asilo a don Manuel de Falla. Todo está dispuesto y debe repetirse como ya ha sucedido en este lugar y en otro universo.

—Este mamarracho de Ruiz Alonso quiere que pases por el Gobierno Civil para prestar una declaración y trae una orden firmada al efecto —dice precipitadamente, ahora solos los dos en la alcoba donde me visto—. Será un simple trámite y yo os acompañaré hasta allí. Te aseguro que mañana por la mañana estás de vuelta en esta casa.

—¿Pero de qué me acusan?

—De nada en concreto. Este cabrito, así le den por el culo todos los demonios en el infierno, me dijo que hiciste más daño con la pluma que otros con la pistola. ¡Hay que joderse! Ya ves, te lo cuento con toda sinceridad porque hasta resulta cómico de tan absurdo. Nada, que mañana estás de vuelta si no regresas esta misma tarde. Todo esto no tiene pies ni cabeza.

—Es un error... un abominable error.

Lo repito varias veces, mientras Miguel hurta la mirada. La mía es la voz de otro hombre, perdido en el fondo de mí mismo, agrandada por un eco empecinado en llenarme el alma. Él, este extraño en mí, aún permanece inadvertido del destino que nos aguarda. A un tiempo le compadezco por su angustia y le desprecio por temor de que su pánico abyecto, irónicamente nacido de una última y descabellada esperanza, se imponga a la serenidad que ordena mis ademanes y dicta mi compostura.

—Sí, claro que es un error —asiente Miguel Rosales—. Se corregirá en seguida y no pararemos hasta hacérselo pagar muy caro a Ruiz Alonso y a sus esbirros.

—Busca a tu hermano Pepe. Él tiene mucha influencia y podría libertarme en menos de nada. Lo harás, ¿verdad?

—Sí, sí, descuida, y también a Antonio y a Luis.

—Sobre todo, a Pepe.

—Tú, no te preocupes. Yo me encargo de todo.

—Miguel...

—Dime.

—Han matado a mi cuñado Manolo. Esta misma mañana llamó mi padre para decírmelo.

Tarda un tanto en recobrarse mientras sacude la cabeza con los ojos bajos y las manos cruzadas a la espalda. Termino de vestirme y salimos juntos. La tía Luisa no acude a despedirme. Se ha encerrado en su alcoba y estoy cierto de que reza por mí. Ante la puerta entornada de la escalera, Miguel me cede el paso como si fuésemos a un baile de disfraces y no anduviera yo hacia una muerte insoslayable. Por un momento, me toma del brazo y murmura muy quedo:

—Lo siento. Te aseguro que lo siento muy de veras.

Creo haberle replicado con un gesto, tal vez con un ademán, mientras empezamos el descenso a los infiernos. El sol de la ventana platea las baldosas y reluce en los fusiles de los guardias apostados en las terrazas. El otro en mí, aquel que tanto pena y teme, calla ahora encogido en el fondo de mí mismo. Como un eco del eco de su voz, no ceso de repetir que sólo se trata de un error, de un error monstruoso. En el patio nos sorprende la más inesperada de las escenas. Junto a la fuente, y sentado a una mesita con manteles, Ruiz Alonso merienda bizcochos y café con leche. Lleva una servilleta atada a la nuca, con un nudo de orejas de conejo, sobre el mono azul y cada vez que se inclina para mojar un borracho, los rizos de la frente se le derraman hasta el borde del bol. Frente a Ruiz Alonso se acomodan Trescastro y uno de los guardias desconocidos, venido con ellos en el Oakland. Parecen un tanto cohibidos por el tentempié, que sin duda ha exigido el propio diputado. A sus lados, mudas y erguidas, doña Esperanza y Esperancita le miran despectivamente.

PREPÁRATE PARA EL JUICIO.

Ruiz Alonso se levanta y apura de una sonora buchada su café con leche. Quítase la servilleta con grandes trabajos, porque el nudo se le aprieta entre los dedos cuando se obstina en deshacerlo. Libre ya, gracias a la solícita ayuda de Trescastro, sécase la boca y la frente sudada de un solo zarpazo aunque las comisuras de sus gruesos labios permanezcan pringadas de blanco. Sólo entonces se dirige hacia mí y me saluda, humillando la frente como si fuese a embestirme. («Lo cierto es que

116

aquel señor, que en gloria esté, mantuvo siempre una entereza digna de encomio. Esto sí se lo juro con la mano en los Evangelios. Le dije que se diese preso; pero le permití despedirse de la gente que le cobijaba.»)

—Tengo órdenes de llevarle al Gobierno Civil —me dice bruscamente—. Le agradecería que abreviásemos porque aquí se ha perdido ya mucho tiempo.

—Miguel Rosales también me aconseja que vaya con usted, aunque todo esto es un error, un abominable error. ¿Qué quieren de mí en el Gobierno Civil?

—No tengo la menor idea. A mí sólo me han pedido que garantice su llegada sano y salvo. De momento no tengo otra misión. ¿Quiere usted seguirme?

—Supongo que no puedo negarme.

—Muy bien. Vámonos entonces inmediatamente.

Doña Esperanza me abraza y Esperancita me besa en las dos mejillas. A escondidas me entrega su pañuelito bordado y en un susurro me ruega que se lo devuelva muy pronto. Quisiera dármelo pero no puede, por ser un regalo de su hermana la monja en Roma, bisbisea presurosa y entrecortada. Trescastro se hace con el volante y Ruiz Alonso siéntase a su lado. Detrás vamos Miguel y yo. Mientras el coche empieza a alejarse hacia la calle de las Tablas, se dispersan los guardias de Asalto por la plaza de los Lobos.

—Miguel, no te olvides de buscar en seguida a tu hermano Pepe. Sobre todo a Pepe.

—Sí, sí, te lo prometo. Esto hay que aclararlo en seguida.

—Es todo un error, un error monstruoso.

Aquel que me habita y a veces convive abiertamente conmigo para negarme o contradecirme, el que desea a hombres a quienes no querré nunca o quiere a mujeres a las que no puedo desear, el mismo a quien odio por su miedo y desprecio por sus obstinados rencores, me avasalla de pronto mientras cruzamos por la plaza de la Trinidad, camino del Gobierno Civil. Vencido, me echo a temblar como un azogado y me castañetean los dientes al golpe de las quijadas. («Al menos yo tuve la muerte escogida. La que no quería para mi hijo. Tú morirás la que te impongan los otros porque en este país de infamia y de desdicha, quienes no eligen su muerte están destinados a que los maten los imbéciles. La estupidez es nuestra inocencia.») Hay un destello de desprecio en los ojos enrojecidos de Miguel. Sin duda y a pesar de sí mismo, cree que en mi trance iría a la muerte cantándole coplas a la Virgen de la Alhambra y mentándoles las madres a Ruiz Alonso y a Trescastro. En seguida se sobrepone y toma una de mis manos entre las suyas, como si fuese a leerme las rayas de la palma.

—Quien haya cursado esta denuncia responderá de ella —afirma en voz alta para que le oigan los de Acción Popular—. Tú vuelves a casa, en cuanto yo encuentre a Pepe. Entre tanto trata de serenarte.

—Manda una manta, por favor, y también tabaco. Te lo suplico. Es agosto y tiemblo de frío.

—Sí, sí, desde luego.

—Y busca también un abogado. Pérez Serrabona lo es de mi padre. Él puede poneros en contacto.

—Lo haré, lo haré, aunque no haya necesidad de

ello. En menos de nada, Pepe resuelve este enredo y te saca libre. Ten calma y no desesperes.

Trescastro detiene el coche ante el Gobierno Civil. En el escenario de esta sala mía, agosto dora las calles. Dos falangistas descamisados montan guardia a los lados del portal. Dentro de unos instantes, si prosigo la evocación de la tarde bajo los últimos cielos que veré vivo, uno de los centinelas intentará golpearme con la culata de su fusil. Lo hará sin saña y sin animadversión, como sin duda ataca a todos los presos a su paso por el umbral. Es casi un adolescente y aún no quiso entelársela la agüilla de asombro iluminado, que enciende los ojos de la infancia. Se complace en agredirnos, con la misma irrazonable indiferencia que los niños apedrean a los perros callejeros o persiguen a varazos a los lagartos, precisamente porque a sus ojos dejamos de ser hombres para convertirnos en una especie, estúpida y maligna, muy inferior a los lagartos y a los perros en la escala de valores morales de las bestias. También es cierto que Ruiz Alonso se interpone airado, aunque ésta sea la sola verdad entre sus mentiras y más defienda su propia soberbia que mi desamparo. «¿Cómo te atreves, miserable? ¡En mi presencia!», grita ahora en el tablado como bramara entonces en la calle.

En realidad, valga la ironía, repítese todo puntual y precisamente aunque una parte de mi conciencia de muerto permanezca a la espera de una variante, de una discrepancia inevitable. (PREPÁRATE PARA EL JUICIO.) Trescastro se despide de Ruiz Alonso y dice marcharse a su casa. Miguel en cambio entra con nosotros en el Gobierno Civil y grita a Ruiz Alonso, en voz lo bastante alta para

que le oiga todo el mundo, que quiere hablar con el
gobernador en presencia suya. Ruiz Alonso encoge los hombros de gañán, de modo a un tiempo
desdeñoso e indiferente. Sobrecogido, comprendo
que Miguel se valdrá del nombre de su hermano
Pepe para intentar evitarme las torturas en los
interrogatorios. Pienso en Manolo, por quien en
vida nunca sentí mayor afinidad («Han matado
a mi cuñado Manolo. Esta misma mañana llamó mi
padre para decírmelo»), y me pregunto cuánto
sufriría hasta que la muerte fuese su desesperada
liberación. En el Gobierno Civil reina un impensa-
do silencio, sólo interrumpido de vez en cuando
por las pisadas de unas botas o el tecleteo de una
máquina de escribir. No obstante el edificio, como
ciertas casas de Poe («*Tel qu'en Lui-même enfin
l'éternité le change*» «...¿Tampoco has leído nada
de Mallarmé? *Fillet*, eres virgen y mártir intelectualmente. Un monstruo del Sur, inocente y genial
como una camelia en llamas o una jirafa ardiente.
Será preciso que me acueste contigo para sembrar-
te mi cultura en el alma»), tiene una invisible vida
propia ominosa y siniestra. Diríase un laberinto de
muros encarados, que manos aterradas arañaron
desde el suelo al borde de la eternidad, o un
conjunto de instrumentos quirúrgicos, el tesoro de
un cirujano vuelto verdugo, caídos en tierra y convertidos en este caserón en virtud de un milagro al
revés; de un portento de la misa negra. Miro
a Miguel y comprendo cuánto teme y sufre por mí,
en estos momentos. Súbitamente advierto también
que todos los Rosales vendrán de una remota
ascendencia de judíos conversos, aunque nunca
me percatara antes de su progenie y ellos la
olvidaran en otro siglo. Basta ver la semblanza de

Miguel ahora, cuando la angustia ahonda a buril todos sus rasgos, y basta pensar en la devoción religiosa de la entera familia junto a su abnegada solidaridad con los perseguidos, en aparente contradicción con su probado fascismo.

PREPÁRATE PARA EL JUICIO.

Sin asombro, casi con la fatigada y triste indiferencia de quien aguarda el último verso inescrutable que cierre su poema, o el encuentro con el hombre que cambiará todo el sentido de su existencia, la inapelable variante entre el pasado y su representación en el escenario a través de mis recuerdos se aparece en un muro enjalbegado del Gobierno Civil. Junto al despacho del poncio que preside esta casa, a la altura de la frente de un soldado barbilampiño y guardián de la estancia, no había sino la mancha de muchas humedades el día que allí me llevaron preso. Una especie de plagio imprevisto de sombra chinesca, improvisada con el pulgar, el índice y el corazón de una mano, cruzada a su vez y sobre la muñeca por el corazón, el índice y el pulgar de la otra, para representar juntas una suerte de conejillo sentado. Ahora, en las tablas del proscenio, la eternidad lo calca todo en el infierno, incluida la silueta del gazapo. Con modales a los que la arrogancia no resta resabios de cautela, aun en el momento de su victoria sobre los Rosales, Ruiz Alonso le cuenta a Miguel que el gobernador se ha desplazado al frente de guerra y hoy hace sus veces el teniente coronel Velasco. Miguel asiente con la cabeza, sin mirarle y sin responderle, como trataría un infante desabrido a un gentilhombre de boca, sospechoso de hurto. («Este cabrito, así le den por el culo todos los demonios en el infierno, me dijo que hiciste más

121

daño con la pluma que otros con la pistola.») No obstante y precisamente en un tablado de esta espiral, que Miguel no pudiera imaginar con su fantasía de falangista cantor de la Virgen, sobre la sombra del conejo rampante y de lado a lado del muro brotan unas letras tan doradas y lucientes como las aparecidas en la ventana del expreso de Andalucía. Las cierran y presiden grandes signos de interrogación, que parecen de oro cegador, como si todo el trigo de un verano se hubiese fundido en las dos hoces. En medio, muy grandes y espaciadas, nueve palabras me preguntan: ¿POR QUÉ NO TE FINGES LOCO PARA SER ABSUELTO?

El destino

En el tablado se apagó la pregunta en letras de oro, estampada en aquel muro del Gobierno Civil de Granada. Sólo quedó la mancha que perfilaba la sombra de un gazapo. Luego fundiéronse el muro y la puerta del despacho del gobernador, como si poco a poco se hundiesen en aguas cada vez más hondas. Al cabo aparecióse el escenario, vacío de recuerdos y lleno de tinieblas. Fue entonces, al volverse en la butaca, cuando vio al desconocido sentado junto a él, casi rozándole el codo con el codo y el hombro con el hombro. Había surgido allí de improviso, a la luz de alabastro venida del pasillo.

Sobresaltóse porque nunca viera a nadie en el corredor o en las plateas de aquella espiral. Sin particulares sentimientos y desde luego sin desolación alguna, había concluido que los muertos sólo eran ciegos y sordos los unos para con los otros. «Estoy soñando», se dijo y de inmediato recordó que la muerte era eterno insomnio si no se probaba la inocencia en el juicio. (¿POR QUÉ NO TE FINGES LOCO PARA SER ABSUELTO?) Entonces creyó haber perdido la cordura: un espectro enloquecido por la soledad del infierno pero aún asaz razonable para reparar en la propia demencia. Casi de inmediato resolvió que la presencia del otro hombre, en la butaca vecina, no era sueño ni desvarío. En silencio, aquel desconocido le observaba de hito en hito, como si se esforzase en vano por reconocerle.

Pensó que si los recuerdos de lo vivido y la memoria de lo imaginado se aparecían en el escenario, tal vez en vísperas del juicio otros fantasmas lo hicieran en el patio de butacas. En cualquier caso, si aquel hombre era una sombra de su razón o de su desvarío, no alcanzaba a reconocerle ni a huir de su lado aunque ninguna fuerza física le mantuviese prendido a la butaca.

Con mayor sosiego, casi con la fría curiosidad que un científico agnóstico examinaría aquel corazoncillo de rana, que había comparado a Dios mismo en su homenaje a Falla o por mejor precisarlo en un cruce de su destino irrevocable, sostuvo el encaro del extraño y muy a su pesar empezó a observarlo.

Era un anciano de edad indefinida e imposible de precisar, con el aire ambiguo de quienes dejaron de envejecer a partir de un día cualquiera de su senectud. Tal vez en el aniversario de su venida al mundo o quizás en el entierro de uno de sus nietos o acaso una mañana al despertar, mientras contemplaban el sol aún azulado de la amanecida y se decían si aquella luz y aquel silencio no serían la única realidad, ante la cual pesaban nuestras vidas como transcurren las imágenes de una película por el telón de fondo del escenario. También era un hombre más bajo que él, aunque acaso en otros tiempos le hubiese aventajado en estatura, antes de que la edad le doblegara y encogiese. Tenía la cabeza monda y completamente calva de sien a sien, sonrosada como la de un niño por encima de la frente y moteadas de tiznajos oscuros las sienes. Las cejas, que bordeaban unos lentes sin montura con larguísimas patillas de oro delgadísimo, eran hirsutas, espesas y encanecidas. Vestía de oscuro, sin afectación y sin desaseo, como si sencillamente llevase luto por sí mismo.

Por un instante perdido, uno de estos momentos que aun en el infierno parecen fugazmente suspendidos sobre el filo de una navaja, sintió la tentación de rozar la mano o el antebrazo de aquel anciano. De inmediato otro impulso, más complejo y más difícil de explicar, le retrajo. Casi al mismo tiempo se dijo que el intruso desaparecería al tocarle, como se desvanecían las memorias escenificadas cuando se obstinaba en subir al proscenio para tentarlas. A la vez pensó que saber al extraño vivo en aquella espiral, viejo pero todavía animado y quebradizo, sería el más grande de los horrores cuando en el trasfondo de la conciencia aún esperaba que no fuese sino la aparición de su propio desvío. (¿POR QUÉ NO TE FINGES LOCO PARA SER ABSUELTO?) Entonces, casi sin darse cuenta y como si hubiese perdido el gobierno de la voz, preguntó:

—¿Qué hace usted aquí?

—¿Dónde estoy? —replicaba como si no alcanzase a oírle.

Era todo demasiado absurdo, como solían decir Bebé y Carlillo Morla meneando sus cabezas australes y chilenas, cuando les leía una de sus piezas surrealistas. Temió vivir muerto un paso añadido a aquella obra suya, *El Público*, que había confiado a Rafael Martínez Nadal. («Si algo me ocurriese en esta guerra que tenemos a las puertas, júrame destruir en seguida el original de *El Público*.») En un breve rapto de pasión de escritor, sobre la cual no prevalecían las puertas del infierno ni de la muerte, llegó a preguntarse si Rafael habría cumplido aquella demanda suya y repuso que nunca tuviera valor para ello, como él mismo lo esperara cuando le hizo entrega del manuscrito. («Precisamente por eso, porque sólo yo podría sospechar la importancia de lo que he escrito. Si muero, *El Público* no tiene razón de ser para los demás.») Sus palabras de entonces le parecían grandilocuentes y pretenciosas. Pero no pudo por menos de identificarse con uno de sus propios personajes disparatados, La Figura de Cascabel, El Centurión, El Traspunte o La Dama, cuando insistió encarándose con el desconocido:

—¿De veras no sabe dónde se encuentra?

—No, no lo sé. Pero vengo del infierno.

Sacudía la cabeza desnuda y demasiado grande para los hombros reducidos por la edad. Al moverla parecía presta a desprendérsele del cuerpo corcovado y crujíanle las vértebras del pescuezo, con un rumor de huesecillos pisoteados.

—Esto es el infierno —le replicó en un tono de ira, convertida en estudiada indiferencia. Sin saber por qué empezaba a odiar al intruso. Le vencía un oscuro rencor hacia su voz y hacia su mirada atónita, debajo de las cejas cenicientas.

—¿Esto es el infierno?

—Sí, sí lo es y tiene forma de espiral. A cada muerto corresponde un teatro y éste es el mío. ¿Qué hace usted aquí?

—¿Su teatro? —preguntaba el anciano, en tono de asombro—. ¿Qué quiere usted decir?

El pasmo abría los ojos del desconocido, debajo de los lentes redondos de sus gafas. Se dijo que en el pasado, en otro mundo perdido en un tiempo muy remoto, sus ojos habían sido grandes y oscurísimos. No supo entonces si le recordaban los de otro hombre o suponía que debían recordárselo, sin que pudiese precisar a quién. El acento del viejo acabó de desconcertarle porque, exento de entonación y de inflexiones, había terminado por desaparecer. Le hizo pensar en un trapense, quien, vuelto al mundo al cabo de eternidades en el silencio, hablara como si hubiese aprendido la lengua de sus semejantes entre una especie distinta de la humana. A su vez y para su propia desazón, se sorprendió dirigiéndose al enlutado en el tono quedo y despacioso de quien obstínase en probar la veracidad de sus palabras, ante el más cínico de los sordos o el más escéptico de los jueces.

—En el escenario reviven mis memorias, cuando las evoco. Sólo las mías, aunque otros muertos invisibles para mí deben verlas también, como yo contemplo a veces las suyas en otras salas. Si uno de nosotros es absuelto en el juicio, consigue entonces la gracia del sueño liberado de la conciencia y de los recuerdos. En otras ocasiones, creo que las evocaciones de los hombres se anticipan a su muerte y a su presencia en el infierno...

Le cortó la risa del viejo. Parecía incontenible aunque a poco deleitábase con sus propias carcajadas. Reíase como si cloquease, jadeante y estremecido. Tenía el paladar oscuro y semejante al de los perros pastores, al fondo de las encías desdentadas.

—¿De dónde sacó esta idea absurda del infierno, convertido en una torre de teatros?

—No es una torre. Es una espiral. Basta salir al corredor para comprenderlo. El pasillo sube en curvas muy anchas y abiertas a todas las salas.

—¡Una espiral! —la hilaridad doblaba al anciano como a un garabato. Le hacía golpearse las rodillas con las manos huesudas y moteadas por los años—. ¡Es lo más grotesco que imaginarse cabe! ¡El infierno como una espiral de plateas! Una para cada hombre, supongo.

—Una para cada hombre —asintió cada vez más humillado y sorprendido, incapaz de huir de aquel espectro y aun de ignorarle la imprevista presencia—. Una para cada muerto.

El aparecido sacudía la cabeza y por primera vez desvió la mirada de sus ojos. Las risotadas se convirtieron en un jadeo con toses y roncas, de viejo gamo en celo, aunque muy pronto se sobrepuso. Hablaba ahora con una suerte de irónica conmiseración, como lo haría un rabadán avezado y hasta un punto sádico con un jovencísimo aprendiz de cabrero.

—Muchacho, esto no es el infierno y nosotros no estamos muertos. El infierno, lo conozco muy bien para desdicha mía y puedo asegurarte que está en la tierra —volvió a encararse con él, como si tratase de convencerle con su sinceridad, después de vejarlo con sus sarcasmos—. ¿Sabes tú dónde nos hallamos, verdaderamente?

—¿Dónde quiere usted que le diga?

—Yo no quiero nada, hijo, ni siquiera vivir desde hace mucho tiempo. Pero los hechos son los hechos, aunque sean sueños. Esta supuesta espiral del infierno, estos teatros donde según disparatas a veces la memoria se anticipa a los muertos, ese otro escenario de tus ridículas vocaciones, esa condena eterna al insomnio y a los recuerdos, esa posible liberación en el olvido, todo, absolutamente todo ello, no es ni más ni menos que mi pesadilla. Tú no eres nadie, sólo una sombra enloquecida en un sueño mío, del cual despertaré cuando me venga en gana.

(¿POR QUÉ NO TE FINGES LOCO PARA SER ABSUELTO?) El demente era aquel hombre, quienquiera que fuese, puesto a su paso por un destino inexplicable, pero acaso no del todo irracional, mientras se apercibía o debía apercibirse para el juicio. Si aquel ser avellanado estaba verdaderamente ido y no simulaba el desvarío, quizás el propósito de una oblicua providencia era ofrecerlo como modelo de su fingida enajenación. Por otra parte les creía a él y al infierno un sueño suyo, la pesadilla de un posible megalómano quien tal vez temiese ser inmortal. («Yo no quiero nada, hijo, ni siquiera vivir desde hace mucho tiempo»); pero también Sandro Vasari había soñado la espiral interminable, a él en su sala correspondiente y aun algunas de las memorias, que precedían al propio Vasari eternidad adentro. Una a una, volvían a él las palabras del hombre del pelo aplastado y el chirlo en la mejilla: «Me dije: *Esto no puede ser, soñando te volviste loco.* Y luego: *Soñando llegaste al infierno.* Partes de aquella pesadilla, quizás las más terribles, desaparecieron al despertar».

—Si yo soy su sueño, ¿quién es usted?

—No quiero repetirte mi nombre porque es mi maldición. En un tiempo, cuando era joven como tú, me envanecía de llamarme como me llamo. Ahora quisiera no haber nacido.

—Yo también llegué a enorgullecerme del mío. Me deslumbró a fuerza de saberlo repetido y proclamado. Ahora estoy de acuerdo con usted, fuera mejor no haber nacido nunca.

—¡Cállate y no me interrumpas! Aun en mi sueño, eres demasiado joven para comprender un prestigio como el mío: el que tuve a tu edad. La gente me reconocía por las calles y venía a estrecharme las manos, como si hubiese obrado milagros. Al principio me dije: «Es justo porque yo soy yo». Luego llegué a preguntarme: «¿Será de mí de quien hablan? ¿Será a mí a quién están hablando?». Tú no lo comprenderías nunca...

—Le comprendo prefectamente porque la transformación en mi propia leyenda, también la he vivido yo.

—¡Te dije que te callases! ¿Qué sabes a tus años de mí mismo y de los tiempos a los cuales me refiero? Si vuelves a interrumpirme, callaré yo. Pero entonces no llegarás a conocer lo que verdaderamente es el infierno.

Era la más irónica de las amenazas; pero la profería sin percatarse de su sarcasmo. Quizás estuviera sinceramente convencido de que él no era sino parte de su sueño, aunque aquel viejo atrabiliario y sin acento parecía habituado a engañarse a sí mismo. Con un esfuerzo se sobrepuso al enojo provocado por su presencia, si bien sólo pudo contenerse hasta el punto de replicarle:

—Yo no soy una sombra de su pesadilla. Usted es la aparición de mi desvarío y puesto que no puedo explicarme cómo llegué a imaginarlo, debo de concluir que tiene razón y me he vuelto loco.

—¿Cómo? ¿Cómo dices? Repítelo todo más despacio.

De pronto se fingía sordo, o en un instante imprevisto le asordaba la edad. Ahuecó la diestra para llevársela detrás de la oreja y le vio la palma cruzada por rayas y arrugas. Se le estremecía la mano, como si las palabras la taladrasen.

—Creo haber perdido el juicio. Pero usted no me sueña, en su pesadilla. De hecho sólo existe en la medida de mi alucinación.

—¿Cómo te atreves a decir que no existo? —arrebatábase, amenazándole con su índice despellejado—. Precisamente por esto, por existir y llamarme como me llamaba, quisieron matarme como a un perro. ¡Ah! ¡Qué puedes saber tú, botarate, de una tragedia como la mía! ¡Cómo

132

hacerte comprender la caza del hombre y el horror que me tocó vivir, a una edad como la tuya!

—Sí, los comprendo porque yo también los he padecido. Cállese y váyase porque me fatiga. No vino al infierno a contarme nada nuevo y yo debo prepararme para el juicio.

De ser su alucinación, como casi llegara a creerlo, debía de haber cobrado vida propia y se regalaba exhibiéndola. De la ira pasó a una suerte de sardónico desprecio, arrellanándose en la butaca y sonriéndole como lo haría a una sombra, que a su vez pudiese escobar o esclarecer a capricho. Quizás a la mancha aquella en el muro del Gobierno Civil y junto a la puerta del comandante Valdés, aunque también lo era del teniente coronel Velasco en ausencia de Valdés, que plagiaba la sombra chinesca de un gazapo y sobre cuyo recuerdo se encendería el más desconcertante de los consejos: ¿POR QUÉ NO TE FINGES LOCO PARA SER ABSUELTO? Sí, por qué no, en verdad, volvió a preguntarse obstinado en convencerse: en convertir en académica aquella pregunta que empezaba a corroerle y a devorarlo. Pura y simplemente porque la demencia era mucho más difícil de representar que la razón, en la bárbara comedia de la vida o en el insomnio incomprensible del infierno. A hechura exacta de una civilización, que llevaba siglos diciéndose racional e ilustrada, los hombres aparentaban una cordura que desaparecía a la primera oportunidad de exterminarse los unos a los otros, en nombre de sus creencias, sin que las víctimas, vueltas probablemente verdugos cuando dejaban de serlo, pudiesen defenderse de otro modo que voceando en vano el error, el monstruoso error, de su sacrificio.

...Y el intruso seguía regodeándose con su presencia viva y repantigada en el butacón, como un desafío o como un ultraje. Él quiso convertir en callados gritos, contra algún muro de las lamentaciones del alma, su desesperado deseo de que se desvaneciera sin dejar huella. Con inútil nostalgia pensó en los personajes de sus dramas o de sus poemas, a quienes apeaba a placer en el momento más imprevisto y a la vez más adecuado. El hombre muerto al fin en paz, al cabo de un romance. El gitano cosido a cuchilladas por la envidia. La mujer poseída y abandonada por su amante desdeñoso, al saberse engañado. El niño perdido por los cielos, con la luna de la mano. Todos desaparecían puntualmente, en obediencia a las exigencias creadoras. «Un pintor nunca sabe cuándo ha concluido o debe concluir su cuadro», le había dicho Salvador Dalí, repitiendo otra frase de Picasso que él no descubriría hasta mucho más tarde. «Un poeta en cambio nunca deja de saberlo», replicó entonces verazmente. Ahora debía retractarse porque aquel fantasma de su insomnio en el infierno, si en realidad era una imagen de sus alucinaciones, permanecía a su lado imperturbable y tenaz, señalándole unas veces con el dedo y sirviéndose otras de la palma rayada al borde del oído, para no perderse ninguna de sus palabras o para fingir una sordera que fuese un escarnio.

—¿Para qué dices prepararte ahora? —le preguntaba el anciano, como un eco burlesco de sus propios pensamientos.

—Para el juicio. Usted sólo vino a estorbarme y a entrometerse.

—Tú no te preparas para nada, porque no sabes lo que te dices —cloqueaba de nuevo, con aquella risa exasperante y casi mujeril—. Pasé todos estos años en el infierno; pero no en el limbo. Tengo referencias muy precisas acerca de ti y de los tuyos.

—...¿Acerca de mí y de los míos?

—Sí, señor, esto dije. ¿Acaso te has vuelto sordo? Sois una canalla, una auténtica canalla. Cuando pienso en todos los sacrificios y en todos los sufrimientos de mi propia juventud, en su capacidad de entrega y en su idealismo, la depravación de esta leva vuestra me parece aún peor, mucho peor, que nuestros propios crímenes.

Pensó en Ruiz Alonso diciéndole a Sandro Vasari que a la vista de tanta pornografía y de tanta delincuencia, sus tiempos le parecían lejanísimos. Pensó en su propio padre, no el padre cuyas palabras, el día del asesinato de su cuñado y de su misma detención, fueron para decirle que por él lo daría todo, a su madre y a sus hermanos, porque él no podía faltarle nunca, nunca, nunca, sino el otro: aquel que en la mañana del Retiro y de su adolescencia, ante *La Gare Saint Lazare* de Monet, clamaba contra las imposturas de unos delincuentes quienes no sabían qué hacer para despertar la atención de los ignorantes. Pensó en sí mismo aquel día en Madrid, preguntándose por un momento, que luego olvidaría hasta este otro instante en la eternidad, si alguna vez iba a sentir y a expresarse como entonces lo hacía su padre. Pensando en todo ello y en una transposición inconsciente, que en seguida comprendería demasiado bien, preguntó:

—¿Quién le ha dado esas referencias, a las que aludió?

—¿Quién iba a ser? Luis, naturalmente.

—Luis...

—Luis Rosales —pronunció el nombre con impaciencia, como si lo diese por supuesto—. Nunca más saldré de su casa, donde me escondí en verano de 1936. Allí me dormí anoche y te sueño a ti ahora. ¿Cuántos años llevo oculto en aquellas dos habitaciones de la segunda planta? ¿Cuarenta, cuarenta y cinco, cincuenta? Perdí la cuenta; pero no olvidé mi decisión de no abandonarlas vivo. En un invierno u otro murieron todos los Rosales, menos Luis y Esperancita. Ahora me visitan en contadas ocasiones, aunque ella golpea la puerta tres veces al día con la palma de la mano y me deja la comida en el suelo. Saben que prefiero no verles ni hablarles porque elegí el infierno y no el mundo. De Luis no puedo librarme con la misma facilidad que evité a Esperanza. Tiene una llave y de tarde en tarde irrumpe allí, en los momentos más inesperados, para hablarme durante horas enteras. Al final terminamos casi siempre disputando y todavía ignoro si quiere que me marche o pretende que muera en su casa, sabe Dios cuándo... Ayer mismo se lo dije...

—¡Cállese! ¡Cállese! ¡Maldito sea! ¡No quiero soportar este martirio!

(¿POR QUÉ NO TE FINGES LOCO PARA SER ABSUELTO?) No, no puedo pretenderlo, cuando enloquecí de veras y después de muerto. Creé esta horrible alucinación, a imagen y semejanza de mi caricatura y ahora no sólo tiene vida propia sino vino a usurpar la mía, en otro infierno que es parodia siniestra de esta espiral. ¿Qué pretende de mí este viejo implacable, en quien me hubiese transformado de haber vivido? ¿Intenta decirme que mi demencia es mi única verdad y él viene a ser el avatar de mi enajenación? ¿O acaso lo cierto sea precisamente lo opuesto, como él lo proclama, y yo soy a mi vez parte del desvarío de un anciano trastornado por la soledad? Si Ruiz Alonso, Trescastro y los pistoleros de la Guardia de Asalto no me hubiesen prendido aquel domingo por la mañana, quizás fuese cierto ahora todo lo que me cuenta y yo siguiera oculto en aquella especie de altillo de la calle de Angulo. («Tengo órdenes de llevarle al Gobierno Civil. Le agradecería que abreviásemos porque aquí se ha perdido mucho tiempo.») O por ventura, en la más disparatada de las posibilidades, los pistoleros de Asalto, Trescastro y Ruiz Alonso no fueron nunca a la calle de Angulo, número uno, y su entero calvario, con la detención, los interrogatorios, el asesinato por la espalda y el insomnio en el infierno, no eran sino la repetida pesadilla de aquel viejo, como entonces lo sería él mismo.

—¡Cállese! ¡Cállese! ¡Maldito sea! ¡No quiero soportar este martirio!

Se llevó las manos a los oídos porque un mar embravecido, uno de aquellos océanos metálicos de Dalí o de Patinir, súbitamente agitado y revuelto por una tempestad de volcanes encendidos, parecía puesto en pie en su interior y amenazaba con separarle los huesos del cráneo.

—¡Cállese! ¡Cállese!

Oía las palabras del anciano a través de sus manos. Pero sólo pudo distinguir el turbio eco de sus propios chillidos. Un eco que vino a irritarle y a abochornarle, porque no era el bramido entrecortado del pederasta que siempre supo ser sino la gritería del marica que nunca quiso haber sido. Al mismo tiempo y a la luz de un claro fogonazo de la memoria, trajo a mientes la primera vez que su padre adivinó su condición de homosexual, en algún verano infinitamente distante, entre su primer viaje a Madrid y su primera estancia en Cadaqués, cuando le dedicó aquella oda a Salvador Dalí donde decía no alabarle su imperfecto pincel adolescente pero sí sus ansias de eterno iluminado. Era otro domingo por la tarde, porque siempre en domingos parecía decidirse su destino, y él tocaba de memoria algo de Chopin en el piano de la Huerta de San Vicente. Detúvose de pronto, cuando el último rayo del atardecer se deslizó por la ventana entreabierta, partióse en un prisma de la araña y fue a teñirle la diestra con todos los colores del espectro. Sólo entonces, mientras se miraba el iris en los dedos y quizás empezara a escribir inadvertidamente un verso publicado años más tarde, donde hablaba de una luz de jacinto iluminándole la mano, reparó en la presencia de su padre, sentado en la penumbra de un rincón de la sala. Un espejo le reflejaba los ojos y en su mirada vio la infinita tristeza del primer hombre de la tierra, distinto de los monstruos que le precedieran, cuando descubrió la soledad después de la muerte de un hijo.

—Sí, ayer por la tarde Luis compareció de improviso, a su vuelta de Madrid —proseguía el vampiro que le soñaba o la aparición de su propia locura—. Vino con la disculpa de recoger unos libros recientes, que me había prestado. Poemarios de gente de tu edad, o acaso más mozos todavía. Se los tropezó desparramados por el suelo, donde yo los arrojara. «Si ésta es la basura que priva y escriben hoy en día, dime para qué vivió una generación de poetas como la nuestra», le pregunté de entrada. Él sacudía la cabeza, sin atreverse a mirarme a los ojos y quiso responder con alguna falacia sobre el Régimen anterior, que a su farfullar había castrado intelectualmente al pueblo. «No trates de convencerme con sofismas de esta especie. La víctima de aquel Régimen soy yo, con casi medio siglo de encierro en tu casa, y no esta chiquillería cuyo alcance mental no trasciende las procacidades y los lugares comunes. La nuestra fue una generación de poetas excepcionales y de obras maestras. Al proclamarlo no incurro en vanidades sino resumo la verdadera historia de la Literatura. Fue también una casta de hombres libres, al menos en sus años más cumplidos y felices. No me vengas tú ahora a descubrirme nuevas beaterías, con el pueblo por objeto de culto de latría, cuando hemos sobrevivido tantas catástrofes idiotas hasta convertirnos en dos carcamales. Pueblo lo somos todos, nosotros dos, el albañil que blanquea aquella casa de la plaza de los Lobos e inclusive quienes asesinaron a media Granada en el nombre de Dios. En el universo no hay efecto sin causa correspondiente y...» —interrumpióse de improviso, mientras se citaba a sí mismo casi a gritos, como si hubiese olvidado ideas y palabras...— y además, además. Oye, ¿por dónde andaba?

—Dijo usted que en el universo no hay efecto sin causa correspondiente —repuso no sin percatarse de su ironía.

—Precisamente, sí, señor, esto dije y él no acertó a replicarme. «El único origen de todas nuestras desdichas, de aquella matanza de hienas que fue nuestra guerra, de la dictadura que vino a seguirla y hasta de las necedades que hoy pasan por poesía, se reduce a este pueblo tuyo que nunca dio la talla, como comunidad inteligente y civilizada, ante la

Historia.» Se vio obligado a asentir, aunque de mala gana. Luego me habló de hombres de tu edad y de otros aún más jóvenes, los que pasaríais por hijos míos, aunque tú sólo seas una esquirla de mi sueño...

—Yo no soy su hijo ni soy su sueño. Soy un muerto que razona y desvaría. Usted es una aparición de mi delirio.

Ahora lo afirmaba sin ningún convencimiento, como acaso su padre quiso decirse aquel domingo en la Huerta de San Vicente que un invertido no podía ser hijo suyo y él era un espectro, que se desvanecería con el último sol de la atardecida. Por lo demás el anciano tampoco le escuchaba, absorto en el recuerdo de su gritería y de sus catilinarias.

—Me describió una generación de supuestos poetas, vestidos de harapos y a la americana, como aquellos vagabundos de las películas de King Vidor que cruzan los Estados Unidos de mar a mar, ocultos en un vagón de mercancías de la Union Pacific. Todos envenenados por las drogas, que consumen como si fuesen peladillas, porque son incapaces de pensar y de sentir por sí mismos. «Luis», le dije, «disparatas y pretendes que vuelva a este mundo con el cual no tengo absolutamente nada en común, aunque mis obras sean leídas y representadas entre estas tribus, según lo afirmas. En medio de esta gente viviría envuelto por una burbuja invisible, al igual que un extraño. Como aquellos amantes de El Bosco, en *El Jardín de las Delicias Terrenales*, presos en una pompa de jabón o en una vejiga extraviada en un aquelarre. Si te acordases de quién fuimos, ni siquiera te atreverías a sugerírmelo... Es más, es más...» Oye, ¿qué más le dije?

—Que no debiera aconsejarle la vuelta a *El Jardín de las Delicias Terrenales*.

—Esto ya lo sé, ¡imbécil!, y no pienso repetirlo —encrespábase, acariciándose la calva sonrosada—. ¡Ah, sí! Entonces me creí en el deber de añadir: «Si además de acordarte de quién fuimos mantuvieses la dignidad que nos corresponde, tú también volverías la espalda a esa selva para encerrarte aquí conmigo».

—Y él repuso no ser libre de hacerlo, porque su destino era tan irrevocable como el de usted mismo.

—¡En efecto, esto dijo! ¿Cómo llegaste a saberlo? —preguntábase sin mayor interés y encogiéndose de hombros—. Quizás no seas tan necio como creía porque, en fin de cuentas, eres mi sueño. Replicó...

—Replicó que a cada cual corresponde un papel en el gran teatro del mundo y que las partes en el drama eran indivisibles e intransferibles.

—Sí, sí, esto dijo, como si yo no hubiese leído a Calderón en mi vida. A mí me asignaron el cautiverio, pues éste era el destino impuesto por mi nombre. Por llamarme como me llamaba y por ser quien era, tuve que esconderme en su casa cuando querían matarme. Ahora, tantos años después, el orgullo de ser quien soy me impide regresar a un país que no merece mi presencia. A él le atribuyeron un papel distinto y supeditado al mío, en aquella farsa. A través de azares inexplicables, se convirtió en mi custodio o si lo prefieres en mi carcelero y confidente. No era ahora más libre de revelar mi existencia, para que me honrasen como a un resucitado, que lo fuera antes de denunciarme para que me asesinaran.

—Pero de una forma u otra aquella situación debía terminar. Nada se sustrae al paso del tiempo, ni la piedra en el aire ni el hombre en la tierra. Si aún perdura semejante absurdo es por ser una alucinación mía, como usted mismo.

El viejo sólo le escuchaba a medias, sin conceder ningún crédito a sus palabras, mientras parpadeaba inquieto bajo las cejas encenizadas. Él mismo no se atrevía a creer por entero en cuanto acababa de afirmar. («Nada se sustrae al paso del tiempo, ni la piedra en el aire ni el hombre en la tierra. Si aún perdura semejante absurdo, es por ser una alucinación mía como usted mismo.») Pensó entonces en aquella paciente de Charcot o del viejo Huxley, el tío o el padre del novelista, cuyo caso le contó Luis Buñuel antes de que averiguase por casualidad que lo había leído precisamente en Proust y en *Sodome et Gomorrhe*. (*«La femme aura Gomorrhe et l'homme aura Sodome.»*) Una mujer de la más encumbrada sociedad británica, quien renunció a todas las recepciones de su casta, pues, en cuanto su anfitrión le asignaba asiento, veía acomodado allí a un anciano caballero pulido y risueño, con levita verde e impertinentes. Incapaz de resolver dónde estaba el espejismo, en el ademán que le ofrecía la butaca o en el enlevitado personaje que la ocupaba, recurrió a Huxley o a Charcot para que la sacase de dudas. Supuestamente sanada, fue a un concierto privado para ponerse a prueba. Apenas le brindaron puesto, en primera fila y ante una conocidísima soprano, volvió a aparecérsele el desconocido de los impertinentes. No obstante aquella vez se sobrepuso a sí misma. Sacó fuerzas de flaqueza y aceptó el asiento, que era la labrada caoba victoriana, desvaneciéndose para siempre el muy urbano y distinguido fantasma.

A diferencia de aquella dama de otra era, no acertaba a decidir si debía o no debía rozar la mano o el brazo de su presunta parodia, como tampoco antes pudo resolverlo. Cabía que el usurpador de su identidad y aun de su vida arrebatada a balazos se desvaneciese a su contacto, como la enferma de Charcot o de Huxley prescindió al cabo de su propia estantigua. Cabía también que quien desapareciese entonces fuese él, si *en verdad* (¿qué sentido tendría la verdad en los infiernos?) era el sueño de aquel hombre. Sorprendentemente aquella posibilidad, la de fundirse en la nada interminable y dormir sin memorias ni pesadillas, más allá del tiempo y del espacio, le sobrecogió por primera vez. Era todavía su deseo absoluto y más férvido, el de alcanzar el olvido de sí mismo; pero no quería lograrlo por aquellos medios ni a través del miedo.

—Esto vino a decirme Luis Rosales —asentía el otro, esta vez casi alborozado—. En cualquier caso, insistía, debíamos zanjar aquella inconclusión. Creo haberte indicado mi sospecha de que al cabo de los años él quisiera librarse de mí, a cualquier precio y por cualquier medio. Quizás le complaciera de haberme sido posible; pero naturalmente no era libre de hacerlo. «Luis», le dije, «recapacita y acuérdate de los tiempos cuando te enseñé lo que era un endecasílabo. Ahora me toca mostrarte quién somos y dónde estamos. Ésta es la segunda planta de tu casa y de la casa que fue de tus padres; pero también es el infierno. Los dos estamos condenados a la inmortalidad, por razones que ignoro y además no me conciernen. Por siempre jamás permaneceré en estas dos estancias y tú vendrás a visitarme, de tarde en tarde y a través de enteras eternidades, para repetir esta conversación en idénticos términos o en otros muy parecidos.

—Una de las estancias es la alcoba —le interrumpió él en un impulso—. Hay allí una cama de las llamadas de monja, con pies y cabecera de hierro curvo y muy delgado. Los muros son blancos, aunque acaso los hayan ensombrecido los años, y la colcha con flecos es amarilla como los limones. Aquel dormitorio da a una especie de salita, con una ventana de visillos bordados sobre la calle de Angulo. Tienen allí un piano Pleyel, unos estantes con libros de la Biblioteca de Autores Españoles y unas traducciones infames de Proust, a cargo de Pedro Salinas. También recuerdo una cómoda, donde la tía de Luis Rosales aromaba las sábanas con membrillos de la vega. Encima de la cómoda y dentro de un fanal, se alza un Sagrado Corazón de Jesús con los brazos abiertos.

El viejo le escuchaba sin mayor asombro, asintiendo unas veces con un gesto de cabeza y otras sonriendo. Parecía felicitarse por la puntualidad de la descripción, como si fuese suya. Limpió los lentes con un ancho pañuelo, en uno de cuyos cabos vio las iniciales de su propio nombre y de sus apellidos. Luego fingió aplaudirle.

—¡Perfectamente, joven! ¡Todo ajustado y de la mejor ley! De hombres como tú será el reino de los cielos. No me sorprende que conozcas mi infierno de tal modo, si eres uno de mis sueños. En cierta manera, hasta podría decir que tú vienes a ser yo mismo.

—En cierto modo —corroboró bien consciente aquella vez de su ironía.

—Sólo en cierto modo —quiso precisarlo el anciano—. Si tuvieses mi edad serías mucho más sabio. También a ti, como a Luis Rosales, es preciso que te explique tu destino por ser bastante parecido al suyo. Estás encadenado a mi sueño, como él lo está a mis vigilias, y seguirás apareciéndote en noches como ésta, para que yo pueda hablar con alguien aparte de Luis y la soledad no termine por enloquecerme. Como puedes ver, jovencito, las leyes del infierno son muy prudentes aunque sus legisladores sean invisibles. Aun en el supuesto de que yo no fuese inmortal, en cuyo caso tampoco lo sería Luis Rosales, tú y yo resultaríamos inseparables porque muerto te seguiría soñando por toda la eternidad.

—Usted desaparecerá en cuanto le toque el hombro con la palma de la mano, porque no es nadie. A mí me mataron hace mucho tiempo y usted es sólo una sombra fingida y mía: el hombre que no hubiese querido ser si sobrevivir significaba convertirme en alguien tan distinto de mí mismo.

—¿Estás seguro, hijo, de que te mataron?

—Estoy tan cierto de ello como de hallarnos en el verdadero infierno, el único que existe.

Volvía a reírse el aparecido; pero su risa era distinta. Acaso más dura y menos chillona. Sin haberse rejuvenecido y sin dejar de ser él mismo, iba mudando de apariencia, como quien ensaya diversos disfraces la fría víspera de un carnaval. Se le ensancharon los hombros y se le enderezaba el espinazo, hasta darle el porte de un hombre también muy entrado en años; pero más hecho a andar por el mundo desbrozándose el camino con las manos que a consumirse casi medio siglo en dos habitaciones, con un Sagrado Corazón de Jesús, un Pleyel, una cama de monja, la Biblioteca de Autores Españoles, y las traducciones de don Pedro Salinas.

—No estás seguro de nada porque la vida, la muerte y aun la propia eternidad son fruto de un azar exasperante. No hay destino que las determine porque tampoco hay más providencia que la hecha y deshecha por cada uno de nosotros, a cada instante y en cada uno de nuestros pasos.

—¿Quién es usted ahora? —atajó sin escucharle y en un tono que volvía a sorprenderle por dar indicio de un horror y de una perplejidad, muy superiores a los sentidos.

—Yo sé quién soy —repuso citando a Cervantes y sin dejar de sonreírse, como si hubiese pronunciado un sacrilegio—. En otras palabras, quien tú pudiste haber sido.

—¡Yo también sé quién soy! ¿Por qué me persigue de este modo?

—No te persigo. Dijiste que estoy a tu merced y bastaría rozarme el hombro con la mano para que desapareciera en seguida. ¿Por qué no lo intentas?

El cráneo del anciano se poblaba de una pelambre blanca, de pastor moruno muy entrado en años, mientras se desvanecían los anteojos sin montura. También el tono de su tez, tan pálida en las mejillas debajo de aquella calva sonrosada, se oscurecía y enturbiaba las manchas de las sienes, como si llevase largo tiempo expuesto a muchos soles. Sólo las ropas y los zapatos de la estantigua, aquella indumentaria de alguien enlutado por sí mismo, permanecían inalterables.

—Quisiera saber qué pretende de mí...

Se abandonó al quejido de su súplica, aunque advirtiera haberse puesto a la merced de aquel espectro, cuya semejanza era evidente con el hombre que él sería ahora, si sus asesinos le hubiesen hecho gracia de la vida. («Quisiera saber qué pretende de mí.») Pensó en los tiempos de *La Barraca*, cuando recorría España en camiones, con una bandada de chicos y de chicas que le idolatraban como a un dios vestido de mecánico. En Burgo de Osma se le había unido un adolescente, bachiller a medias y entonces de vacaciones, cuyos padres le permitieron irse con los cómicos porque hasta en el Burgo él era una personalidad. («Usted es aún joven; pero muy justamente celebrado. Usted tiene un talento natural, que nadie puede negar sin ofenderle»), una especie de niño grande y prodigioso a los ojos de todo el país. «¿Tú qué sabes hacer?», preguntó al zagal cohibido por su espigada apostura y por aquella mirada renegrida, donde dos puntos de oro (¿POR QUÉ NO TE FINGES LOCO PARA SER ABSUELTO?) fulgían en dos ascuas: como aquel cervatillo devorado en *La Destrucción o el Amor*, de Aleixandre, titilaba en las pupilas de un tigre de Bengala, convertido en un diminutísimo toisón. Con voz muy bien timbrada para sus pocos años, el muchacho le recitó versos de *El Libro de Buen Amor*. «¡Ay, Dios, e cuán fermosa viene doña Endrina por la plaza! / ¡Qué talle, qué donaire, qué alto cuello de garza! / ¡Qué cabellos, qué boquilla, qué color, qué buen andanza! / Con saetas de amor fiere cuanto los sus ojos alza.» Le dio entonces la bienvenida a *La Barraca*, aunque en realidad no hubiese querido invitarle. Luego, mientras convivía con él en la compañía, trató en vano de olvidarlo. Una noche se sorprendió paseando con el adolescente por calles muy viejas de Soria, con galgos y peces en las labras de las casas plateadas por la luna. Pararon a beber en una fuente y mientras aquel chico le sonreía y secábase con el canto de la mano, le abrazó y besó impulsivamente en los labios. «¿Qué pretende de mí?», le había preguntado en idéntico tono de voz, atónita y aterrada, que él se dirigía a aquella sombra avejentada de sí mismo. «Nada, nada, perdóname. Sólo quería olvidarme en vano de quién soy y por qué nací como he nacido.»

—De ti no pretendo nada —le decía el espectro, devolviéndole a la realidad del infierno—. ¿Cómo iba a hacerlo, si sólo soy tu reflejo fingido? ¿Por qué no te olvidas de nosotros y contemplas el escenario de esta sala?

Obedeció casi a sabiendas de cuanto veía, aunque no se tratara de la escenificación de sus recuerdos sino de la puesta en tablas de las memorias o las fantasías de su doble, aquel fantasma suyo en su nueva metamorfosis. El proscenio se abría de nuevo al andén de la estación y al expreso de Andalucía. Él y Rafael Martínez Nadal regresaban al compartimiento con asientos tapizados de grandes dalias y Rafael subía la maleta a la redecilla, sobre las amarillentas fotografías del Rhin en Basilea y del Loire en Amboise. Luego él puso una mano en la espalda de su amigo y, con un ademán que parecía de desamparo y no de afecto, lo acompañó hasta la plataforma para despedirle en el estribo.

—¿Qué crees qué ocurrirá ahora? —le preguntó aquel doble suyo en voz lo bastante baja para no incordiar a otros espectadores, sin nombre y sin forma visible, acaso acomodados a su alrededor por toda la sala de butacas.

—Nada que no haya sucedido y que yo no viese otras veces, en este mismo escenario —repuso desazonado e impaciente.

—¿Estás seguro? Yo en tu lugar no insistiría en ello. Ya te dije que no somos sino el capricho del azar o de muchos azares entrecruzados.

En la plataforma del tren y mientras conversaba con Martínez Nadal, volvíase inadvertidamente hacia la puerta abierta del pasillo. Allí, en el corredor y embebecido en la contemplación del andén, veía a Ruiz Alonso, el obrero amaestrado. No obstante y en el preciso instante en que debía admirarse de la semejanza que sus quijadas conferían a aquel hombre con su propio padre, helóse la escena en el tablado y los tres, él, Ruiz Alonso y Martínez Nadal quedaron inmovilizados en una Estación del Mediodía, tan quieta y queda como el Sagrado Corazón de la tía Luisa, en su alto fanal y sobre la cómoda de los Rosales.

—¿Qué sucede? —preguntó a la aparición, que a un tiempo era su parodia y el doble del hombre que él pudo haber sido—. ¿Por qué se detuvo todo en escena?

—¡Chitón! —el viejo se llevó el índice a los labios—. No levante la voz. Si esto es el infierno, podrías despertar a los muertos inocentes. Los que según dices duermen liberados de la memoria —entonces casi a gritos, le devolvió su propia pregunta—. ¿Qué crees tú que ocurrirá ahora?

—Lo mismo que entonces. El pasado no se predice porque es irrevocable. Voy a pedirle a Rafael que se marche y me encerraré en mi compartimiento, para que aquel hombre no llegue a verme.

Iba a observar que Ruiz Alonso le había visto, de todos modos, aunque no llegase a saberlo hasta después de muerto y aposentado en los infiernos. («Si insistí en realizar aquel servicio a solas, fue para demostrarle que no me ocultaba detrás de las cortinillas a la hora de la verdad.») Sintióse tentado a añadir que en cuanto regresara al compartimiento, vuelta la vida al *tableau vivant,* y se dispusiese a cerrar las cortinas de la ventana, después de correr las del pasillo, letras de oro fundido se encenderían en el cristal. PREPÁRATE PARA EL JUICIO. Desistió en seguida de aquel propósito porque una sonrisa mordaz del anciano, parecida a las de su primera encarnación, le hizo presentir la inutilidad de tales precisiones.

—Creo que vuelves a equivocarte y todo sucedió de modo muy distinto. O bien el pasado es revocable, en fin de cuentas, aunque tú digas lo contrario.

«Rafael», le decía él a Martínez Nadal al animarse de nuevo la memoria petrificada, «cambié de parecer y me quedo en Madrid. Por caridad, vete al compartimiento y trae la maleta. No me preguntes más ahora». «¡Pero tú estás trastornado!» «Te lo suplico, Rafael. No puedo, no quiero ir a Granada con aquel hombre: el corpulento y asomado a la ventana del pasillo.» «¡Perdiste la razón! ¡Dentro de nada ladrarás a la luna como los perros rabiosos!» «Lo que tú digas, pero obedéceme. O deja la maldita maleta en el tren. Yo huyo de aquí y te espero en el café de la estación.» «Está bien, está bien. Lo que tú digas», asentía Martínez Nadal, en aquella imprevista variante de su destino. Después, como si lo sucedido en el teatro se fundiese en súbitas tinieblas, para amanecer en una escena distinta después de una transición demasiado fugaz aun a los ojos de los muertos, aparecían juntos él y Martínez Nadal en el restaurante. Un camarero de frac pringado les servía otros dos coñacs, mientras el hombre de la cabeza de cordero, todavía cariacontecido y exasperado con él, parecía custodiarle la maleta. De nuevo pagó el servicio y las consumiciones, como lo había hecho en Puerta de Hierro. Bebió y sostuvo el encaro de su amigo, que silenciosamente parecía exigirle una cumplida exégesis de sus sinrazones.

—¿Qué significa todo esto? —preguntó ahora más impaciente que desconcertado.

—Esto no significa absolutamente nada, porque la vida carece de significado. No es sino lo sucedido hace mucho tiempo. El resultado de una de mis decisiones más súbitas y más sabias. Atiende un instante y escucha mis razones.

«Rafael», le decía él a Martínez Nadal en el escenario, «una corazonada me hizo presentir mi destino si iba a Granada. Dentro de unos días se produciría, o se producirá una rebelión de los militares. Ellos creerán dar un golpe de Estado, para evitar una intentona revolucionaria. Pero precipitarán la revolución y la guerra, que llenará de muertos los campos y las calles de esta tierra. En Granada triunfarían los sublevados y a mí me perseguirían como a un puerco salvaje, no por lo que hice, puesto que nada he hecho, sino por ser quien soy. Para huir de su ira, tendría que ocultarme en casa de unos amigos falangistas; pero hasta allí llegaría este hombre, el de las quijadas de mulo a quien vimos en el tren, para detenerme. Luego sin juzgarme, me matarían a tiros por el trasero llamándome maricón». La voz, descompuesta al borde del quejido y acaso no muy lejos del llanto, pareció serenársele entonces. «Sí, ésta sería mi suerte de haberme marchado ahora a Granada», resumió desapasionadamente como si afirmase leyes universales y de todos conocidas.

De nuevo Martínez Nadal parecía olvidado de su enojo, para observarle con gesto absorto. «Yo mismo te aconsejé quedarte en Madrid, si tan grande es tu pánico.» En su ser más hondo y en cierto modo a pesar de sí mismo, Martínez Nadal sentíase convencido de que cuanto acababa de contarle le habría ocurrido inevitablemente, de haberse marchado en el expreso de Andalucía. «Aquí al menos estarás a salvo», bisbiseó para huir de sus propios pensamientos. «A salvo no estaremos en ningún sitio. Pero al menos aquí ignoro qué suerte me aguarda. En Granada, la conozco demasiado bien para olvidarla.» «En fin sea lo que Dios quiera, como tú dijiste tantas veces. Anda, vámonos ya. Tomaremos un taxi y te acompañaré hasta tu casa.» «¡No, a mi casa, no! ¡También te lo ruego! Aun ahora tengo mucho, mucho miedo. Rafael, ¿no podría ocultarme en casa de tu madre, con mi maleta y mi drama *El Público,* aquella pieza tan disparatada, de la que sólo Dios sabe si no seremos todos personajes?»

—¡Esto no sucedió nunca! —exclamó golpeando enardecido el brazo de la butaca, pues todo se le antojaba un escarnio de su tragedia, tan personal y tan intransferible como la propia existencia o como su voz misma, que nadie podía vivir ni afirmar por él.

—¡Cómo no iba a haber ocurrido si yo estoy aquí ahora! ¡Si yo te sueño quienquiera que tú seas! Repara en el escenario y no te insolentes.

Otra de aquellas transiciones, aun invisibles a los ojos de los muertos, vino a mudar la representación. El cielo era un unánime alarido de sirenas y un entramado resplandor de reflectores. A lo lejos, un Madrid cada vez más distante llameaba y se estremecía bajo las bombas. Él iba en un autobús, que parecía alejarse por la carretera de Valencia. La luna casi llena iluminaba el camino, como una parodia de aquellas consejas medievales donde la Vía Láctea conducía a los peregrinos hacia Poniente. Despertó después de un breve sueño al que más le habría rendido la ansiedad que la fatiga. El vehículo avanzaba a tientas, con los faros apagados y entre campos interminables. («Rafael, estas calles y los campos alrededor de Madrid se llenarán de muertos, rebozados en su propia sangre. Esta ciudad será cañoneada y bombardeada hasta que muchos de sus barrios se desmiguen en ruinas.») Al resplandor de la luna, reconoció a don Antonio Machado, sentado junto a él con la cabeza humillada y las manos en las rodillas. Con la conciencia aún entorpecida y a medias desvelada, pensó y se dijo que aquel hombre enfermo y envejecido, por quien nunca sintió mayor admiración y quien a su vez despreciaba cuanto él había escrito, era el mayor poeta en lengua española del siglo pasado como él lo era del presente. Tenía la certeza de que los poemarios del viejo y los suyos sobrevivirían los principios y las aberraciones de quienes bombardeaban la ciudad, los de quienes la defendían y tal vez al propio Madrid en otra era. Repitióse en su fuero más íntimo que la Historia no existía, por reducirse casi siempre a su propio suicidio, y sólo el Arte y la Literatura justificaban biológicamente el paso de un pueblo por la tierra. Luego se vio obligado a admitir que como lector de su propia obra, así como de los versos de Machado, todo aquello le dejaba indiferente y sólo esperaba sobrevivir la locura indecible de una guerra asesina.

Mirando a su alrededor, en el autobús inundado por la luz de la luna, reconoció a la entera familia del poeta. Su madre, una anciana menuda y avellanada, que parecía centenaria o detenida en algún punto impreciso entre el siglo de vida y la inútil inmortalidad. Dos de sus hermanos, sus cuñadas y sus sobrinas. Diez o doce almas, sobrecogidas y ateridas, como una tribu en el alba del mundo, huyendo de los últimos monstruos a quienes disputarían pronto la tierra, o acaso perseguida por los espectros de unos antepasados, que vivieron y murieron sin haber sido nunca completamente humanos. En otros asientos, con sus mujeres y sus enseres, vio a Ramón Menéndez Pidal, el director de la Academia de la Lengua, con sus barbas cuadriculadas; a José María Sacristán, otro director, pero esta vez del manicomio de Ciempozuelos; al doctor Arturo Duperier, presidente de la Sociedad Española de Física y Química, a quien cada año profetizaba la prensa un Premio Nobel de Ciencias; a Isidro Sánchez Covisa, de la Academia de Medicina; al poeta y pintor José Moreno Villa, quien bebía de una sola e indiferente buchada las jarras de cerveza, y a otros muchos, medio escondidos en la silenciosa penumbra. Esclarecida la conciencia, recordó entonces que todos ellos eran parte de una expedición de intelectuales, de cerebros privilegiados, como habría dicho irónicamente el viejo Valle Inclán de no haber tenido el buen gusto de morirse poco antes de tan grande

154

y tan descabellada tragedia, a quienes la Alianza de Intelectuales Antifascistas evacuaba de Madrid hacia Valencia, para ponerlos a salvo en el ambiguo nombre de una dudosa posteridad. En aquel preciso instante, sintió la mano de Machado, una palma demasiado dura y firme para un hombre tan enfermo, posándose en una de sus rodillas como si buscase un punto de apoyo. «¿Recuerda la primera vez que nos vimos?», le preguntaba a media voz. Fingió haberlo olvidado, para complacer al viejo y no enmarañar los hilos de aquellas memorias, que trabajosamente hilaba en el fondo de los ojillos entornados y detrás de sus antiparras. «No estoy muy seguro, don Antonio. Creo que yo era niño todavía...» «En efecto usted era niño e iba a la escuela de su pueblo. Yo acaecí visitarla con un inspector de Primera Enseñanza, cuyo nombre no supe nunca. Me sorprendió su mirada, demasiado triste para un chico de su edad. Le pregunté qué quería ser en esta vida y repuso de forma oblicua pero muy clara: "A mí me gusta la poesía y la música".»

—¡Es absolutamente cierto! —exclamó sin alcanzar a contenerse; pero refrenándose antes de prender por la ropa o por el brazo a aquella aparición, que era la imagen virtual del hombre que le impidieron ser de haber vivido.

—¡Claro que es cierto! Todo lo es menos tú mismo, que eres mi sueño. ¡No levantes la voz ni despiertes a los muertos absueltos! ¿Cuántas veces tendré que reprobártelo? No me despiertes tampoco a mí, aunque yo viva y no haya sido juzgado. Vuelve a mirar el escenario.

El paisaje era distinto y el autobús se transformaba en una ambulancia. Ahora se apretujaban allí don Antonio Machado, aquella madre suya, sonriente y momificada en una tierra de nadie entre el mundo y la eternidad, su hermano José, su cuñada Matea y él mismo. Machado estaba más flaco y revejido, casi tan anciano y descarnado como su propia madre. De un termo verde, que poco antes apretaba contra el pecho, les iba sirviendo café en unos boles catalanes. Otra ciudad, esta vez Barcelona, quedaba a sus espaldas también desventrada por las bombas. Iban por una carretera, que era toda un éxodo de coches, de carruajes, de camiones, de caballerías, de carretillas, de otras ambulancias, de soldados, de desertores, de hombres, de mujeres, de heridos, de niños, bajo un amanecer de cuarzo y de invierno. «No sé cuánto tiempo hace que no tomo café a una hora tan temprana», le decía Machado. «De todos modos este café será de cacahuetes o vaya usted a saber de qué será. Sea lo que sea, qué corteses son los catalanes, como ya lo testimoniaba Cervantes en horas de humor amargo, aunque sus críticos no repararon aún en aquel aspecto de su parodia. Tampoco sería puro el café que tomábamos por las noches en Madrid. ¿Se acuerda de cuando salimos de Madrid? Parecía que la ciudad iba a caer de un momento a otro; pero irónicamente resiste aún y ahora estamos a punto de perder Barcelona, el consabido archivo cervantino de la buena crianza, que supongo recibirá a los fascistas con los brazos abiertos. ¿Qué iba diciendo yo? De un tiempo a esta parte y en menos de nada se me va el santo al cielo.» «Hablaba usted de la noche en que salimos de Madrid», respondía él calentándose las palmas en los lados del bol. «¡Es cierto! Nos evacuaban en aquel autobús para cráneos privilegiados, como repetía usted, citando

al pobre Valle Inclán. Pongan a salvo a los intelectuales y después, a su debido tiempo, a las embarazadas, a los ancianos y a los oligofrénicos. ¿Se
acuerda de aquellas noches en los cafés madrileños? ¿No cree usted que hemos perjudicado a Valle Inclán, contando tantas historias suyas y agrandando su leyenda más allá de lo concebible?» No
repuso porque parecía presentir que el moribundo
tampoco le habría escuchado. «Al menos ahora
todo estará claro para los historiadores, para los
estrategas y para los diplomáticos extranjeros.
Dentro de nada caerá Barcelona y desde el punto
de vista de la Historia, que es como dimos en
llamar al destino de los griegos, habremos perdido
la guerra. Humanamente hablando yo no estoy tan
seguro. Tal vez la hemos ganado, aunque no haya
llegado la hora de percatarnos de ello.»

—¿Qué fue de don Antonio Machado? —se
sorprendió preguntándolo a la aparición, como si
admitiese su realidad sin repararlo.

—Mejor pregunta qué fue de mí y cómo llegué
a soñarte a imagen y semejanza de mi juventud. Es
curioso; acaso y aunque sea paradójico, debiera
decir ahora de mi vieja juventud. Pensamos en la
vejez como en la acumulación de los años en el
punto del presente. Pero también nos referimos
a ella cuando evocamos los tiempos perdidos en el
pasado: el de nuestra adolescencia y aun el de la
infancia —proseguía su espectro, entre reflexivo
y engreído.

—Por ejemplo aquel domingo de otra era, cuando mis padres, mis hermanos y yo vimos a Machaquito y a Vicente Pastor cruzar el Buen Retiro, en
calesa abierta por delante de *El Ángel Caído*
—atajó casi a su pesar y como si quisiera poner

a prueba a aquella sombra, que siendo la de un hombre quien nunca fuera pretendía serlo también de él mismo.

—¡Precisamente! —asintió el anciano—. La misma mañana que vi *La Gare Saint Lazare*, de Monet. Mi padre se burlaba del cuadro, al que venía a llamar un chafarrinón. Nuestra madre nos dijo que Monet, como el propio Velázquez en otro siglo, quiso captar las luces, el aire y la penumbra de un instante fugitivo: el de la entrada de la locomotora en el andén. Repara en que todo encaja. La vida individual y la historia colectiva no son sino la suma de los instantes impresionistas, sometidos a la ley del azar que es la negación de todas las leyes.

Se interrumpió antes de que pudiese replicarle. Con ademán, en el que había un algo de afeminado y otro tanto de autoritario, le señaló el teatro, donde la escena volvía a transformarse súbitamente. De nuevo se vio en las tablas, aunque ahora y en la boca del proscenio, se hubiese dicho bastante envejecido. Su edad oscilaba entre sus años cuando le mataron («...a tiros por el trasero llamándome maricón»), los mismos que creía aparentar en el infierno, aunque no hubiese espejos en la espiral, y los de cualquiera de aquellos espectros convertidos en dos versiones de su supuesta ancianidad. El escenario representaba un hemiciclo, muy semejante a algunas aulas de la Columbia University cuando allí estuvo de hipotético estudiante, sanando penas del amor oscuro y después de un fallido intento de suicidio, en tiempos de la depresión y la ruina de América. («Arroyos deslumbrantes, al pie de la cola de obreros parados en espera de la sopa boba de Al Capone, junto al refectorio de San

Patricio.») Al fondo de aquella sala y frente a los pupitres de muchachos y muchachas, esparcidos por el graderío, él hablaba en inglés acerca de don Antonio Machado. Ahora tenía los aladares blancos y había adelgazado a ojos vista. Con las carnes perdidas y bien doblado el medio siglo, parecía casi tan ancho de espaldas como lo era su padre bajo aquella cabeza, ensanchada por las sienes blancas. Su inglés era de calesero gibraltareño y estaba convencido de que los estudiantes americanos, quienes aparentaban garrapatear apuntes, no entendían una palabra de cuanto disertaba. Sólo una muchacha de ojos verdes, como aquella Melibea acaso judía, de Rojas, o como la Albertine, de Proust, que quizás fuese un adolescente en Sodoma aunque también era una lesbiana en Gomorra, le observaba sonriéndole sin pretensiones de anotar absolutamente nada de cuanto iba diciendo. *In the Spanish Civil War* (acaso sin saber por qué se esforzaba en pronunciarlo con mayúsculas) *«I had to lose two cities, Madrid and Barcelona, with don Antonio Machado...* En la guerra civil española me tocó perder dos ciudades, Madrid y Barcelona, con don Antonio Machado. Nos evacuaron de Madrid en otoño de 1936 y de Barcelona hacia Francia, en enero de 1939. Nunca me he sentido más cerca de aquel hombre, entonces un enfermo y un moribundo, que en aquellas circunstancias del mismo éxodo. No podría decir lo mismo de su obra, la cual admiré siempre, aunque a distancia, sin identificarme jamás con su poesía. En «Una España Joven», Machado pretende emplazar a una futura juventud redentora, en términos de prosopopeya. La llama divina, clara, pura, transparente y hasta despierta. La compara con el fuego y con el diamante. Olvidando la relación de causa a efecto, aunque extrañamente consciente de la encanallada decadencia de su propia época, delega en aquellos jóvenes del mañana inmediato una tarea regeneracionista, como gustaban de decirlo en la época, nacida por generación espontánea y por partogénesis. Según dice en un poema autobiográfico, «Retrato», en sus venas hay gotas de sangre jacobina, aunque sus versos no respondan necesariamente a sus convicciones políticas. No obstante en otro retrato poético, que esta vez es un soneto dedicado a *Azorín*, el antiguo anarquista desplazado a la derecha, viene a llamarle admirable reaccionario precisamente *por asco de la greña jacobina*. La España que amanece en «El Mañana Efímero», al cabo de una noche polar llena de bostezos, será la de la rabia y la de la idea pidiendo venganza con el hacha en la mano, según retórica profecía de Machado. A esta especie de utopía justiciera, la dice labrada *en el pasado macizo de la raza*, olvidando que de la misma cantera procede la otra España, siempre denunciada por él mismo, la de la charanga, la pandereta y las campanas, la de los filósofos nutridos de sopa de convento, la devota de Frascuelo y de Carancha...» Sonaban timbres estridentes y él daba la clase por concluida. Los estudiantes recogían sus cuadernos y se iban agrupados. Sólo aquella muchacha de ojos muy verdes, como la Melibea acaso judía, de Rojas, o como la Albertina, de Proust, que quizás fuese un adolescente en Sodoma aunque también era una lesbiana en Gomorra, se acercaba muy despacio a la tarima para hablarle.

Conversaban en voz baja, cuando la escena se heló otra vez a la luz de los ventanales del hemiciclo. Muy juntas las cabezas permanecían los dos en el escenario, paralizada la joven como la mujer de Lot camino de Segor («¡Os daré a mis hijas! ¡Os daré a mis hijas, para que las conozcáis y concibáis en ellas! ¡Usadlas todos y curad vuestro mal, antes que el Único, Aquel Cuyo Nombre no debe decirse, arrase esta ciudad en castigo de vuestros pecados!»); detenido él en el preciso instante en que cerraba la cartera, sin dejar de escucharla.

—¿Qué sentido tiene eso? ¿Qué lugar es éste, en los Estados Unidos?

—¿Cuántas veces debo repetirte que nada es nada y probablemente no somos nadie? En cuanto al sitio, lo conozco muy bien porque allí vivo ahora. Pero su nombre no viene al caso, porque todo punto en la tierra es el mismo punto. Estamos en la linde de una época distinta de mi vida —proseguía la aparición—. Si bien tú, en tu inocencia o mejor dicho en tu ignoracia, no llegases a presentirlo. Todo sucedió como vas a presenciarlo, aunque hubiese podido ocurrir de cualquier otro modo.

—¿Todo? ¿Qué es todo?

—Nada, al igual que nosotros mismos, como acabo de decírtelo para que lo olvidases inmediatamente. Eres incorregible —replicaba su doble esperpéntico y avejentado—. Pero no pierdo la esperanza de educarte, si permaneces en mi pesadilla. Apercíbete a presenciar el más didáctico de los espectáculos.

(¿POR QUÉ NO TE FINGES LOCO PARA SER ABSUELTO?) El demente, o los dementes, que gobernaban aquella especie de linterna mágica, mudaron de transparencia aunque no de protagonistas. Una ventana cubierta, de postigos venecianos, como los había visto en un lejano verano de Vermont, daba a un atardecer de cobre, parecido a los que tantas veces le deslumbraran a la salida de la biblioteca de Columbia o en los puentes del East River. A la altura del alféizar, y en una estancia, a la que la penumbra infundía un remoto ambiente de acuario, había una cama con una colcha amarilla tal vez idéntica a la de su lecho de monja en casa de los Rosales. No obstante, en esta nueva encarnación retrospectiva, él no se había refugiado nunca en la calle de Angulo ni había sido perseguido como un perro rabioso, por haberse quedado en Madrid en obediencia a una certera corazonada. En un remolino de recuerdos y sentimientos contradictorios, en el que por unos instantes pensó ahogarse, confundiéronse la memoria de la cama de monja, donde tantas noches pasara en vela temblando y temiendo ser apresado antes del alba, con aquel otro lecho del escenario, al pie de los postigos venecianos y del bermellón de la atardecida. Un chillido de pasmo escandalizado aunque no desprovisto de cierta complacencia, muy semejante al que acaso profirió Falla al leer por primera y última vez su «Oda al Santísimo Sacramento del Altar» y la dedicatoria que la encabezaba, se le quebró en el fondo de la garganta. En la cama y junto al ventanal, delgado y con los aladares blancos, como se había visto en el hemiciclo, pero completamente desnudo ahora abrazábase a aquella muchacha de ojos muy verdes, como la Melibea de Fernando de Rojas, o como la Albertine de Marcel Proust toda en cueros como él mismo. Iban a hacer el amor; pero se hablaban aún en susurros difundidos por todo aquel teatro del infierno. Iban a hacer el amor, con la inevitable fatalidad que dentro de nada se pondría el sol y acaso en obediencia a idénticas leyes, pero irónicamente sonaban sus íntimos murmullos por toda la platea. «Nunca estuve antes con una mujer», confesábase él, «con hombres, sí, y acaso con demasiados porque deseé a muy pocos y aún quise a menos. A otros llegué a amarlos, sin que jamás soñase acostarme con ellos. («Yo le miraba a los ojos. Él los humillaba y los hombros parecían derrumbársele debajo del gabán cortado en Londres. Mis espoliques, los niños flamencos, empezaron a sonreírse y a cambiar cuchicheos de encanallados.») Mi oda a Whitman es mi fe de vida y mi confesión.» «Sólo estuve con un hombre, mi padre, que me violó un año antes de matarse», replicaba la muchacha de ojos verdes, que quizás fuese un efebo en Sodoma aunque también era una invertida en Gomorra. (*«La femme aura Gomorrhe / et l'homme aura Sodome.»*) «Desde entonces hice el amor con varias mujeres, a quienes nunca he deseado aunque tampoco podía repudiarlas. Creí darme a ellas por odio a mi padre y a todos los hombres. Ahora comprendo que en sus abrazos y en sus caricias te buscaba a ti sin percatarme de ello.» «También buscarías en mí a tu padre muerto, pues a mi edad yo hubiese podido serlo», replicaba estrechándola contra su cuerpo. «Lo buscarías para decirle que le habías perdonado, porque el mismo viento barrerá toda carne y acaso te violó para justificar su suicidio. Si no tenemos el valor de perdonarnos unos a otros, tampoco mereceremos haber nacido.» Puesto el sol, venía la noche por la ventana. Desde el patio de butacas y acaso porque nunca amase a nadie, hombre o mujer, como quiso a sus poemas o para mejor precisarlo a su propio vértigo, en pie en los confines del universo, al crearlos, pensó en aquel verso suyo donde se iba la tarde con la noche colgada al hombro. En el escenario, ahora a oscuras, sonaban gemidos, quejas, susurros, sollozos, acezos y alaridos. Después, nada, sólo el silencio. Un interminable silencio.

—¿Era esto imprescindible?

—Imprescindible o no, así vino a suceder —replicaba el aparecido.

—¿Y luego?

—¿Luego? ¿Creíste acaso que la vida es una novela por entregas? No hay antes ni después. Sólo un presente eternamente perecedero, cuya ficción amarillea en las fotografías.

—O en los escenarios del infierno.

—O en el tablado de esta pesadilla mía, que te empeñas en llamar tu infierno. Sea, si así te place, pero no te pierdas este cuadro que va a ser el último.

De nuevo mudaba la escena y en cierto modo vino a girar sobre sí misma. Veía ahora el jardín adonde daba el ventanal de la alcoba, protegido por los postigos venecianos. Completamente transformado en aquel espectro, con la misma cabeza e idéntica vejez atezada, podaba unos laureles al pie de unos pinos. Una bandada de mirlos, como al fondo de *El Jardín de la Delicias Terrenales*, volaba bajo un cielo de pizarra. («En medio de esta gente viviría envuelto por una burbuja invisible, al igual que un extraño. Como aquellos amantes de El Bosco, en *El Jardín de las Delicias Terrenales*, presos en una pompa de jabón o en una vejiga extraviada en un aquelarre.») Aquella mujer, la de los ojos verdes como Melibea o como Albertine, asomábase a la ventana y le llamaba por su nombre. Desde la platea, tardó unos instantes en reconocerla y sólo pudo identificarla por la voz, cuando empezó a hablarle en inglés. También ella parecía envejecida o avejentada, con el cabello corto y blanco alrededor de un rostro donde sólo la mirada, quizás de judía del Renacimiento, o de efebo que fuese una niña, como aquellos Mercurios de Juan de Bolonia al preciso decir del poeta Rubén Darío, en vísperas de la Gran Guerra y al tiempo que dos toreros pasaban en calesa ante *El Ángel Caído,* para admirado asombro de unos provincianos granadinos y mientras un mundo alegre y confiado desperezábase indiferente a la ira de Dios presta a arrasarlo, sólo su mirada, sí, permanecía la misma. «Llamó y está al teléfono el agregado cultural de la embajada de Suecia. Se desperece por hablar contigo y dice que te han concedido el Premio Nobel de Literatura, por... a ver si me acuerdo exactamente, ¡ah, sí! *contribución sin precedentes, unprecedental contribution, a la poesía de España y a la civilización occidental, to the poetry of Spain and also to the Western Civilization.* ¡No, no, perdón! *A la herencia cultural, the Cultural Heritage, de la civilización de Occidente.* No me dirás que no suena armónico y hermoso, aunque parezca un poco retórico.» Del fondo del firmamento volvían los mirlos trazando un ocho en los cielos. Dejó las tijeras de podar en tierra y se entretuvo mirándolas abiertas e inmóviles, como una parodia de cigüeña, mientras sobábase el mentón con el dorso de la mano. «Oye, ¿qué le digo a este hombre?», fingía impacientarse ella. «Podrías decirle que tan señalada distinción no me pertenece, porque mi vida es un préstamo. Estoy convencido de que me habrían asesinado en Granada, como a mi cuñado Manolo, de embarcar en el expreso de Andalucía la tarde que Martínez Nadal me llevó a la estación. («Rafael, cambié de parecer y me quedo en Madrid. Por caridad, vete al compartimiento y trae la maleta. No me preguntes más ahora.») «Si sobreviví lo hice a un precio muy alto, puesto que desde entonces mi poesía me parece la de un extraño: un hombre muy distinto de mí, a quien le avergüenza que escribáis tantas tesis sobre su obra muerta. De sombras en pie es el reino literario del señor Nobel, aquel dinamitero de derechas; pero en último término yo debo responder de lo que escribo ante mi conciencia. Dile a este señor sueco que renuncio a su Premio, para no abdicar de mí mismo.» «Sería mejor que se lo dijeses personalmente.» «Lo haré a su debido tiempo. En cuanto termine de cortar los laureles», repuso encogiéndose de hombros. Los dos rompieron a reír y la escena se hizo añicos, como una vidriera de colores quebrada a pedradas. Luego el tablado se hundió en la oscuridad de un sueño sin sueños.

— ¡Mentira, todo mentira! —chillaba exasperado en la platea.

— ¿Por qué iba a serlo? —preguntó su aparición, el gesto entre atónito y confundido.

— ¡Porque todo, absolutamente todo cuanto vi, es un escarnio cruel de lo ocurrido!

— ¿Estás seguro de lo que dices? ¿Por qué gritas de este modo? A fe, muchacho, que terminarás por despertarme a mí si no desvelaste ya a los muertos inocentes.

— ¡Un sarcasmo y una carnavalada!...

166

—Yo lo creí una interpretación muy fiel. No sé a qué vienen tantas protestas.

—¡Yo no soy tu sueño, miserable! —casi sin percatarlo empezó a tutear al último intruso—. Yo tomé el expreso de Andalucía aquella tarde, porque en cierto modo estaba obligado a hacerlo.

—¿Quién iba a obligarte?

—El mismo destino que negaste. Es decir, la sensación de cumplir una suerte vivida dos veces, una aquel día y otra en un tiempo muy remoto, acaso anterior a los relojes y a los calendarios.

—¡Estás completamente loco! ¿Por qué soñaré con un demente como tú, tan parecido a quien yo fui en mi juventud? Éste es el único escarnio y ya quisiera haber despertado. ¡Vamos, grita más alto y desvélame!

(«Creo haber perdido el juicio. Pero usted no me sueña, en su pesadilla. De hecho sólo existe en la medida de mi alucinación.») Pensando en sus palabras al otro espectro, el de la calva sonrosada, las templas tiznadas y las antiparras, descendió la voz hasta casi convertirla en un murmureo, que el aparecido esforzábase en seguir, abocándose sobre su rostro.

—Llegué a Granada y luego a la Huerta de San Vicente, justo a tiempo para que me matasen. Triunfante la rebelión y empezadas las represalias, me oculté en casa de los Rosales. Pero hasta allí fueron a detenerme. («...me dijo que hiciste más daño con la pluma que otros con la pistola.») Un individuo llamado Ruiz Alonso parecía mandar a quienes me prendieron. Me llevó al Gobierno Civil, me ofreció un caldo, me estrechó la mano y me dejó a solas en una estancia de muros arañados, que olía a sangre seca. Podría detallarte cada instante de lo sucedido; pero prefiero abreviarlo porque a cualquier víctima le avergüenza su suplicio. Quienes se enorgullecen de su martirio son aquellos que creen merecerlo. No me torturaron físicamente, creo que gracias a los buenos oficios de los Rosales. Al menos así me lo dijo Pepe Rosales, cuando me visitó poco antes de mi muerte, para prometerme la libertad. Recuerdo que sobreponiéndose al desprecio que yo debía inspirarle a un bebedor rijoso como él, más por casto que por pederasta, me pellizcó una mejilla al despedirse y me dijo: «Duerme en paz esta noche, niño, que mañana te abrazaremos todos en casa y yo te besaré en este carrillo, si me prometes no pellizcarme el culo». Le sonreí y le perjuré rezar por el triunfo de los militares. Miró a su alrededor, aunque estábamos solos en aquel cuarto despintado, y me dijo al oído: «No reces por nadie, niño, porque todos merecemos el infierno. Esta guerra ha dividido a España, como lo hiciera un río, y a cada uno de los lados únicamente los asesinos cumplen con su deber». Me interrogó el gobernador civil de la plaza, en persona y en términos que a ti no te conciernen. Aparte de Pepe Rosales, me visitó don Manuel de Falla la víspera del crimen. Vino a suplicar mi perdón por haberme odiado. Pero tampoco diré más porque cuanto hablamos a ti no te importa. Lo perdoné todo y no quise olvidar nada, habida cuenta de que el rencor es una pasión completamente inútil en la eternidad. Sería tan absurdo mi odio a quienes me asesinaron, como la abominación de mis padres por haberme parido. El final me lo guardo, por ser inalienable y mío aunque tú quieras falsearlo. Es imposible de imaginar pero sencillo de describir.

Unos tiros por la espalda al borde de un barranco y otro, de gracia, para astillar la cabeza a los muertos.

—¡Justo y preciso! —corroboraba el intruso—. ¡La coincidencia no puede ser más notable!

—¿La coincidencia? ¿De qué me hablas ahora?

—Cuanto contaste es lo mismo que imaginé muchas veces, en mi casa de América. En otras palabras, mi suerte en Granada si el instinto no me hubiese apeado aquella tarde del expreso de Andalucía. Empezó como un juego y se convirtió en una especie de obsesión. Inclusive comprendo tus reticencias, al rehusar el comentario de ciertos pasajes de la farsa. Yo tampoco quise confesarle nada de todo aquello a mi propia mujer. No obstante algún día voy a escribirlo, sólo para mí mismo. Cuando se ha rechazado el Premio del Dinamitero, de plano y sin vacilaciones, uno puede permitirse moderados placeres.

—¡Basta! ¡Basta! ¡No voy a tolerarte esta parodia de mi tragedia!

—¿Cómo ibas a impedirlo, desgraciado? ¿Cuándo gobernaron los sueños al soñador? —hizo una pausa y sonrió encogiéndose de hombros—. ¿No pretenderás destruirme a mí, después de haber absuelto a tus imaginarios asesinos?

—Yo no pretendo nada. Sólo quiero estar solo. Solo con mis recuerdos, si no puedo o no quieren liberarme de mi insomnio.

—Me iré, me iré —bostezaba el aparecido—. Los sueños, como la carne, acaban en el tedio. Es hora de despertar y quizás de escribir nuestro debate. ¿No pensaste nunca en una autobiografía interminable, en verdad infinita, donde no sólo constase cuanto fuimos sino también cuanto pudimos ser,

169

en todas sus variantes? Sería la única adecuada a cualquier vida. Aun en la nuestra cabríamos los dos y quién sabe qué legión apaisada de hombres a nuestra imagen y semejanza —desperezábase y se frotaba los ojos con los nudillos puntiagudos—. Todos juntos, como dados salidos del mismo barrilete. Ya sabes, hijo, *un coup de dé jamais n'abolira l'hasard*. Las combinaciones de lo fortuito son infinitas, en todos los avatares de la identidad y de sus orteguianas consecuencias. Ahí, por ejemplo, estamos tú y yo como un par de espejos confrontados, en mitad del mismo desierto, aunque cada uno proceda de un tiempo distinto. Tú, detenido en mi juventud y en el día en que no tomé el tren que iba a Granada. Yo, aherrojado en mi presente vejez.

—¿Y el desierto?

—Al desierto yo le llamo mi sueño y tú le dices el infierno. Quizás tengamos razón los dos.

Se enturbiaba el anciano, como si alguien lo esfumase con la yema del dedo, hurtándole volumen, trazos y perfil. Acabó por desaparecer, sin dejar huella ni rastro en la sala o en la butaca. De nuevo a solas, paseó la vista a su alrededor. El escenario devino un vacío oscuro, con el proscenio abierto al infinito, como la boca de un túnel excavado en mitad del firmamento. Sintió o creyó haber imaginado rumor de pasos, por la parte del corredor y de las luces de alabastro. De inmediato vino a cerciorarse de que estaba aislado y abandonado o abandonado y aislado en aquella espiral, donde los muertos eran ciegos o invisibles los unos para con los otros. Desaparecidos sus dobles, los espectros, le abrumaba la noción de su insignificancia. La eternidad era el mayor de los sarcasmos, una sinrazón más descabellada que la propia vida perecedera. En aquella platea intransferible antes del juicio, no era sino un espectador de su pasado en una interminable sucesión de sombras condenadas al mismo insomnio. Quizás la primera, su más remoto antepasado, vio escenificadas en las tablas memorias de un tiempo vivido y bien próximo, cuando aún era gorila o pez anfibio, ya con mirada de hombre, en las prietas selvas del principio del mundo.

La última de sus réplicas envejecidas, el residente en los Estados Unidos con aquella mujer en cuyos ojos y a espaldas de Gomorra se cruzaban Melibea y Albertine, le había dicho que su martirio en Granada fue sólo un sueño suyo, junto con Ruiz Alonso, la casa de los Rosales, la colcha amarilla, el piano, el Sagrado Corazón, las traducciones de Salinas, la ventana sobre la calle de Angulo, los propios Rosales y el interrogatorio de Valdés. De los dos desatinados esperpentos, en sus hipotéticas vejeces, el de la melena cana y los trazos atezados, se le antojaba el más odioso. Le adivinaba en una América muy distinta de la que él conociera. La de los parados, de los mendigos, de los suplicantes en las colas de la sopa aguada, la de la desesperanza, la de las prostitutas, la de los suicidas. La América que él predijo devorada un día por cobras silbantes, trepando como lianas hasta las últimas terrazas. *(Brother, can you spare a dime?*, la de la multitud que orina, la de la multitud que vomita, la de los negros disfrazados de conserjes, la del rey de Harlem arrancando los ojos de los cocodrilos y golpeando el trasero de los monos con una cuchara, la de los desfiladeros de cal y ladrillos bajo el cielo vacío, la de la luna

171

enterrada en el cementerio judío.) Toda aquella
América al borde del apocalipsis y en espera de un
Bosco resurrecto, que la pintase antes de la caída.
(«... y Dalí aún muy joven, no ataviado de conserje
como el rey de Harlem, al que tardaría muchos
años en conocer, pero sí de soldado del último
reemplazo, cuando su pincel era todavía imperfecto y él se esforzaba por imitar a todo el mundo,
desde Picasso, naturalmente, hasta Chagal pasando por Matisse, diciéndome con su voz engolada
y su acento ampurdanés: *Cada pintor responde
a su medio ambiente, como cada hijo se nutre de los
jugos y las sales y la potasa y los fuegos fatuos y la
lotería y los violoncelos que componen el claustro
materno. Aquí, en Cadaqués, yo no puedo pintar
como El Bosco en Flandes.* Y yo, dándole casi sin
querer entonces aquel consejo que convertiría al
soldadito pintamonas en uno de los artistas más
originales de este siglo insensato y suicida: *Precisamente deberías obstinarte en pintar como El Bosco.
En la empresa se te iría la vida entera; pero
terminarías por descubrir al gran artista, que llevas
oculto debajo de la sangre sin percibirlo.*) La
América aquella, sí, indeleble y magnífica en su
vasta tragedia, tendida de costa a costa y de océano
a océano, con su pus y su tiña, sus liendres y sus
costras, se transformaba en la otra América, de los
jardines con laureles, de las alcobas con pálidas
cortinas planchadas, del agregado cultural de Suecia anunciando la concesión del Premio Literario
del Dinamitero.

Empezó a apiadarse del estafermo, que pretendía representarle en las vejeces arrebatadas a tiros.
Le supuso viviendo en otro infierno inconfesado,
donde sería incapaz de escribir por haber perdido

la identidad. Un infierno que irónica y paradójicamente no fuera el verdadero, la espiral del insomnio, sino aquel tan temido por él mismo en vida: la renuncia de cuanto había sido en la tierra. Como tantas otras veces, volvió a pensar en la conversación con Alberti y María Teresa León, al pie del castillo de Maqueda, mientras los tres, en su juventud increíble y vulnerable, aparecíanse en el escenario donde revivían la carlencha y las almenas. Alberti confesaba su incertidumbre a la hora de escoger entre dos horrores, la ignorancia de su propio destino en la muerte o su inacabable eternidad. Él replicaba en seguida que su pánico tenía otro nombre: la pérdida de su yo, el ser quien nunca había sido, en la tierra de nadie. De haberse realizado el destino de la segunda aparición, una suerte muy concebible a partir de un dato sólo en apariencia insignificante, desistir a tiempo del viaje a Granada, él viviría aún en una América distinta de la de su *Poeta en Nueva York;* pero sería a la vez un hombre del todo ajeno al que escribió aquel libro o, para el caso, cualquier otra de sus obras más propias. Despojado de su identidad, como se desecha un traje viejo de hechuras inadecuadas, soñaría de vez en cuando y siempre en vano, en una muerte a manos de otros hombres, que cumpliese en Granada el sino anticipado en dramas y poemas: en una de las dos canciones del jinete, en «Romance del Emplazado», en «Romance Sonámbulo», en «Sorpresa», en *El Público* y en *Bodas de Sangre.* Un suplicio que no sólo viniese a confirmar la suerte escrita y descrita por su puño y letra, sino también la dimensión universal de su renombre de poeta, de profeta y de mártir.

Viejo, incapaz de escribir y desterrado al infierno americano de los jardines con laureles podados, *(Les Lauriers sont Coupés)*, aún podría seguir soñando en su destino, en su prendimiento y en la propia espiral interminable. Soñaríase a sí mismo asesinado en la plenitud de su talento creador. Perdido luego en su platea o en el pasillo en curva, hasta percatarse de que aquella insólita construcción, una Torre de Babel donde las sombras presenciarían sus recuerdos sin distinguirse unas a otras, no era ni más ni menos que la eternidad. Siempre en sus sueños junto a la mujer con ojos entreverados de Melibea y de Albertine, sentiría la nostalgia de cualquier instante vivido, por más veces que la memoria obligase su representación en el escenario, y el desesperado deseo de la nada para acabar con el insomnio. De la sala a oscuras y en aquellas pesadillas, deduciría el juicio y la absolución de ciertos muertos, en tanto que la platea y el tablado de Sandro Vasari le harían inferir la anticipada puesta en escena de los recuerdos de los vivos. Por último y siempre soñando al pie del ventanal con postigos venecianos, veríase en el tercer patio de butacas corredor arriba: el adjunto al teatro que un día sería de Vasari y donde ahora, sin que le cupiera adivinarlo en la tierra, sus futuras memorias de muerto celebraban ensayo general. Una y otra vez recorrería el trecho que le llevaba a la sala maldita, a sabiendas de su terror. En aquel patio, idéntico a los otros pero escarchado de un frío a cementerio, presenciaría la aparición de la cruz gigantesca sobre el Risco de la Nava, entre la Portera del Cura y el Cerro de San Juan, coronando la basílica que cobijaba los tapices del apocalipsis. «Y los cuatro animales tenían cada uno por sí seis alas alrededor, y de dentro estaban llenos de ojos; y no tenían reposo día ni noche, diciendo: Santo, santo, santo...»

El recuerdo de un aparecido le devolvió la memoria del otro: el irascible y miope, de la calva rosada y pulida como un insólito pórfido. Aquel que aseguraba vivir aún oculto en la calle de Angulo, al cabo de casi medio siglo, primero por miedo de perder la vida y ahora por asco del mundo y de sus vanidades. («Si además de acordarte de quién fuimos mantuvieses la dignidad que nos corresponde, tú también volverías la espalda a esa selva para encerrarte conmigo aquí en el infierno.») Según aquel espectro atrabiliario, el infierno era la planta alta de la casa de los Rosales, donde le escondieron en un verano lejanísimo para hurtarlo a las iras del crimen desatado. El mundo le daba por muerto y desaparecido, con moderada satisfacción por su parte, pues sus pasiones extremas se reducían a la ira y al rencor. Su protector y carcelero, quien creyendo salvarle le encerró en una guarida a su semejanza, no era más libre ahora de resucitarle que lo fuera antes de delatarlo. A mayor abundamiento, el viejo creíase eterno y también decía soñarle en la espiral y en la precisa medida que lo necesitaba para no perder la razón. («Estás encadenado a mi sueño, como él lo está a mis vigilias, y seguirás apareciéndote en noches como ésta, para que yo pueda hablar con alguien aparte de Luis y la soledad no termine por enloquecerme.») Sobrecogido por el temor de haberse dementado de veras, como ya lo sintiera otras veces en sus diálogos con los fantasmas, ¿POR QUÉ NO TE FINGES LOCO PARA SER ABSUELTO?, llegó a preguntarse si aquel anciano medio ido y arrebatado por la soledad no acertaría al llamarle un sueño suyo y no soñaría de añadidura al segundo espectro, el que creía vivir al otro extremo del mundo, entre una mujer ambigua y un jardín de laureles.

Pesadillas y apariciones le llevaron al recuerdo de un hombre vivo, aquel a quien viese hablando en el Lyon con Ruiz Alonso. («Soñé... y lo vi como una espiral inacabable, por donde ascendía un pasillo alfombrado. Unos teatros se abren al corredor y a cada uno de éstos corresponde un muerto. Precisamente en una de aquellas plateas, el hombre a quien usted detuvo y según dicen también denunció aguarda el juicio...») Ruiz Alonso se sublevó entonces, replicando que él no era un delator y limitóse a cumplir órdenes ajenas al prenderle. Evocando sus protestas en un paréntesis, presintió que el extremo no se aclararía nunca. A él mismo, la víctima de la oscura intriga, le dejaba indiferente no por haber olvidado la detención y el fusilamiento, menos aún por haberlos perdonado, sino porque todo lo de la tierra, incluidas las tragedias personales, era materia tan alejada en la eternidad como podrían serlo los caballos, las hormigas y los hombres de la playa desde la distante perspectiva de la mar océana.

Otro distanciamiento de orden moral imponíase el propio Sandro Vasari respecto a Ruiz Alonso. Aunque sentados los dos a la misma mesa, diríase separarlo con un puntero invisible, como si su presencia le resultase tan enojosa como inevitable. Desde el principio de la entrevista, señalada con cruces de Lorena, Vasari había sido su dueño absoluto. Hizo confesar a Ruiz Alonso verdades tal vez ocultas hasta entonces y le prestó oídos sordos cuando supuso que mentía. No obstante y ya hacia el final, no se mostró tan cierto de sí mismo. Casi sin respiro entre las frases, le dijo a Ruiz Alonso no haberle visto nunca en los tablados del infierno, cuando los soñaba, para negarse de inmediato y admitir que en una pesadilla presenció la llegada del poeta al expreso de Andalucía, en compañía de Rafael Martínez Nadal, mientras Ruiz Alonso, asomado a una ventana del pasillo, pretendía desentenderse de su presencia. A vueltas con Sandro Vasari y con Ruiz Alonso, creyó advertir un cotejo de situaciones análogas, como las de un mismo texto en diversas lenguas y en un solo palimpsesto, entre el encuentro de aquellos dos hombres en un Lyon poblado de parejas perdidas y lectores de crujientes periódicos y sus propios diálogos con sus dobles reviejidos, en el infierno. En los tres casos, un anciano en paz aparente con su conciencia se enfrentaba con un joven, quien venía a ser su verdad oculta y soterrada. Salvadas todas las distancias y variantes, la coincidencia no pudo por menos de maravillarle. Llegó a preguntarse si aquella conversación entre Ruiz Alonso y Sandro Vasari (*«...¿Qué hicieron con usted, señor Ruiz Alonso? / Difamarme. Sí, señor, difamarme por escrito y en libros impresos.»*) no habría ocurrido nunca. En otras palabras, que eran las de una muy obvia pregunta académica, ¿no fuera todo su propia escenificada imaginación, puesta en escena en el tablado de aquel teatro que algún día y después de su muerte sería el de Vasari? Inclusive supuso una razón inconsciente para las tres fantasmagorías, la del Lyon y las apariciones de sus espectros. Los tres casos no eran ni más ni menos que versiones vergonzantes del pleito, siempre insoluble, entre él mismo y su padre. Entre su pederastia y la virilidad patriarcal del viejo.

Casi en seguida y sin otro esfuerzo que el dejarse llevar por la evidencia, se vio obligado a retractarse. El litigio con su padre estaba saldado desde el día de su prendimiento, en la calle de Angulo. En realidad no había existido nunca. («¡Hijo, por ti lo daría todo, incluidos tu madre y tus hermanos! ¡Que Dios me perdone! ¡Ten mucha prudencia! ¡Tú no puedes faltarme nunca, nunca, nunca!»), aunque fue preciso que fusilasen a su yerno y el anciano temiese muy de veras perderle también a él, para que osara confesarlo. De este modo y subrayando la evidencia, veía cómo su entero razonamiento o su tentativa de razonamiento, por mejor decirlo, era invalidada por aquella llamada a la casa de los Rosales. Pocos días después y al cabo de un martirio tan cruel como absurdo, le mataban como a una alimaña. De aquel hecho, se dijo irónicamente, no cupo nunca la menor duda. Todo lo demás sin embargo se le antojaba debatible e incierto. A partir de aquel punto, las preguntas cesaban de ser académicas, para replantearse en distinto contexto. ¿Cabía acaso que la muerte no fuese sino la nada, la lisa y llana nada, como Luis Buñuel lo predijo y proclamó tantas veces en su obseso ateísmo? («La muerte, querido, no es ni más ni menos que la sordera y la ceguera por siempre jamás, amén. Sin vista ni oído, los otros sentidos se enquistan y petrifican.») Él mismo, tal vez influido por aquellas palabras, describió a la muerte como a un montón de perros apagados en su planto por Sánchez Mejías. No, aunque fuese en el más breve de los paréntesis o en una precipitada nota al margen, aquel verso de su elegía provino de más intrincada fuente. Casi a su pesar, vino a confesárselo. Unos veranos antes de la cogida, se hallaba él con Alberti y María Teresa en el cortijo de Fernando Villalón. Para inquietud suya, los otros tres se dieron a hablar de espiritismo y Fernando, como avasallado por su soñolienta humanidad, jactóse de poder conjurar las almas de los perros muertos. Era una noche inmóvil y silenciosa, tachonada de estrellas como espuelas y olorosa a jazmines y a hierbabuena. De súbito y jadeando pesadamente, Villalón resbaló sueño adentro y el horizonte poblóse de ladridos de una furiosa jauría. Cesaron tan prontamente como empezaran, en cuanto despertó aquel médium ganadero y poeta surrealista. No se acordaba de nada y se sorprendió mucho al verlos a todos transidos de espanto.

Lo ocurrido entonces debió reducirse a una alucinación colectiva. Quiso creerlo así aun a sabiendas de traducirlo a términos de casino racionalista. Perros y hombres terminaban realmente en un silencio de voces y gañidos apagados. De esta forma acabó él para siempre, sí, para siempre, cuando le reventaron a tiros por la espalda y barranca abajo la noche del crimen. No había conciencia insomne, ni infierno en espiral, ni patios de butacas, ni pasillo repechante a la luz de alabastro, ni proscenios, ni escenarios, ni memorias redivivas en las tablas, ni apariciones, ni letras de oro en las ventanas de los trenes avocados, ni juicio, ni redención posible. Sólo la muerte, que era la nada. Y sin embargo, sí, sí, sin embargo, no podía negarse a evidencias incontrovertibles, porque le constaba la existencia de la redención y del juicio (¿POR QUÉ NO TE FINGES LOCO PARA SER ABSUEL-

TO?), así como la de las ventanas de los trenes, donde se le anunciaba el proceso y la vista en letras de oro fundido y ardiente, tan claras como los espectros de sus dos dobles, o como los proscenios y los tablados en que se representaba los recuerdos, para un pueblo de sombras invisibles unas a otras, al resplandor de alabastro de pasillos y plateas. Paradójicamente tan innegable era todo ello, como la aniquilación absoluta en la paz apaisada e interminable de la muerte. En fin de cuentas, como vino a aseverárselo una vez el propio Fernando Villalón, aquel hombre quien decía vivir a un tiempo entre los vivos y entre los muertos, lo importante no era existir o no existir sino saber quién se es.

Del yo pasó al él o bien, valga el precisarlo, de sí mismo a Sandro Vasari, el hombre del pelo aplastado en el cráneo y del corte en la mejilla. Lentamente creyó ir desvelando su propia verdad, como arrancaba Dalí las sucesivas capas de papel de arroz de sus *collages,* hasta revelar la composición propuesta o surgida en virtud de la magia calderoniana del arte, donde todo sueño era vida. Cabía en lo posible su muerte absoluta, la del cuerpo y el alma, la del deseo y de la memoria, junto a aquel barranco de tantos crímenes. En tal caso, cuanto quedase de quien él fuera, del niño vestido de niña y caballero en un potro de cartón piedra, al año de edad y en una fotografía oculta en la alcoba de sus padres, del muchacho de la corbata de punto en el Retiro, del amante de Dalí, del camarada de Sánchez Mejías, del pederasta que pagaba los besos de los gitanillos y luego odiábase por odiarlos, del autor de sus versos y de sus dramas, del rapsoda que escandalizaba a Bebé y a Carlillo Morla leyéndoles *El Público*, del poeta que también ultrajó la piedad de don Manuel de Falla al dedicarle su «Oda al Santísimo Sacramento del Altar», creyendo complacerle, del hombre que vio la aurora boreal sobre el lago Edem Mills y las largas estrías del arco iris sobre el asfalto de Manhattan, todo, todo ello, todo, todo él, no sería sino un manojo de huesos mudos pudriéndose en la tierra.

Sandro Vasari le dijo a Ruiz Alonso que no pretendía escribir un libro sino un sueño. «El que tuve el primero de abril de este año. Soñé con el infierno y lo vi como una espiral inacabable, por donde ascendía un pasillo alfombrado. Unos teatros se abren al corredor y a cada uno de éstos corresponde un muerto. Precisamente en una de aquellas plateas, el hombre a quien usted detuvo y según dicen también denunció aguarda el juicio.» A tal punto llegados, fue cuando protestó vivamente Ruiz Alonso clamando no haber denunciado a nadie. Sandro Vasari le dio la razón, acaso sin creerle, y siguió el relato de su pesadilla. Tal vez lo ocurrido después de su muerte se redujese precisamente al sueño del hombre de la mejilla rajada y el caballero allanado en la cabeza. O más bien y por mejor decirlo, a aquel sueño que quiso escribir, según confesábale a Ruiz Alonso, y acaso estaba escribiendo. En tales circunstancias, que a un ganadero espiritista y poeta como Villalón le parecerían tan evidentes como las apariciones de los muertos, él no tendría otra voz, ni otra entidad que las prestadas por su autor. El hombre que dibujaba cruces de Lorena en un cuadernillo, mientras en el Lyon oía las confidencias de Ruiz Alonso sin mirarle, habría empezado por esbozar una espiral en la misma libreta, apenas despierto en

181

la mañana del primero de abril de un año cualquiera. Luego, con trazos parecidos a las aspas de las cruces, habría rayado la espiral en cuatro puntos distintos y no muy alejados entre sí. Uno sería su teatro en la eternidad, el siguiente la sala del desconocido absuelto y eximido del insomnio, el tercero la platea apercibida en su día para el propio Vasari, el último el patio de butacas de aquel ser, cuyo nombre ignoraba o de cuyo nombre no quería acordarse, ante el escenario del apocalipsis. A partir de entonces y como le dijo un día Luis Buñuel, citando a René Clair, el sueño de aquel hombre con la cara cortada se habría transformado en un libro y sólo faltaría escribirlo.

Él mismo conocía cuán frágiles, aunque no invisibles, eran las fronteras entre el sueño y la Literatura. Como le dijo a Gerardo Diego, el poeta era un ser perdido en la noche oscura del alma, donde iba de caza a ciegas e ignorante de la presa perseguida. Cómo y por qué de tal desconcierto surgían los versos, con su fondo y su forma, no lo sabía nadie o al menos él lo ignoraría siempre. Sólo tenía la certeza, añadió entonces de un modo cuya pedante retórica no se le escapaba ahora, de que podría destruir el Partenón todas las noches y levantarlo de nueva planta cada madrugada. Otras eran sus certezas y también sus dudas en aquel infierno, construido a la medida de su destino por Sandro Vasari. Ante todo preguntóse cuál sería la medida de su libertad, si en algún modo llegaba a ser libre, en el libro que a no dudarlo traía su nombre. ¿Eran suyos sus actos, sus sentires y sus reflexiones o estaban todos previstos, como él previera la suerte del Amargo en su «Romance del Emplazado»? Los mensajes interpolados en la

escenificación de las memorias, PREPÁRATE PARA
EL JUICIO, ¿POR QUÉ NO TE FINGES LOCO PARA SER
ABSUELTO?, ¿eran verdaderos consejos de su creador o reducíanse a falsos atajos para conducirlo
a mazmorras de papel y palabras, en un monstruoso juego de la oca? De poder hablarle a Sandro
Vasari y en el supuesto de que la criatura a medio
concebir fuese capaz de litigar con su biógrafo en
los infiernos, sólo le pediría ser tan justo con él
como él mismo lo era con sus propios personajes.
En los tiempos en que publicaba poemarios y es-
trenaba dramas, cuando su inesperada fama le
precedía dondequiera que fuese, nunca se conside-
ró mejor que la indefensa humanidad de sus versos
y de sus piezas. Suyo era el quebradizo desamparo
de la nómina de gitanos, de estatuas, de muertos
a quienes no conocía nadie, de mujeres negadas a la
maternidad, de muchachas arrebatadas por la pena
negra, de muertas ciegas, de contrabandistas acu-
chillados, de negros cubiertos de setas, de ardillas
aplastadas, de minotauros, de toreros corneados
en canal, de duendes, de máscaras, de niñas ahoga-
das en pozos, de quimeras y de zapateras prodigiosas. Tal vez la razón de su éxito en público y aun
entre gentes que detestaban su pederastia debíase
a aquella vulnerabilidad, íntimamente compartida
con sus personajes. De tal forma el halago hubiese
sido una de las caras de la moneda de su suerte. La
opuesta fuera la muerte a tiros y por la espalda, que
acaso le impusieron para comprobar si era una
criatura de carne y huesos o era una criatura de sus
libros.

De súbito sentíase terriblemente cansado. Con casi divertida curiosidad, se preguntó si la fatiga sería suya o se la impondría aquel ser implacable, Sandro Vasari. En cualquier caso, si hubiese podido dormir sin desdecirse y sin haber sido absuelto en el juicio, se habría hundido en un sueño sin fin, como el de quien se sumerge en un lago y se topa en el centro del mundo con un espejo ciego. De aquellas cifras hipotéticas de un lenguaje vano, el lago y el mundo, pasó a la espiral que Vasari creería tan cierta como él mismo, si era un escritor veraz y auténtico. Se dijo, o creyó adivinarlo, que no le bastaría entonces a su creador con señalar los cuatro teatros donde transcurría su novela. También debería anotar la acción y dividirla así en otros cuatro actos, cuyos nombres se le revelaron tan evidentes como su vida o como su muerte: LA ESPIRAL, EL PRENDIMIENTO, EL DESTINO y EL JUICIO.

El juicio

Corren el cerrojo y abre la puerta el mismo soldado que quiso golpearme con su mosquetón, a la entrada del Gobierno Civil. («¿Cómo te atreves, miserable? ¡En mi presencia!») Sobresaltado primero, aterrado en seguida, le reconozco por aquella agüilla infantil que aún le entela los ojos.

—¡Sal de ahí, hijo de la gran puta, que el señor gobernador quiere interrogarte!

—¿El señor gobernador?...

—Suerte que tienes, mariconazo. El gobernador tiene pasta de santo. Si no tuviese órdenes suyas para llevarte entero a su despacho, ahí mismo te chafaba como a un escorpión, rojo de mierda, y nos ahorrábamos las balas de fusilarte.

—¡Yo quiero ver a Pepe Rosales! ¡Pepe me dijo ayer que hoy mismo me libertaban! ¡Yo quiero ver a Pepe Rosales!

—A Pepe Rosales le fusilamos esta madrugada, por haberte escondido. ¡Pronto lo verás en los infiernos!

Adivino que miente, aun sin pararme a pensarlo. Lo leo en su sonrisa torcida y en sus ojos húmedos, mientras me toma por un brazo y me empuja hacia el vano de la puerta abierta.

—¡No! ¡Pepe vive! ¡Ayer estuvo aquí y me juró que hoy mismo me llevaba a su casa!

Me asusto de mi propia voz, por el tono vibrante de la réplica. («Duerme en paz esta noche, niño, que mañana te abrazaremos todos en casa y yo te besaré en este carrillo, si me prometes no pellizcarme el culo.») Le creí y anoche pude dormir por primera vez desde mi detención. Dormir sin sueños, como si hubiese nacido ciego o acabara de perder todos los recuerdos. Dormir, indiferente a los alaridos de los torturados que antes me llevaron a golpearme la cabeza contra los muros, como un minotauro rabiado. Dormir, aunque fuese en los suelos y con un brazo por almohada, pues ni yacija había en el cuarto que me dieron por celda.

—Sí, hombre, lo que tú digas —mis gritos parecen haber atemperado su obtusa crueldad. A través de mi pánico y como en una suerte de revelación, adivino un pueblo de la serranía donde este chiquillo, ahora armado, padeció befas, pedradas y salivazos—. Tocaremos generala, te rendiremos armas y saldrás de acá bajo palio, como la Virgen.

—¡Pepe vive! ¡Pepe no puede abandonarme! ¡Volverá en seguida para libertarme! ¡A él tendréis que rendirle cuentas!

—Pues, na, se las rendiremos. Echa pa alante, mariquita, o te deslomo a culatazos. Mira que tienes unas caderas que pareces una putilla del Albaicín.

Otra vez el pasillo y la puerta del despacho privado del gobernador. Otra vez un soldado barbilampiño, de guardia junto a la jamba. Otra vez el plagio imprevisto de sombra chinesca, que trazó la humedad sobre el muro. El de la sonrisa desdentada habla un instante con el centinela y pulsa un timbre, debajo de la mancha. Sin aguardar respuesta, me empuja y alza el pestillo.

—A las órdenes de usía. Ahí traigo al detenido que me pidieron.

Detrás de una mesa labrada, cubierta por un grueso cristal y una escribanía de cuero repujado, se levanta un hombre moreno y delgadísimo, vestido de uniforme militar, con los ojos enrojecidos y extraviados de sueño. Una de sus largas

188

manos, muy blancas y huesudas, me señala una silla de enea al otro lado de la mesa.

—Siéntese, por favor, soy el comandante José Valdés.

A una seña suya se retira el muchacho y cierra la puerta a su paso. El gobernador civil se deja caer en un butacón tapizado de terciopelo granate. Junto a un tintero dorado, donde dos gallos de oro se acometen con las alas abiertas, tiene un periódico reducido por varios pliegues, con un suelto cercado a lápiz rojo.

—Lea esto, se lo ruego y dígame luego qué piensa de todo ello.

Leo en silencio aunque los labios me tiemblan a cada palabra, como si en aquel diario y precisamente en aquella noticia aprendiese las letras trabajosamente. El periódico es de Huelva y las nuevas llevan mi nombre, seguido de un comentario que cierra el titular: «Ya se matan entre ellos». Allí se dice que entre los numerosos cadáveres amanecidos todos los días en las calles de Madrid, se ha encontrado el mío. «Es tan grande la descomposición de los rojos, que ni siquiera respetan a los suyos. Al autor del *Romancero gitano* no le valió ser correligionario de Azaña, en política, en Literatura y en sexualidad vacilante.»

—Bien, ¿qué le parece nuestra prensa? —insiste el gobernador.

Como el día de mi prendimiento, en casa de los Rosales, me desdoblo en dos seres. Uno piensa fríamente en aquel poema mío, donde un lamento anónimo cuenta una historia también sin nombres. La de un desconocido que aparece muerto, con un puñal en el pecho, bajo el farolillo de una calle estremecido por el viento. («¡Cómo temblaba el farol, madre!») Nadie se atreve a mirarle los ojos abiertos por la muerte y por la madrugada. Más les sobrecoge su desamparo, el de un extraño perdido para siempre entre ellos, que el propio crimen y la seguridad terrible de que alguien en el pueblo se convirtió en asesino por oscuras e ignoradas razones. Paradójicamente tuve que llegar al despacho del comandante José Valdés, para percatarme de que en un poema de trece versos estaba el germen de una tragedia que nunca escribiría. La imposibilidad de llevar al teatro una situación como aquélla, apenas diseñada pero tan rica en fuerza dramática, abunda en la desesperación por mi suerte y conduce al otro hombre en mí, aquel a quien llamaría el de la carne, a replicar vilmente:

—Podría ser cierto, si la guerra me hubiese encontrado en Madrid. ¡Yo siempre estuve de corazón con los militares! ¡Yo quiero donarlo todo al Alzamiento!

—Esperaba otra respuesta de usted —Valdés se encoge de hombros—. O acaso ya no espera nada de nadie. Sólo dormir y despertar dentro de cien años.

—¿Dentro de un siglo?

—Tal vez entonces haya llegado el juicio final y todos respondamos ante Dios de nosotros mismos —más que apuntarlo lo aseveran sus gestos—. ¿Cree usted que dentro de un siglo, con o sin juicio final, se acordará la gente de nuestra guerra?

Es mi juez y mi verdugo. Lo sé con idéntica certeza que cada instante confirma la imposibilidad de que Pepe Rosales pueda salvarme. No obstante algo en su desamparo, en el insomnio que le enciende los ojos y en la blandura enferma de sus manos, impide al hombre de la carne decirle que de las ruinas de la guerra nacerán los cimientos de la nueva España o cualquier otra cobarde estupidez. Oigo al otro en mí responder por su cuenta:

—Probablemente no, porque los muertos entierran a los muertos en el Evangelio y además ustedes son los cristianos en esta lucha.

—Estamos casi de acuerdo —recoge el periódico y lo arroja a una papelera, después de arrugarlo—. Los muertos enterrarán a los muertos; pero sus mentiras deben sobrevivirlos. Cuando el día de mañana piensen en esta guerra, que debía haber sido sólo un golpe de Estado, no les asombrarán nuestros sacrificios ni nuestros crímenes. Únicamente nuestras mentiras, las de los suyos y las de esta España, podrán maravillarles.

—Ésta es la suerte que merecemos —murmuro inesperadamente.

—Sin duda ninguna —vuelve a asentir con pleno convencimiento. Luego sacude la cabeza medio devorada por el sueño, como si aquellas consideraciones consumiesen sus últimas fuerzas—. ¿Le dije que ésta no es la primera vez que nos vemos?

—No creo recordar haberle visto nunca...

—Es cierto. Usted no reparó en mí, ni tenía por qué hacerlo. Yo no sólo le vi, sino que estuve contemplándole horas enteras.

—¿Dónde, en nombre de Dios? ¿De qué crimen monstruoso quieren culparme ahora? —el pánico del ser de la carne, que a medias me habita, deviene una curiosidad por igual ardiente. Pasa de una pasión a otra, como si cruzara estancias sin muros.

—De ninguno. Por lo demás era lógico que no me viese, porque yo no era nadie. Sólo un modesto comandante, del Cuerpo de Interventores Militares, a quien la República había enterrado en Granada como comisario de Guerra, por sospechoso de patriotismo. Aun estas señas de identidad se reducían a mi uniforme, sin el cual quedaba como desnudo o como si no hubiese nacido. Así, en cueros o sin cuerpo, es decir vestido de paisano, solicité una licencia y me fui a Madrid una semana para medicarme una úlcera. En un café de la Gran Vía, tropecé con usted y le reconocí inmediatamente por las fotografías de los periódicos. Me pareció curioso toparármelo allí por azar y no haberle visto nunca en Granada, donde residía desde el año de la República, como ya le dije. Comprendí en seguida que sólo la casualidad podría juntarnos, porque en Granada vivíamos en mundos muy distantes dentro de una ciudad muy chica. El suyo, que en parte sospechaba por las hablillas, acabaron de revelármelo dos gitanillos endomingados, que aquella mañana le escoltaban en el café de la Gran Vía. ¿Debo añadir más?...

—Fue unos pocos meses, no recuerdo cuántos, antes de la cogida de Sánchez Mejías en Manzanares.

—Muy bien, a esto iba precisamente. El propio Sánchez Mejías entró en el café y se acercó a ustedes, como si fuese siguiéndoles de un modo inevitable y bochornoso. También le reconocí en seguida por los periódicos y por haberle visto torear varias veces. Desde mi mesa oía cuanto decían y no me avergoncé de escucharles. Al principio me lo reprochó mi dignidad castrense, aunque iba vestido de nadie o de paisano. En seguida me dije que si usted, con ser usted, se exhibía con aquellos gitanos yo también podía rebajarme hasta el punto de espiar una conversación, que sostenían a voces aunque fuese privada. Espero que sepa perdonármelo...

—Yo no puedo perdonarle nada, comandante Valdés, porque soy hombre muerto. Ni siquiera comprendo cómo vivo todavía. Aún entiendo menos a qué viene todo esto.

—Discúlpeme si me muestro prolijo. Llevo demasiadas noches sin dormir y me cuesta precisar las ideas —se llevó las palmas a las sienes y las juntó luego sobre la boca del estómago, acariciándose la guerrera. («...solicité una licencia y me fui a Madrid una semana a medicarme una úlcera».) Sus manos eran más pálidas que nunca: de una blancura parecida a la del rape hervido o congelado—. Sánchez Mejías, aquel pino de hombre todo valor ardiente, suplicaba el privilegio de su compañía y usted persistía en negárselo, reprochándole sus amores con una extranjera, cuando era el amante de la Argentinita. Solicitó permiso para acompañarle a almorzar y replicó secamente: «Nadie te ha invitado».

—Dijo que un restaurante era un sitio público y podía tomar café allí, si le venía en gana. Se marchó para aguardarnos en la calle y seguirnos luego. Fue a sentarse a otra mesa, al fondo del local, y pidió una manzanilla.

—¡Exactamente! Parece mentira que recordándolo todo, se haya olvidado de mí porque yo también les seguí hasta el restaurante, como si fuese la sombra de ustedes dos. Su sombra o su perro. Allí echó a la calle a los gitanos y llamó a Sánchez Mejías. «Anda, hombre, dime qué vas a comer y cómo se darán los toros este verano.» Vacilando, pero más abrumado por la fatiga que por las dudas, fue a su mesa y se dejó invitar.

—Sigo todavía sin comprender...

—Usted no sabe cuánto le admiré entonces. Yo tampoco pude decidir qué me maravillaba más, su autoridad o su compasión. Quizás mi respeto por su piedad era superior al que abrigaba por su seco dominio sobre aquel gigante, porque dotes de mando las tuve siempre y de sobras las probé aquí, en Granada, desde el principio de la guerra. Lástima, no la sentí nunca. Ni por el prójimo ni por mí mismo.

—Ni por usted ni por mí.

—Precisamente, ni por usted ni por mí. No, señor, por ninguno de los dos, aunque reconozco que me aventaja por ser compasivo aunque cobarde. Por otra parte, debe admitir que la piedad carece de sentido, en este país y en esta guerra. El deber de todos nosotros, de los suyos y de los nuestros, es exterminarnos sin miramientos y sin vacilaciones, hasta que unos u otros seamos ya incapaces de matar. No me duele ni se lo reprocho porque todos cumplimos órdenes y seguimos principios morales. Si debemos devorarnos como lobos, sólo desearía que no nos mintiésemos como hombres.

Yo tampoco sabría mentirme ahora, cuando mi otro yo, el desesperado y medroso, se pierde en algún desierto de las soledades del alma. Soy tan dueño de mí mismo como aquella mañana en Madrid y ante Ignacio, aunque sea Valdés quien me lleve a dominarme. En esta serenidad, de hombre que al cabo de su vida descubre un bisturí en el centro exacto de su ser, advierto que el desconocido apuñalado en mi poema soy yo mis-

194

mo. Muerto estoy en mitad de la calle mayor de un pueblo cualquiera, que a la vez es el mundo. La gente se aboca a mis ojos abiertos y se pregunta quién fui en realidad y por qué me asesinaron. Nunca, hasta este instante, cobré conciencia tan clara del oblicuo sentido autobiográfico de la poesía. Un hombre escribe un poema de once versos, sin otro propósito que darle letra a un ritmo de guitarra («la guitarra que llora por las penas ocultas y las madrugadas remotas»), y en realidad deja constancia de su destino, denuncia su muerte y firma su testamento.

—¿Está seguro de contarme toda la verdad, comandante Valdés?

—No, no, ésta no es la entera verdad.

—¿Qué me oculta entonces?

—Mi envidia.

—¿Su envidia?

—La que sentí aquel día hacia usted y hacia Sánchez Mejías. Me pregunté entonces, como vuelvo a preguntármelo ahora, por qué sería deber mío el reconocerles mientras ustedes se limitaban a ignorarme. ¿Por qué les escogió la suerte a los dos, siendo tan distintos, para darles la fama entre los hombres y negármela a mí? ¿Tiene usted respuesta para ello?

—No, no la tengo como no tiene usted derecho a pedírmela.

—Claro que no la tiene. ¿Cómo iba a explicarme semejante injusticia? Voy a sorprenderle con una confesión, que acaso tampoco comprenda. Aun en estas circunstancias y por ser usted quien es, cambiaría mi suerte por la suya. ¿Me ha comprendido bien? ¡Mi suerte por la suya!

El hombre de la carne en mí calla ahora, como

callo yo mismo. Si no estuviese tan alejado de mi ánimo en estos instantes, si irrumpiese brutalmente en mi voz con su pánico, replicaría al absurdo con otra insensatez. Le diría a Valdés que él, es decir yo, también daría mi destino por el suyo. Con tal de seguir viviendo, el hombre de la carne en mí se convertiría gustosamente en un asesino, señor de horca y cuchillo de esta ciudad, cuyo íntimo y único precepto en la guerra fuese odiar al prójimo como a sí mismo. No obstante replico:

—Yo no, comandante. Pertenecemos a especies muy distintas.

—¡Lo sé muy bien! ¡No estoy hablando de otra cosa! Su especie es la de aquellos cuyo nombre está llamado a sobrevivirles. La mía es la de quienes moriremos como si no hubiésemos vivido. O más nos valdría no haber existido nunca. Imagínese a alguien escribiendo un libro acerca de usted, dentro de medio siglo. A alguien tratando de imaginar este interrogatorio, por llamarlo de algún modo, al cual se supone que yo le someto. «Valdés —vendría a decir o diría explícitamente— no era sino un vulgar asesino.» Para esto he nacido, señor mío, para que dentro de medio siglo un cualquiera, sea quien sea, me llame vulgar asesino.

»Y sin embargo no debiera haber sido así. No, señor, no debiera haber sido así. La verdadera injusticia, la más monstruosa, no son los crímenes que nosotros cometemos en Granada o los que los suyos perpetran en Madrid. De haber caído los dados de otro modo y si éste fuese un país civilizado, quienes asesinan aquí o allí irían al tajo, a la oficina o al prostíbulo y serían gente de bien e incapaz de matar a nadie, ni siquiera en sueños. La auténtica injusticia es el destino de los hombres como yo, que nacidos para ser alguien estamos condenados a no ser nadie.

»Aquí donde me ve y de nuevo en el supuesto de que ésta fuese una tierra civilizada, yo sería un héroe honrado por todos, no el asesino que ahora me dicen a mi espalda y luego me llamarán abiertamente. Hace dieciséis años, cuando era teniente, creí haber entrado en la Historia por la puerta grande y por derecho propio. Mire usted, yo estaba entonces con licencia en Zaragoza y apenas había empezado el año, en un enero de lo más frío y ventoso, se sublevaron una madrugada las tropas del Cuartel del Carmen. Con una pareja de la Guardia Civil, fui el primero en llegar y en ponerles sitio. Créame, se lo ruego, aunque le parezca pura patraña. Solos los tres, aquellos civilones y un servidor, nos bastamos para cercarles casi una hora entera desde los tejados de las casas vecinas. Todos tirábamos bien y supimos mantener la calma. Soldado que se asomaba a una ventana o al portón, para respondernos al fuego, soldado que despeñábamos de un balazo. Cuando llegó mi padre, me dijo: "Hijo, prosigue el fuego y espero que te portes a la medida de mis esperanzas". "Mi coronel —repliqué—, a la medida de las esperanzas de usía espero haberme portado ya. Ahora quiero ser digno de las mías." Y él, entonces en voz baja: "¡Coño, pues esto también es cierto! ¡Qué jabato me saliste, muchacho!". Se lo abrevio porque aquel día, que debió ser el de mi gloria, se convertiría luego en fuente de resentimientos y pesares. Mi padre me dejó el mando a efectos prácticos, como otro padre, pintor adocenado, cede en secreto la paleta al hijo que le salió artista prodigioso. Herí de muerte y de un buen disparo a uno de los

197

soldados cabecillas del movimiento. Se abrió la puerta del cuartel y subí rápidamente a la batería sublevada, que a punta de pistola obligué a formar en el patio. Nadie rechistó porque aquella mañana, modestia aparte y como luego me dijo mi padre, yo parecía el dios de la guerra.

»Creo que Ludendorf tomó de forma muy parecida el fuerte de Lieja, en la Gran Guerra. Ya ve usted, le dieron el equivalente alemán de nuestra Laureada de San Fernando y luego le hicieron mariscal. Nada, lo que decíamos, éste no será nunca un país civilizado y estamos mil años por detrás del mundo razonable y culto. ¿Sabe usted cuál fue mi recompensa por haber rendido el Cuartel del Carmen? ¡No, claro que no lo sabe pues lo ignora todo el mundo! Una miserable cruz roja sencilla. ¡Sí, señor, aunque le cueste creerlo! Una cruz roja sencilla, como si hubiese salvado en trance de muerte al gato persa del general o hubiese enseñado las tablas de multiplicar a su nieto más querido. ¡Una cruz roja sencilla, con la hipócrita disculpa de que en aquella época no había otra recompensa!»

Está loco. Ido furioso, aunque su demencia permanecería oculta hasta ahora. Perdida en el fondo de un rencor, que la obediencia y la disciplina le hicieron olvidar sin percatarlo. Fue precisa esta guerra para que consiguiese el poder y el prestigio aunque buscándolos como héroe los alcanzara como verdugo. Amo absoluto de una ciudad y consumido por las vigilias, fusila desatinadamente y venga en los vencidos el desprecio de un mundo, que siendo el vencedor del Cuartel del Carmen no hizo de él un Ludendorf. Acuciado por su vesania, vuelve a mí el ser de la carne.

Vuelve pero no le estremece el horror ahora sino la ira. Su voz enfurecida y afeminada levanta la mía hasta el borde del grito.

—¿Pretende decirme que me prendieron porque hace dieciséis años sólo obtuvo una cruz roja sencilla, en vez de la Laureada de San Fernando? ¿O van a matarme porque otro día, en Madrid, nos envidió a Sánchez Mejías y a mí, sin que ni siquiera pudiese advertirlo? ¿Qué culpa tengo de haber nacido o de que nos concibieran tan distintos?

—Señor mío —responde de pronto muy sereno, aunque con cierto enojo en la voz—. Yo tampoco soy responsable de que usted se halle ahora aquí, conmigo. Le detuvo Ruiz Alonso, cuando me encontraba en el frente, con o sin la anuencia del teniente coronel Velasco, pues este extremo aún no pude averiguarlo. Sólo puedo asegurarle que yo no ordené su prendimiento y únicamente por un periódico anterior a la guerra conocía su regreso a Granada...

—Todo esto es un error, un error monstruoso —vuelve a lamentarse el ser de la carne—. ¿Por qué no me ponen en libertad?

—A su debido tiempo. Me acusó de haberle apresado y tengo el deber y el derecho de justificarme. Mire si seré ajeno a su detención que cuando Pepe Rosales vino a reprochármela, sin saber yo nada de nada, le dije: «Pepiniqui, si este Ruiz Alonso prendió a tu amigo y allanó la morada de tus padres, llévalo a un descampado y pégale cuatro tiros.»

—¿Por qué no ordena libertarme entonces?

—A su debido tiempo. A su debido tiempo. Granada está llena de arrebatados, que hacen la guerra por su cuenta y prefieren matar en la retaguardia a batirse en el frente. Si le soltase a la luz del día, volverían a prenderle y le fusilarían contra la tapia del cementerio, sin que yo pudiese impedirlo.

—Usted es el gobernador civil. ¿Cuál es su autoridad?

—Tengo muy poca. Espero que Dios no esté ciego y pueda advertirlo.

—¿Sólo espera que Dios no esté ciego?

Suspira y cierra los ojos; pero vuelve a abrirlos en seguida, como si temiese quedarse dormido de improviso. Súbitamente se mira en los míos y murmura:

—Cuando le dije que cambiaría mi suerte por la suya, no mentí. Tengo un cáncer y me estoy muriendo. Por primera vez desde que empezó la guerra, ayer pude ver al médico unos instantes. Me habló sin dobleces y le agradecí la sinceridad. «Mi comandante —me dijo mirándome como le miro ahora—, usted no necesita a un cirujano sino a un confesor. El final llegará en unas semanas o en un par de meses. De ahora en adelante, sólo podré recetarle la morfina que no tengo.»

Nunca sabré si es verdad su afirmación de que Ruiz Alonso me prendió a espaldas suyas y sin su conocimiento. No obstante sé de cierto que no me miente al hablarme de su próxima muerte. La fatiga, que yo supuse le devoraba entero, sólo le consume en parte. Su color terroso, sus rasgos trazados a cuchillo y cartabón, sus gestos lentos y a veces petrificados le dan el aire de un castellano muerto y vuelto del color de la tierra debajo de las heladas.

—¡Yo no soy su confesor! —sólo acierta a replicarle mi otro yo—. Ignoro si está o no está resignado a su muerte. Yo me rebelaré siempre contra la mía, porque es un error inconcebible.

—¡Yo tampoco quiero confesarme! —grita—. Mejor dicho, todavía no quiero confesarme. Ya lo haré a su debido tiempo.

—¿Qué pretende entonces de mí?

—Hablar. Únicamente hablar.

—¿Por qué conmigo? Desde que entré en el Gobierno Civil, yo ya no soy nadie.

—Porque un día le envidié y le respeté, aun más que al propio Sánchez Mejías, y porque presiento que no dejará de escucharme.

—Podría hablarles a sus soldados y a sus familiares.

—Familia, no tengo. Estoy solo en el mundo —lo afirma sin compadecerse de su soledad y sin ensoberbecerse por su independencia. Con la misma llaneza, al borde del desapego, que podría confesar su desconocimiento de un idioma extranjero. En idéntico tono prosigue—: A mis oficiales y a mis soldados, no les hablo. Les mando y ellos obedecen, como yo obedezco cuando Queipo o Franco me dan sus órdenes desde Sevilla.

—Como usted podría disponer mi muerte en este instante.

—Supongo que sí. No me costaría nada hacerlo —se encoge de hombros y una rápida sombra de tedio traspasa su fatiga—. Sin embargo, yo no le llamé para eso —lo precisa sin asomo de ironía—. Tampoco quiero hablar ni de usted, ni de Franco, ni de Queipo y en cierto modo ni siquiera de mí mismo. No, señor, todos nosotros y esta misma guerra no somos en realidad sino nubes, hormigas, nada.

—Usted quería hablarme de Dios, comandante Valdés.

Me mira con ojos, que agranda el asombro por el blanco ensangrentado y alrededor del iris ahora encendido. Por primera vez me atreví a pronunciar su nombre («comandante Valdés»), como si yo o el hombre de la carne —ignoro a ciencia cierta cuál de los dos—, hubiese hallado fuerzas para exorcizarle. También por vez primera me percato de que no quiere fusilarme; de que este verdugo carcomido por el cáncer y delirante de insomnio, amo absoluto de la ciudad, con la venia de Queipo y de Franco, este asesino quien ha dispuesto y aprobado centenares de muertes en estos días, como vino a confesármelo Luis Rosales casi llorando, ha decidido librarme de sus piquetes y de sus esbirros, por razones que ni él ni yo no alcanzaremos jamás. La advertencia de mi salvación, acaso turbiamente presentida desde el momento en que irrumpieron en la casa de la calle de Angulo para prenderme («Este cabrito, así le den por el culo todos los demonios en el infierno, me dijo que hiciste más daño con la pluma que otros con la pistola»), me remite a una especie de tierra de nadie, donde, a veces serenamente y a veces con vacilante aprensión, me enfrento con la certeza de la libertad.

También en mi interior y para irritado escándalo mío, el ser de la carne se revuelve y reacciona de modo muy distinto. Se crece y gallea temerariamente. Se arrebata con el gozo del cobarde, al creerse a salvo a cualquier precio. Su horror y su pánico, que antes le llevaban a decir que rezaba por el triunfo de los militares, ahora le conducirían a extremos de irreflexión que la entereza ni siquiera concibe. Mi único temor es el de su osadía, pues me percato de que tanta audacia no es sino un inadvertido deseo de propia destrucción.

—¿Cómo llegó a adivinarlo? ¿Cómo supo que me refería a Dios, sin ni siquiera haberlo nombrado?

—Esto no importa ahora, comandante. Prosiga, por favor.

Es él quien obedece, asintiendo con la cabeza, y es el de la carne quien cursa las órdenes y eleva el tono de la voz, engolada y poseída de un acento andaluz, que tantos años de vida en Madrid sólo sirvieron para ratificar y subrayar, frente al deje impersonal de este hombre transido.

—¿Es usted religioso? —me pregunta de una forma no del todo impensada.

—Lo soy aunque no he practicado nunca, desde que tengo uso de razón.

—Yo practiqué siempre pero nunca fui verdadero religioso. Iba a la iglesia los domingos, porque un oficial de guarnición tiene estos deberes ante la sociedad bienpensante. Comulgaba por Pascua Florida, porque así lo hice desde que era niño, en Logroño. Tomé el nombre de Dios, tal vez en vano, en mis arengas de guerra en África y volví a tomarlo en Zaragoza, cuando quise convencer a aquella pareja de guardias civiles de que debíamos rendir los tres solos el Cuartel del Carmen. No obstante ahora reparo que cuando sometimos la rebelión, me olvidé de dar gracias al cielo por nuestro triunfo. Nada más pero tampoco nada menos. No es mucho, ¿verdad?

—No es todo. También litigó con Dios a solas, cuando le dieron la cruz roja sencilla y después de vernos a Sánchez Mejías y a mí en Madrid.

—¡Sí, señor, también esto es cierto! ¿Cómo llegó a saberlo? Lee usted en mí, como si fuese un periódico abierto. Litigué con Dios, ésta es la expresión exacta. Al pedirle sus razones a sabiendas de que no respondería nunca, le traté siempre de vuecencia, como si le dirigiera una instancia, en petición de haberes atrasados. ¿Le parece extraño, le parece cómico?

—No me parece nada. Continúe.

—«Vuecencia —le decía en Zaragoza—, sabe muy bien que pocos oficiales se hubiesen expuesto a semejante hombrada, sin garantías y casi sin posibilidades de sobrevivirla. Reconozco que si no me mataron entonces, se lo debo a Vuecencia, porque salir con vida de aquello y volver a escapar sin un rasguño, cuando rendí a solas y a punta de revólver a los sublevados, es puro milagro...»

—¿Se paró a pensar que de haberle matado entonces tal vez el rey le habría dado la Laureada a título póstumo?

—¡Claro que me paré a pensarlo! ¡No soy un hombre desprovisto de imaginación!

—Aunque no alcance a comprender su destino sobre la tierra. Yo tampoco entiendo el mío.

—«Vuecencia —proseguía hablando a las sombras—, me concedió la vida entonces como por sarcasmo. Para obligarme a aceptar aquella limosna humillante: la cruz roja sencilla. Para que una vez impuesta, volviese a olvidarme todo el mundo. A este precio, sería preferible la muerte seguida por la memoria eterna de mi nombre.»

—No tuvo que esperar tanto porque la guerra le hizo dueño de Granada. Ha entrado en la Historia por la puerta grande, comandante Valdés.

—Entré por una puerta, que nunca quise —se

saca un pañuelo cuadriculado de la bocamanga y se limpia el sudor de la frente («Tengo un cáncer y me estoy muriendo.»)—. He matado muchos hombres en África. Muchos más de los que pude contar. Nunca atribuí mayor importancia a aquellas muertes porque todas eran de moros y los moros son inferiores a los gitanos, en mi código personal. ¿Le escandalizo?

—Le escucho.

—Si hubiese visto las cabezas de nuestros soldados, cortadas al hacha y apiladas al sol y a las moscas, en el Barranco del Lobo y en Annual, me comprendería perfectamente.

—Es posible; pero todavía lo dudo. Luis Rosales me dijo que los mismos moros combaten a su lado. ¿Siguen cortando cabezas al hacha, según sus costumbres?

—No me sorprendería, si se lo permiten. A eso iba precisamente y celebro que usted me lo recordase. Tarde o temprano, toda nuestra razón de ser viene a explicarse a la luz de esta guerra. Nunca, nunca creí que tuviese lugar y por lo tanto jamás me imaginé ser gobernador de Granada. Cuando preparábamos el Alzamiento, todos sentíamos la certeza de que el golpe de Estado vendría casi sin sangre y el Gobierno caería de un soplo, como un castillo de naipes. Su amigo Pepe Rosales era el más optimista, quizás por ser el más inconsciente. «Mira, Valdés —me dijo en los días de la conspiración—, en menos de nada estaremos en el poder y entonces implantaremos la Revolución Nacional Sindicalista.» A mí me molestaba que un señorito civil y sobre todo un señorito como aquél, con los ojos dorados de tanta manzanilla, me tutease como si fuésemos parientes. Sólo me plegaba a ello por

ser una necia costumbre de la Falange. «Mira, Pepe
—repuse—, a mí lo del nacional sindicalismo me
sienta como una coz en el estómago. No sé nada de
política ni comprendo cómo vamos a prevenir una
revolución para imponer otra. Yo estoy en esto
para que España tenga paz, orden y trabajo. Dicho
sea de otro modo, para que el país marche como
Dios manda que es con la disciplina de un cuartel.
Discúlpame la sinceridad; pero todo lo demás me
parece una palabrería muy peligrosa. Si nosotros,
los de Falange, vamos a convertirnos en los comu-
nistas de esta España nuestra, os devuelvo el carnet
y santas Pascuas.»

—Pero aquí no hay paz ni orden. Tampoco hay
más trabajo que el de acabar con el prójimo.

—Tampoco hubo golpe de Estado, a pesar de los
optimismos de Pepe Rosales —se encoge de hombros—. Sólo una guerra a muerte que va a sobrevivirme, porque durará años y yo vivo de prestado.

—Una guerra que le trajo el renombre tan
perseguido y con el renombre la inmortalidad,
aunque fuese por caminos inesperados. Permítame
que se lo repita —puntualiza cínicamente mi otro
ser—. Podrá decirse que Dios fue irónico con
usted; pero no le culpe de mostrarse injusto.

Vuelve a mirarse en mis ojos y se obstina en
hundir las palmas en la escribanía. Parece murmu-
rar algo, entreabiertos y templeques los labios
delgadísimos. Diríase que el cáncer que lo roe,
sigue ahora un paro cardíaco: un insulto del alma,
como lo llamaban los viejos de la vega cuando yo
era niño.

—No le culpo de mostrarse injusto, porque sé
muy bien que se ha vuelto loco —bisbisea en voz
muy baja.

—Perdón, ¿decía usted?

—Dije que Dios se ha vuelto loco y nunca le recaté mi certeza de su locura, desde el principio de la guerra. «Vuecencia me dio Granada, que nunca le había pedido y con Granada el deber de defenderla contra los rojos», le he rezado muchas veces. «Creo no haberlo hecho del todo mal, porque la tomamos y no volvieron a arrebatárnosla. Gracias a Vuecencia llegó también el día que yo había esperado siempre: aquel en que todos me reconociesen y pronunciasen mi nombre con la misma unción que si fuese el de un pariente rico y todopoderoso...»

—No me mire a mí cuando le habla a Dios, comandante Valdés. No me mire cuando dice estas cosas, o no podré creerle.

No me oye o finge no haberme oído. Sus facciones no cambian el gesto impasible, mientras prosigue la espantosa jaculatoria. No obstante agacha la cabeza y da en contemplarse las manos, junto al canto de la mesa.

—«Pero a este precio y de habérmelo consultado antes, no habría aceptado nunca mi gloria —prosigue, inmutable el tono de la voz—. No, a este precio, preferiría la muerte y el olvido.»

—¿Qué precio tuvo que pagar, comandante? —le pregunta el hombre de la carne, como si verdaderamente se hubiese convertido en su confesor.

—Un precio demasiado alto en sangre y demasiado fácil de satisfacer —les dice a las manos—. La garantía de nuestra supervivencia era la muerte de centenares de hombres, en tres semanas. He dado órdenes y órdenes de fusilamiento a ciegas y me he cegado a propósito, cuando me denunciaron los crímenes cometidos a espaldas mías por las Escuadras Negras, para resolver una antigua querella, para cumplir una venganza personal, o sencillamente para no perder el hábito de matar. Pepe Rosales irrumpió una tarde en mi despacho... —la voz se le quiebra sordamente y sacude la cabeza.

—¿Qué pretendía Pepe Rosales?

—Apartó al centinela de un revés, cuando quiso impedirle el paso. Abrió la puerta de un puntapié, precipitándose sobre esta mesa y empezó a martillearla a puñetazos. «¿Puede saberse cómo pondrás coto a los crímenes de los asesinos? ¿Hasta cuándo permitirás que esta chusma nos manche a todos con sus delitos?» «Pepe, siéntate, cállate y escúchame —le repliqué muy fríamente—. Por más gente que mate esta chusma, como la llamas, sacrificará menos que yo fusilo muy a pesar mío. Aquí no hay tiempo de juzgar a nadie. Cuando vacilo ante el nombre de un preso, consulto a Sevilla por teléfono y Sevilla me ordena siempre pegarle cuatro tiros. En muy escasas ocasiones tropecé con conocidos, porque amigos nunca los tuve ni tú eres uno de ellos. Entonces llamé también a Sevilla, para decirles que bajo mi responsabilidad libertaba a aquel hombre, sin que nadie disputase mi decisión. Ésta es una guerra sin tregua ni cuartel, en la que hubiese solicitado cualquier deber salvo el de ajusticiar españoles como si fuesen ratas o moros. Me cupo éste y no otro, porque Dios así lo quiso. Probablemente sólo me distingo de los escuadristas negros en que ellos disfrutan matando, mientras yo me desvivo al pensar en los fusilamientos. No obstante unos y otros perseguimos el cumplimiento de una responsabilidad ineludible, que es la salvaguardia de la población civil.» Cabizbajo y ceñudo, abatida la ira, me preguntó qué puesto cabía para él en Granada, habida cuenta de que no había nacido para verdugo ni para asesino. «Pepe —repuse—, lo primero que debes hacer a mayor gloria de la nueva España es irte a dormir la borrachera, que llevas entre pecho y espalda.»

—No hablaría usted a Dios como a Pepe Rosales.

—No, a Dios le dije aquel mismo día: «Vuecencia debe haber enloquecido con los años». Así, tal como suena: «Vuecencia debe haber enloquecido con los años». Yo ignoraba entonces que iba a morirme. Me sabía enfermo porque siempre lo estuve; pero no hubiese imaginado que el final llegaría tan pronto. Cuando aquel médico se decidió a revelarme la verdad, regresé a este despacho. Di órdenes de que nadie me molestase hasta nuevo aviso, descolgué los teléfonos y volví a rezar. «Con los días contados, debo ratificarme en mi convencimiento. Vuecencia se ha vuelto loco en la vejez y no lo sabe todavía. Yo, en cambio, sé que voy a morirme y por esto debo contárselo.»

—Comandante Valdés, yo no soy Dios sino un inocente perseguido y apresado. Sólo le suplico de nuevo que me diga las razones de mi presencia aquí y los motivos de su confesión.

—Yo supuse que los habría adivinado —bisbisea sin levantar los ojos de las manos.

—No los alcanzo porque tampoco imaginé nunca a nadie parecido a usted.

—Váyase entonces. Esta noche llamaré a Sevilla, para decirles que mañana voy a libertarle. No me incumbe su suerte, en cuanto haya salido del

Gobierno Civil; pero espero que sepa sobrevivirme.

Dice la verdad y su verdad significa mi vida. Pero de improviso el hombre de la carne comprende su doble incapacidad para escribir, desde ahora en adelante, y para vivir sin poder hacerlo. Buena parte de su indiferencia se me contagia en esta noche semejante al delirio de un extraño, aunque en cierto sentido parezca tan ajena como mi viejo pánico. Tan remota como la muerte de mi cuñado, contada por mi padre. («¡Hijo, prométeme que serás prudente! ¡Júramelo incluso, sí, tienes que jurármelo!»)

—Usted no me libertará ni tampoco se atreverá a matarme, sin decirme por qué me interrogó personalmente. O por qué fingió interrogarme, pues en realidad tampoco lo hizo.

—Se lo prometí a Pepe Rosales.

—No basta y usted lo sabe muy bien.

—Dentro de nada estaré en presencia de mi Hacedor y responderé a todos sus cargos. El último será la certeza de su locura, a la vista de esta guerra y de mi destino en ella, así como mi sinceridad al reprobársela. Con o sin morfina, la muerte me es casi indiferente; pero me aterra su condena si soy inocente. Aunque usted no quiera creerlo, aun por encima del honor respeto la justicia...

—¿La suya o la ajena?

—¡La justicia! ¿A qué viene eso ahora? ¡No me interrumpa o pronto no sabré lo que me digo! Mire usted, un hombre que se atrevió a llamar loco a Dios, en pleno y absoluto conocimiento de su próxima muerte, debe de ser un orate. Cada día me miro a los ojos, cuando me afeito delante del espejo, y me digo: «Valdés, estás fuera de acuerdo, no te quepa duda. Cuando llegue la hora del juicio, que se halla bien próxima, y Dios te contemple como te encaras contigo mismo en este cristal, sólo tendrás una defensa...».

—La de decirle que era un alienado cuando le culpó a Él de demencia.

—Exactamente. Luego concluyo: «Cualquier persona inteligente, a quien pudiese confiarse este propósito, se vería obligado a probarlo». Muy bien, usted es esta persona. Asegúreme que perdí la razón y moriré en paz con mi conciencia.

—Yo no sé si su Dios es o no es un demente, porque sin duda hablamos de dioses distintos.

—¡Sólo puede haber uno, porque su mando es indivisible!

—De cualquier modo, me pregunto si el suyo no le pedirá cuentas de la gente que fusiló y permitió asesinar, en vez de condenarlo por llamarle loco. En último término, usted se muere ahora y los hombres no podrán exigirle responsabilidades por aquellos crímenes. Por su parte Dios, el suyo o el mío, debe de poner la justicia por encima del honor como usted mismo.

—Yo no soy responsable de la muerte de nadie. ¿Acaso no ha comprendido nada? Fue precisamente voluntad de Dios que decretase unos fusilamientos y permitiese tantos crímenes. Por no entender tan desviados designios, le llamé loco y loco debo estar yo por habérselo llamado. Si así lo alego en el juicio, me limitaré a afirmar la verdad.

—No, comandante Valdés, no dirá la verdad, porque usted está de acuerdo y todos sus actos se explican lógicamente, a partir de un resentimiento inicial: el de un hombre tan insatisfecho consigo mismo como con el mundo a su alrededor.

El ser de la carne habla ahora de un modo fatigoso. Parece a punto de desplomarse como un traje vacío y diríase que sólo se sostiene apoyada una palma contra mi interior. En el centro del alma, su mano es tan fría como la de un muerto.

—¡Yo creí que usted se esforzaría en comprenderme!

—Le comprendo muy bien. Quizás en cierto modo no seamos tan distintos como su Dios y el mío. Usted tiene tanto miedo de morir como lo tuve yo mismo. Miedo de dejar de ser, sin haber sido nada más que el verdugo de Granada. Concluyamos de una vez esta comedia. Devuélvame a aquella habitación, que me sirve de celda, o haga conmigo lo que le venga en gana. Pero no me exija decirle loco, porque no lo está y Dios, el de cualquiera de los dos, lo sabe tan bien como nosotros mismos.

—¿Es su última palabra?

—Si pensase que llamándole loco iba a salvar la vida, le diría que su Dios le eximirá del juicio por creerlo enajenado. De todas formas, mentir no cambiaría mi suerte.

—Señor mío, usted también tiene mi última palabra —replica herido y airado; pero sin levantar la vista—. Le dije que hablaría con Sevilla para libertarle mañana y mañana estará libre.

—Valdés, no pongo en duda su palabra ni su cordura. De todos modos, usted me hizo una confesión y yo le debo otra. Los dos somos parte de un drama, cuyas razones y desenlace nos trascienden porque ya ha sucedido otras veces, en un tiempo y en un mundo muy remotos aunque idénticos a los nuestros. Usted es castellano, a juzgar por su acento, y tal vez no alcance lo que intento contarle; pero cualquier gitano o cualquier guardia civil andaluz me comprendería perfectamente. Cuando salí de Madrid, camino de Granada, un amigo me acompañó a la estación del Mediodía. Con cierta insistencia nunca exagerada, pues él también figuraba en el reparto de nuestra función, me pidió que me quedase en Madrid donde podría protegerme u ocultarme. Me sentí tentado a obedecerle; pero en seguida me asaltó la certeza de que no cabían discrepancias con lo previsto y representado previamente. Me vine a Granada, a sabiendas de que aquí me prenderían aunque quisiera esconderme.

—Estoy muy cansado —suspira encogiendo las flacas espaldas—. No creo haber comprendido muy bien cuanto dijo; pero no puedo aceptar su fatalismo. Si fuese cierto, el escenario de nuestro drama no tendría fin y la guerra vendría a repetir otra idéntica y ya ocurrida antes. Esto no tiene sentido.

—Usted lo ha dicho, aunque yo tampoco esperaba que me comprendiese. Es demasiado racional y a los ojos de Dios nunca podrá ocultarlo.

Cruzó los brazos sobre escribanía y hunde la frente entre el codo y la muñeca. El cabello, partido a raya, le ralea en mitad de la cabeza y largas hebras blancas, todas muy recientes, le encenizan los aladares.

—Yo ya no puedo más —murmura—. ¿Qué sigue ahora en la pieza, según sus presentimientos? ¿Me arrebata usted la pistola y me pega un tiro, mientras me adormezco? Yo así lo haría, si fuese usted.

—No lo es ni podemos cambiar los papeles. En último término, somos tan distintos como nuestros dioses.

—Llame entonces al soldado de guardia y pida que le devuelvan a su encierro —murmura trabajosamente, las palabras envueltas en sueño—. No será por mucho tiempo. Mañana regresará a casa de los Rosales. Diga a los soldados que me despierten dentro de media hora —cada vez se hace más difícil entenderle; pero juraría que de pronto, hundiéndose en el duermevela, farfulla—: Me ha defraudado usted. No quiso creerme loco ni quiso pegarme un tiro. Déle mis saludos a Pepe Rosales.

—Muy bien —asiente el hombre de la carne, tal vez desconcertado—. Supongo que desde ahora debo agradecerle la gracia de la vida. No obstante tampoco estoy seguro de haberla obtenido. Cuando salí de Madrid, creía antevistos todos mis pasos. Ahora no estoy cierto de nada. ¿No nos apartaremos de lo dispuesto, sin advertirlo? ¿No nos obstinaremos en improvisar un desenlace, muy distinto del único posible?

No arguye ni responde. Traspuesto de bruces en la mesa, resbala sueño adentro como rueda el canto por la pendiente. A veces se le estremece la espalda bajo de la guerrera y ahoga un gemido inconsciente. Luego queda del todo inmóvil y diríase desciende vestido en el fondo de un océano invisible.

Míralo míralo míralo como tantas veces lo viste en el escenario de esta sala tuya en los infiernos Mírale aunque no quisieras volver a verlo y muy a tu pesar lo recuerdes tantas veces Míralo tú el hombre de la carne en mí aquel que dejó de temer en el Gobierno Civil cuando Valdés le rogó que le tomase por loco Sí mírale tú el hombre de la carne en mí que hasta el fondo de esta espiral viniste a acompañarme Míralo y no te cubras la cara con pañuelos En la elegía a Ignacio Sánchez Mejías también pedías que dejasen su rostro desnudo y descubierto para asomarse a sus ojos como al duro aire como a los ojos de aquel muerto anónimo en un poema de trece versos que era la premonición de cuanto ves ahora Míralo y no te pierdas en memorias oblicuas o en versos como tangentes porque aquella madrugada concluyó todo sobre la tierra absolutamente todo para ti hombre de la carne para mí que soy tu haz o tu envés tu cara o tu cruz y para los poemas que concebimos y firmamos con mi nombre Nunca sabrás si Ruiz Alonso te denunció o no te denunció Si confesaba la verdad o mentía cuando dijo haber cumplido órdenes de aquel teniente coronel Velasco el hombre sin rostro y casi sin nombre que aparece y desaparece en esta tragedia tuya como si no hubiese existido Nunca sabrás si Valdés llamó a Sevilla como lo había prometido («Señor mío, usted también tiene mi última palabra. Le dije que hablaría con Sevilla para libertarle mañana y mañana estará libre») para darles cuenta de tu liberación Nunca sabrás si Sevilla repuso que debía matarte en seguida vete a saber por qué por rojo por marica por poeta por masón por gitano por judío por amigo de Fernando de los Ríos por haber votado al Frente Popular por haber pedido la libertad de Prestes o sencillamente como le dijo Ruiz Alonso a Miguel Rosales por haber hecho más daño con la pluma que otros con la pistola En todo caso y aunque no puedas explicártelo a ciencia cierta tienes el presentimiento retrospectivo de que Valdés dijo la verdad al menos en parte En todo caso nunca más nunca no nunca más porque todo concluye ahora A coces y a culatazos abren la puerta de aquella estancia que te hace de celda El de los ojos de niño y otro soldado idéntico a él tan iguales como la misma imagen en dos espejos encarados irrumpen en tu encierro te arrojan de pechos contra el muro y te atan las manos a la espalda con una cuerda de esparto que te siega las muñecas Les gritas que el señor gobernador no tolerará este atropello que el señor gobernador te ha jurado sí jurado dejarte en libertad mañana mismo y uno de ellos no sabes si el que quiso golpearte con el mosquetón («¿Cómo te atreves, miserable? ¡En mi presencia!») o el otro te cruza la boca de una bofetada Te saben a sangre el paladar y la lengua hombre de la carne antes de sentir la amargura mordiente del golpe La sangre a su vez sabe a tinta china y a cristales rotos sobre una helada Dos risas idénticas acogen tu chillido de dolor y de pánico Ahora quisieras ser Ignacio aunque sólo seas mi haz o mi envés mi cara o mi cruz hombre de la carne Ser Ignacio sí porque él se crecía desafiando a la muerte («Si ha de entrar un cuerpo hecho pedazos en mi casa, que sea el mío y no el de mi hijo») aunque se humillara y doblegase en tu presencia como un toro malherido A empujones y a coces te llevan por el corredor la escalera y el vestíbulo mientras tú (*«Je ne suis un pédéraste! Je suis une tapette!»* «¡Yo no soy un pederasta, sabedlo! ¡Soy un mariquita!») lloras y rezas para su desprecio Afuera te aguarda la noche extrañamente fría en mitad de un agosto

lleno de grillos indiferentes Caes de rodillas y su-
plicas que por caridad en el nombre de Dios te
devuelvan a tu encierro y permitan hablar con el
señor gobernador Repites haber rezado por el
triunfo de los militares y estar dispuesto a darlo
todo por su causa incluida la vida Un Buick negro
como la propia madrugada aguarda detenido en el
arroyo y a rastras te llevan hasta aquel coche
Abren una de sus puertas traseras y te arrojan al
asiento tapizado De súbito con la inesperada
prestancia que cambias en sueños de tiempo o de
persona piensas que de no haberte negado a beber
y a comer en el Gobierno Civil ahora te orinarías
de miedo y te felicitas por tanta prudencia En el
Buick hay dos hombres con las manos atadas a la
espalda Uno a tu lado y otro enfrente en una de las
banquetas Junto a él en el siguiente asiento corrido
y sin respaldo reconoces a Juan Trescastro Delante
van dos guardias de Asalto uno al volante y el otro
armado de un máuser que sostiene cabizbajo
o adormecido También Trescastro lleva una pistola en la mano aunque ahora parezca haberla perdido en el regazo El preso encarado contigo amusga
los ojos al mirarte y pronuncia tu nombre Luego te
pregunta si eres el escritor Asientes con la cabeza
y te dice en voz baja y tranquila «Yo soy Paco
Galadí Este amigo a su *lao* es Joaquín Arcollas
aunque *toos* le *desimos* el *Cabesas* un compañero
de los ruedos banderillero como yo Nos asesinan
sin *juisio* porque somos anarquistas y nos prendieron armados» El Cabezas se disculpa por verse
obligado a mirarte por encima del hombro atadas
como tiene las manos sobre la riñonada Luego
como si fueseis de merienda campestre en vez de ir
a la muerte prosigue «Yo conocí a Ignacio Sánchez

Mejías y casi toreé en su cuadrilla Cuando supo
que era de *Graná* me dijo que *usté* era muy amigo
suyo y también un genio *pa* eso de los *romanses*
pero en moderno» «¡A ver si os calláis de una vez!»
gruñe Trescastro «Eso no es una verbena» Galadí
se ríe de él «Nos van a matar y nos *martirisaron*
casi hasta la mismísima muerte ¿Qué más puede
hasernos un señorito pitoflero y de Gil Robles
como usted? Cuando se ha *sufrío* tanto ya no
duelen los golpes y los tiros serán una bendición»
«¡Ele!» asiente el Cabezas «¡Que muy bien dicho!
¡Aun *ataos* somos más fuertes que usted!» Lo
cierto es que Trescastro calla se vuelve y a una seña
suya el guardia pone el coche en marcha Subís por
la calle Duquesa y cruzáis la del Gran Capitán
Poco a poco dejáis atrás una Granada desierta
y silenciosa bajo el toque de queda Arriba las
estrellas parpadean y se encienden antes de apagar-
se con las primeras luces Si alguien os contempla
desde uno de aquellos remotos mundos se sentirá
tan indiferente ante vuestra suerte como lo seríais
vosotros para con las hormigas aplastadas por
vuestros pies No obstante si una hormiga te dijese
«pienso, siento, soy mortal como tú mismo, ¿la
destruirías como ahora van a destruiros a vosotros?» Granada queda atrás y entráis en el campo
Huele a azahar y a menta Cantan las ranas en un
ranero Una estrella fugaz cruza por el parabrisas
De pronto tienes el absoluto convencimiento de
vivir una farsa A pesar de todas las apariencias esta
gente no va a asesinaros La presencia de Trescastro
un miembro muy conocido de Acción Popular
avala tu súbita certeza Vuelves a verle en el patio de
los Rosales mientras Ruiz Alonso merendaba bizcochos y café con leche con aquella servilleta atada

al cuello y derramada por el pecho del mono azul como un babero mirándole entre avergonzado y despectivo Este hombre no ha nacido para matar a nadie No pasa de acudir a detenciones como la tuya protegido por la Guardia de Asalto apostada hasta en los tejados como cierta gente debía presenciar los autos de fe aunque no tuviese vocación de verdugo Os acompaña en el Buick para impedir que este escarnio de las ejecuciones se convierta en realidad Es todo una comedia cruel montada por Valdés para tu beneficio En el último instante cuando estos esbirros se finjan dispuestos a mataros de un tiro en la nuca Trescastro detendrá su mano como el ángel del Señor y mandará devolveros al Gobierno Civil valiéndose de absurdas razones Órdenes recibidas en postrera instancia y a raíz de una llamada suya al gobernador desde el teléfono de un cortijo o sencillamente la dostoievskiana revelación de que todo estaba dispuesto como un juguete siniestro con vosotros tres el Galadí el Cabezas y tú mismo a modo de protagonistas inadvertidos «La misericordia del gobernador es infinita y esta vez decidió haceros gracia de la vida aunque el resto de la vuestra lo pasaréis encerrados contemplando detrás de las rejas la piadosísima y muy castrense floración de la nueva España que vuestra vileza revolucionaria liberal marxista masónica y judaizante trataba de impedir a lar órdenes de Rusia» En el Gobierno Civil volverán a llevarte a presencia de Valdés Le encontrarás más pálido y lívido que nunca más corroído por el insomnio y la falta de sueño como dos ácidos Él sí tiene un cáncer y va a morir muy pronto Precisamente por eso la salvaje carnavalada a que os sometiera debe regocijarle de modo particular «Usted es hombre de teatro» te dirá sin mirarte a los ojos como de costumbre «déme su parecer sobre mi entremés y su dirección ¿Cree o no cree ahora que estoy loco y mi demencia será la mejor prueba de mi inocencia en el juicio de Dios?» Acaso lleven su monstruosidad todavía más lejos y maten en presencia tuya al Galadí y al Cabezas («Nos asesinan sin *juisio* porque somos anarquistas y nos prendieron armados») para eximirte a ti y devolverte a Valdés En tal caso es también posible que ni siquiera comprendas sus preguntas las de un agonizante obsesionado por demostrar su enajenación porque tú mismo te hayas vuelto loco furioso al cabo de este sarcástico calvario cuando te dejen la vida como una befa Apagada la estrella fugaz y pasado el ranero cruzamos un puentecillo Luego la luna recorta olivares a los dos lados de la carretera «¿Por dónde vamos?» pregunta el Cabezas en voz alta mirando el campo y sin dirigirse a nadie «Éste es el puente sobre el Beiro» le responde el Galadí mientras callan Trescastro y los guardias «Vamos *hasia* el pueblo de *Vísnar* de donde era mi madre que en *pas* descanse *Graná* cae ahora *hasia* el Sur de nosotros» Le corta un coro de ladridos más allá del río y del olivar Poco a poco reconoces los parajes que la noche enturbiaba en el recuerdo En Víznar está el palacio del arzobispo don Juan Manuel de Moscoso y Peralta Pocos días después de que Fernando Villalón conjurase las almas de los perros muertos en su cortijo para espanto de Rafael de María Teresa y tuyo vinieron los tres contigo a Granada y los llevaste a Víznar por esta carretera para admirar aquel edificio del XVIII Si en la estación del Mediodía tuviste el convencimiento

220

de que presente pasado y futuro venían a fundirse en una realidad superior aquí no presentiste la tragedia y la bufonada que juntas te obligan a vivir ahora Recuerdas muy bien que ante el portón guarnecido de grandes clavos y luego en el patio porticado del palacio les contabas que Moscoso y Peralta arzobispo de Granada era hijo de criollos de Arequipa Un sobrino suyo dijiste para admirado asombro de María Teresa y de Rafael Mariano Tristán de Moscoso tuvo una hija natural con una aristócrata francesa huida de la revolución Aquella niña Flora Tristán sería la abuela de Paul Gauguin y una frase suya «¡Proletarios de todos los países, uníos! ¡No tenéis nada que perder salvo vuestras cadenas!» fue plagiada con mucha fortuna por Engels y Marx en el *Manifiesto Comunista* Fernando Villalón callaba y recogía la vista y la amplia humanidad como si el lugar no fuese con él y a la vez se hallara muy lejos de todos vosotros En una especie de aparte mientras Rafael fotografiaba a María Teresa en el jardín del palacio le preguntaste qué le ocurría detrás de aquellos interminables silencios Se llevó una palma al pecho y te dijo «¿Recuerdas aquellos perros muertos cuyos ladridos sentíais en la arboleda cuando los conjuré? Ahora los oigo gañir a todos aquí en mitad del pecho» «¿Cuánto falta para llegar a *Vísnar*?» le pregunta el Cabezas al Galadí cruzada la voz por un leve estremecimiento «*Na* Casi estamos entrando Si no fuese tan tarde *hase* rato que veríamos las *luses*» El Buick se detiene ante la puerta del palacio Desciende Trescastro y por unos instantes parece vacilar entre dirigirse a los guardias o irse en silencio Se marcha al cabo sin despegar los labios Ante la entrada del edificio habla con un centinela allí apostado y luego el portón claveteado se cierra a su espalda Los números de Asalto vuélvense entonces hacia vosotros ambos a la vez como movidos por un solo resorte «Nosotros no somos voluntarios y nunca nos hubiésemos prestado a eso» murmura el del mosquetón «Nos forzaron a hacerlo por sospechosos de republicanismo» Tiene acento de castellano viejo como Valdés Acaso sea de Logroño o tal vez de la Montaña El otro asiente con la cabeza «Yo rezo siempre para volverme loco furioso Lo preferiría a esto» El Galadí se escupe los pies «Un hombre hombre se pegaría un tiro antes de matar a nadie indefenso y por la espalda» «¡Ele!» asiente el Cabezas «¡Que muy bien dicho y con cuánta razón!» «Los dos somos casados y yo tengo dos hijos muy niños» replícale el guardia que hace de chofer «No puedo desampararlos y dejarles en mitad del arroyo Compréndanlo ustedes» «Yo tengo una niña y muero en *pas* con mi *consiensia* porque sé que un día ella verá en este país el comunismo libertario» «¡Ele! ¡Ele! Yo también tengo un hijo y espero que sepa perdonarlos porque ustedes son perros y los perros no saben lo que se *hasen*» Tú quisieras decirles que esta noche nadie matará a nadie que la hora del crimen no es llegada Quizás fuera anoche y volverá a sonar mañana pero no lo hará nunca esta madrugada Hay tiempos prescritos para el asesinato de los inocentes y otros tiempos escogidos para satánicas carnestolendas a mayor gloria de un hombre quien sólo espera pasar por loco a los ojos de Dios No obstante la voz se te ahoga en la garganta como un río de ceniza El corazón te bate de tal modo en la garganta que temes vaya a partirse como una granada o a encogerse en esta sangre tuya que te quema el alma como si fuese de lava («Morir o no morir. Ésta es la cuestión. La plaza es un teatro, que Shakespeare comprendería perfectamente») dijo Sánchez Mejías cuando alguien le pidió que describiese el toreo de forma precisa y sucinta Morir o no morir Por los tiempos en que la Argentinita creíase abandonada por su amante te llamó una tarde a su casa despidió a la camarera a la cocinera y a la vieja planchadora Quedóse sola contigo y afirmó que no quería vivir convencida como estaba de haber perdido a Ignacio Quisiste sosegarla con viejas mentiras que te hastiaban y envilecían al repetirlas cuando de pronto se abrazó a ti te besó en la boca y dijo que iba a acostarse contigo niño aquella tarde Que sí que te había deseado siempre de una forma distante pero persistente como esas ideas que te asaltan varias veces todos los años en el duermevela de alguna siesta de verano o al pintarte los ojos ante el espejo del camerino mientras te sientes muy sola lejos de casa y afuera cae la nieve de Nueva York o de París Deseado sí desde los días del estreno fracasado de *El Maleficio de la Mariposa* cuando eras poco más que un chiquilicuatro tan inocente y tan serio con aquellos ojos moros siempre tuyos y aquella chalina azul Te preguntó sin más si yaciste antes con alguna mujer y tú lo negaste con un gesto diciéndole sólo con hombres sin añadir que amaste a uno y compraste a los demás Replicó que no debías avergonzarte de lo que ella llamaba tus inclinaciones porque se viene como se viene a este valle de lágrimas y tan responsable eras tú de que te pariesen marica como de haber nacido que en ninguno de los dos casos fueron a consultarte si querías ser hombre macho o sencillamente ser pues lo ideal niño mío fuera que no se molestasen en concebirnos o que no lo hiciesen al menos sin nuestra venia para luego sufrir como se sufre Entonces como ahora te fue imposible replicar porque las palabras ardían como ascuas antes de convertirse en polvo en nada y el corazón parecía resquebrajarse a cada latido o volverse de piedra porosa y consumida como aquellos pájaros fósiles apresados en el ámbar antes de que el hombre pisase la tierra que viste una vez en Edem Mills la noche anterior a la aurora boreal No cabía decirle que la querías más que a tu propia vida aunque era cierto pero que nunca podrías acostarte con ella ni con ninguna mujer porque en el trasfondo desollado de tu ser hubieses sentido que cometías incesto con tu propia madre Huiste escaleras abajo con las palabras petrificadas detrás del paladar y perseguido por los gritos de la Argentinita Aquella noche volvió a telefonearte para repetir su despecho y su desesperanza lejos de Ignacio pero nunca quiso comentar lo ocurrido en su casa o lo que nunca sucediera allí aquella tarde Y ahora se abren las puertas del palacio y regresa Trescastro con la pistola en la mano pero a pasos presurosos y cabizbajo como si acabara de recibir órdenes de terminar esta farsa o como si le reprobaran su parte en tan absurda feria Entra en el Buick y cierra de un portazo Arranca el coche y a la izquierda siguen los olivos pero espesos pinares se elevan al otro lado de la carretera Te sientes perdido porque nunca pasaste de Víznar en estos campos Nunca hasta esta madrugada increíble Rumor de agua por la parte de los olivares termina de desconcertarte pero el Galadí como si leyese en tu frente dice «Es la *asequia* de Ainadamar la que viene de Fuente

Grande» y acota el Cabezas en el más indiferente de los tonos «Suena *cresida* aunque no fue un invierno de muchas lluvias» «Ya os dije que os callaseis» repítese Trescastro sin mirarnos «¡Y una leche!» grita el Galadí «¡Quien debe callarse es usted para matarnos de una *ves*, si es que tiene agallas para ello!» Trescastro baja los ojos y la mirada se le pierde en el regazo donde aún empuña la pistola olvidada A cada curva del camino sus rodillas empujan las tuyas Son redondas y duras como los pomos que señalan los rellanos de las escaleras De pronto como si dos manos desgarraran las nubes perdidas aparécese la luna llena en los cielos Blanquea la acequia y el rostro terso del Cabezas El agua renueva el perfume de los jazmines y de las damas de noche Nada es excesivo sin embargo en estos campos Un sentido de justa mesura gobierna los cielos y la tierra aunque parezcan arder en fuego al rojo blanco por los cuatro costados Dentro de nada la misma medida prudencia obligará aun a un monstruo como Trescastro Guardará la pistola en el bolsillo y dará órdenes de regresar al Gobierno Civil («La misericordia del gobernador es infinita y esta vez decidió haceros gracia de la vida»...) Hasta una farsa satánica como la ideada para destruir a tres seres indefensos empujándoles hasta el filo de la eternidad para retenerles al borde del abismo debe responder a ciertos límites («aunque el resto de la vuestra lo pasaréis encerrados contemplando detrás de las rejas la piadosísima y muy castrense floración»...) Tú sabes que entre persona y persona el amor extiende unos hilos de araña que brillarían como la luz de esta luna si fuesen visibles Cuando la muerte los separa queda como un hilo de sangre en el cabo suelto de cada hilo Tienes el convencimiento de que no vas a morir porque esta telaraña permanece inquebrantable entre tú mismo y tu madre allá en la Huerta de San Vicente La misma luna hace blanquear distintos árboles casi dirías ahora alterando un verso de Neruda Tú eras niño en la Huerta antes de conocer al hombre y de huir de la Argentinita antes de tropezarte con las brujas del Albaicín antes de encontrar en los pianos abiertos romanzas sin palabras dormidas desde unos otoños cruzados de diligencias y de espejos antiguos antes de descubrir tu poder para crear otro universo precisamente construido con palabras con su Camino de Santiago sus gitanos peregrinos sus santos invertidos y cubiertos de encaje sus madreselvas y sus navajas de Albacete mucho antes de que Alberti te deslumbrase diciéndote que al mundo cayeron plumas incendiadas y un pájaro podía ser muerto por un lirio Antes Antes Antes Tú eras un niño sonámbulo y estabas en la Huerta de San Vicente Sin despertarte otra luna llena te llevó aquellos campos iluminados por la ventana abierta de tu alcoba Tuviste conciencia de vivir dormido y también de andar por un sueño que era un mundo de platino La fuente del patio donde se torcía un pez sollozante sonaba como suena esta noche la acequia de Ainadamar mientras otras damas de noche y otros jazmines idénticos a éstos juntaban sus perfumes en el aire inmóvil Creíste pasar entre muertos sonrientes y apenas esbozados en el resplandor que se abrían a tu paso como también sepárase ahora la multitud de los asesinados felices al saber que a vosotros os corresponderá seguir viviendo Llegaste a la alberca de los viveros repleta de nenúfares y desnudo entraste en

226

el agua Perdiste pie y te ahogabas sin despertar
resbalando en un sueño más profundo donde el
mundo resplandeciente de luna volvíase todo de
oros Oro viejo lindando con el cobre martilleado
Oro de trigales mecidos por el viento Oro inocente de barajas vírgenes Oro de anillos nupciales
perdidos debajo de los lirios Oros de trece mone-
das acuñadas con tu perfil y el de tu madre como si
fueseis un rey y una reina Oro de limones cortados
que muchos años después renacerían intactos en tu
poema al prendimiento de Antoñito el Camborio
Oro de otro sol reflejo del de los cielos en el fondo
de las aguas Ibas al centro de aquel fuego cuando
un brazo se sumergió en el agua te tomó de la mano
y te devolvió al aire como esta madrugada en una
parodia de aquel prodigio Trescastro os hará la
gracia de la existencia Era tu madre también
desnuda y sonámbula prendida a ti por aquella
telaraña de hilos que serían de plata si el amor fuese
visible Te abrazó contra sus pechos y los dos
permanecisteis allí sollozando muy quedamente
para no despertaros Hoy tienes la certeza retrospectiva de haber presentido aquella noche en la
alberca que no ibas a morir porque la red plateada
aunque invisible te unía a la vida como ahora
vuelve a atarte a quien te diera el ser El Buick se
detiene ante un edificio al borde del camino Es una
villa de dos plantas con tres puertas y varias
ventanas francesas «Yo *conosco* eso» exclama el
Galadí «A la casa la llaman la Colonia porque aquí
venían al campo los niños de las escuelas en verano
Supongo que hoy les sirve a ustedes de matadero»
termina volviéndose hacia Trescastro Éste no le
responde desciende del coche y lo cierra de un seco
portazo Luego repítese casi punto por punto lo

sucedido ante el palacio del arzobispo Habla Trescastro con dos hombres que guardan la Colonia y uno de ellos le abre el portal sin mayor deferencia «Ahora o nunca» les dice el Galadí a los guardias de Asalto «Arranquen y vámonos los cuatro de aquí a todo correr» Míranse y parecen vacilar largos instantes No estarán en la intriga de Valdés porque el chofer sacude la cabeza apesadumbrado «No nos martirices de este modo Ya te dije que el compañero es casado y yo también lo soy con dos hijos ¡Qué más quisiéramos que dejarlos huir o escapar con ustedes!» «Es imposible» asiente el del máuser «No nos atormentes más En menos de nada nos prendían y acababan a todos» «Déjalo ya Galadí» le aconseja el Cabezas «Antes *convenserías* a un par de víboras que a estos miserables Pídeles perdón por haberles herido en la delicada *consiensia* y esperemos que nos den el tiro de *grasia* como si nunca los hubiésemos ofendido» «Tienes *rasón*» se resigna el Galadí «Los hijos de ése lo serán de puta por parte de padre» Los guardias pretenden no haberles oído y el Galadí se encara contigo «Yo lo admiro a usted porque sin estar hecho a un *transe* como éste lo soporta con tanta dignidad El *Cabesas* y yo somos distintos por ser banderilleros En la *plasa* uno se acostumbra a ver la muerte de *serca* y casi termina por olvidarse de ella Con el tiempo asustan más las cornadas y los revolcones que la posibilidad de una última *cogía*» «Es verdad» asiente el Cabezas «El señor lo soporta todo con más dignidad que nosotros porque sólo responde a ésos con su desprecio y su *silensio* Deberíamos hacer lo mismo» Luego vuélvese hacia ti y te dice «No se preocupe usted que eso será cosa de un instante si los compañeros guardias saben cumplir con su deber y están habituados a matar como Dios manda Yo iba con la cuadrilla de Granero el veintidós cuando le cogió en Madrid el toro *Pocapena* Ya ve lo que son las cosas Granero que también era un señor como usted y hasta había estudiado violín pues lo tocaba como los ángeles *paresía* con perdón un mariquita Nadie le oyó nunca hablar de mujeres ni le vio mirarlas Si las *mensionaban* en su *presensia* se *ruborisaba* como una *novisia* No obstante en la *plasa* era lo más *bragao* del mundo Con más temple sobre sí mismo y sobre el toro que Joselito y con un valor más frío y más medido que el de Sánchez Mejías Tuvo la muerte que *meresía* entre dos instantes y sin tiempo de sufrir *Pocapena* le prendió por un muslo y lo arrojó contra el estribo Allí le corneó tres *veses* y en una de ellas le hundió el asta por el ojo y le partió los sesos Lo recogimos *inconsiente* pero entró muerto en la enfermería» Tú quisieras decirles que la muerte es lo único que no cabe temer en esta siniestra farándula a mayor gloria de la presunta demencia del gobernador («Es usted demasiado racional y a los ojos de Dios no podrá ocultarlo nunca») Pero tu voz sigue petrificada en la garganta Vestigios de palabras de otras épocas antes del desastre antes de que el Dios que juzgará a Valdés asolase a Sodoma y Gomorra con el fuego de su ira para diezmar a esta tierra de inconscientes y de canallas donde sólo los verdugos conservan la cordura para mayor escarnio de todas las víctimas Palabras como razón moral virtud justicia dignidad («El señor lo soporta todo con más dignidad que nosotros porque sólo responde a ésos con su *despresio* y su *silensio*») honor prójimo patria religión derecho progreso cultura revolución que aquí cobraron un sentido completamente distinto y opuesto al que tienen en cualquier otro país Todo un vocabulario ideado para el trato entre los hombres fosilizado ahora en tu garganta convertidas en perfiles de alacranes de arañas de víboras de peces de especies desaparecidas Decirles que no perderemos la vida pero acaso sí la razón en esta prueba Decirles que tal vez y a partir de mañana nos exhiban a los tres en una jaula de vidrio como especímenes de locos perfectos por la gracia de Valdés en esta tierra donde la sensatez es privilegio exclusivo e inalienable de los asesinos Pero tu voz ha enmudecido tal vez para siempre Como en aquellas pesadillas donde las piernas se os hunden hasta los hinojos en un desierto que os retiene e impide el paso hacia un espejo para despeñaros por una sima que primero ahoga vuestros gritos entre los muros de un pozo y luego los aplasta entre los dientes o en el canto de la lengua Por lo demás ellos tampoco parecen esperar tus respuestas como si fuesen capaces de leer en tus ojos precisamente todo lo opuesto a cuanto estás pensando y sintiendo («Yo le admiro a usted porque sin estar hecho a un *transe* como éste lo soporta con tanta dignidad») ¿Será destino de los hombres todos la incapacidad de comprenderse mientras alienten en este mundo? Te dices en tu muda desesperación Y ahora se abre otra vez el portal de la Colonia y de allí regresa Trescastro con la pistola en el bolsillo Otro hombre con las manos atadas a la espalda como vosotros viene cojeando a su lado. Es corpulento ancho de espaldas y de frente casi calvo a sus cincuenta muy cumplidos Al aproximarse y ya a luz de los faros del Buick adviertes que lleva la camisa manchada de sangre por el pecho y tiene los labios desfigurados como si le hubiesen partido los dientes a golpes «Córrete tú hacia el Cabezas que éste tiene que caber junto a ti» te dice Trescastro ahora en un tono casi cortés El recién llegado se esfuerza por obedecerle después de haberte arrinconado tú hacia el Cabezas Quiere entrar de perfil en el coche pero todos sus esfuerzos resultan vanos Lleva una pierna ortopédica cortada la suya tal vez por encima de la rodilla y no consigue doblarla para encogerse «Aquí no quepo yo si no me desatan» afirma en tono muy tranquilo sin dirigirse a nadie personalmente y como si pusiese al cielo por testigo de su incapacidad «Inténtalo otra vez» insiste Trescastro «Ya probé y es imposible» el timbre es casi tan recio como sus espaldas aunque un extraño silbido como el de alguien aún no habituado a expresarse con los incisivos rotos se deslizase entre sus palabras Duda Trescastro pero saca un cortaplumas del bolsillo y corta las cuerdas que empecen al desconocido Le tiemblan las manos cuando cierra la hoja que brilla como un pez a la luz de la luna y guarda el cuchillo Instintivamente se distancia unos pasos del cojo quien le aventaja en talla y en robustez Los guardias de Asalto permanecen desatendidos y de espaldas como si este nuevo acto en vuestra tragedia no les incumbiera Aquel hombre de rostro aplastado y sienes separadísimas se frota las muñecas largo tiempo sin que Trescastro le acucie ni interrumpa De perfil en el vano de la portezuela toma la prótesis por la rodilla y tiende su rigidez en el aire Luego se desliza en el Buick y acomoda a mi lado mientras pliega la pierna ortopédica con las dos manos y ésta chirría al igual que la tiza muy dura y recién partida en el encerado o como una antiquísima llave de hierro en un cerrojo desaceitado Desde su asiento la cadera aplastando la tuya llama a Trescastro con un ademán burlón y le ofrece la banqueta vacía junto a la del Galadí «Acomódese su alteza el verdugo entre sus víctimas y amistades» Le obedece Trescastro ahora más aterrado que cualquiera de nosotros Con un pañuelo sécase la frente y las mejillas y con un gesto ordena al guardia poner el motor en marcha El coche gruñe y gime como un animal herido para arrancar al cabo estremeciéndonos a todos con su brusca sacudida «¿Qué ocurre ahora?» pregunta angustiado Trescastro El número de Asalto al volante se encoge de hombros «No lo sé Este Buick es muy viejo Podría ser el carburador y la dirección Todo a la vez» «Está bien está bien Sigue adelante y evita cualquier avería» insiste perentorio como si estuviera en su propio poder o en el del chofer el impedirlas El hombre de la pierna de metal sonríe y sacude la cabeza «Su alteza el verdugo me recuerda al Rey Canuto empeñado en detener las olas» le dice al Galadí Después se presenta a sí mismo «Dióscoro Galindo González maestro de Pulianas» Le responde por todos Joaquín Arcollas y no deja de asombrarte que no lo haga el Galadí Le cuenta en voz baja cuanto su compañero te expusiera antes y le dice quién eres tú El maestro de Pulianas aparta un tanto la cabeza que iba junto a la tuya y saluda casi alborozado «Mandé leer a los chicos de mi escuelita su *Poema del Cante Jondo* Naturalmente la mayoría no hubiese podido comprarlo pero yo mismo copié a máquina las poesías y les hice aprender muchas de memoria ¿Por qué le prendieron?» Sonríe

penosamente con los labios hinchados y añade
«Me hubiese gustado conocerle en distintas circunstancias y con más tiempo por delante» De
nuevo es el Cabezas quien debe creerse en el deber
de contestar por los tres «Aquí al Galadí y a un
servidor nos detuvieron por anarquistas peligro-
sos Lo somos y a mucha honra Al señor no sé por
qué van a matarle Me supongo que por su prestigio
pues el *fasismo* es el odio a los pobres y al talento»
«Hace cuatro días y sobre las diez de la noche una
pareja de falangistas armados compareció no del
todo inesperadamente en mi casa de Pulianas» dice
Dióscoro Galindo González sin prestarle mayor
atención «Por la ventana vimos que otros dos
quienes nunca llegaron a subir les aguardaban en
un coche parado ante la puerta Con muy buenos
modales dicho sea de paso aquéllos se presentaron
y pidieron permiso para registrar la casa como les
habían ordenado en el Gobierno Civil No tuve
más remedio que concedérselo y perdónenme
ustedes la obligada ironía pero añadí que no
encontrarían nada interesante en el hogar de un
pobre maestro nacional Uno de ellos me preguntó
entonces si después de las elecciones de febrero
y del triunfo del Frente Popular no desfilaron
delante de mi casa gritando "¡Viva el maestro
y muera Barreras!" Repuse ser todo ello muy
cierto si bien yo no era responsable de lo que
chillan en las aceras Me callé que en la campaña
electoral había hablado en público y en favor del
Frente Popular porque tampoco me lo pregunta-
ron Yo señores fui siempre republicano pero no
tuve nunca vocación de héroe ni de mártir sino de
pedagogo Si confieso todo esto en presencia de
nuestros señores verdugos es por lo de perdidos

233

por mil perdidos por ciento o por aquello de "la vida podéis quitarme pero más ya no podéis" como dijo gallardamente el señor Calvo Sotelo en el Congreso antes de que le asesinasen a él mismo Que yo fui siempre respetuoso con las opiniones y sobre todo con la dignidad de mis adversarios» Sólo tú sabes que esta noche no morirá nadie y que Galindo González es el último actor inadvertido de la farsa concebida por Valdés para tu protagonismo No obstante a espaldas del gobernador civil y de su cáncer otra carnavalada no menos imprevista con el mismo reparto y con el Buick por escenario empieza a representarse ante tus ojos Mientras el Galadí antes tan gallo se ensimisma en su silencio y Trescastro quien comparte contigo el conocimiento de la verdad parece demacrarse en la penumbra de esta noche de luna llena sobre la acequia como si en virtud de un error mordaz presintiese que al cabo será él quien muera fusilado de veras el Cabezas se olvida de su inminente asesinato aunque lo crea inevitable e interésase vivamente por la historia del maestro de Pulianas «¿Y quién era ese Barreras al que daban mueras ante su casa señor maestro?» pregunta a Galindo González «Probablemente el hombre que me denunció aunque ésta sea otra historia larga de contar que me veré obligado a resumirte en pocas palabras Eduardo Barreras era también el secretario del Ayuntamiento de Pulianas y el cacique del lugar Cuando hace dos años llegué al pueblo me concedió una casa que era poco más que un pesebre Fui a protestar al propio Gobierno Civil y mis gestiones salieron reseñadas en *El Ideal* que se puso de mi parte aunque el periódico sea de derechas De todo ello sólo obtuve el odio agareno de Barreras pues al final harto de cursar instancias en papel sellado alquilé el piso que hace cuatro noches vinieron a registrarme» «¿Lo detuvieron *entonses*?» persiste el Cabezas «No hijo todavía no Como al parecer proseguimos el paseo te lo detallo todo por su orden correspondiente Terminado el registro me dijeron los falangistas que verdaderamente no habían encontrado nada comprometedor y así lo harían constar en su informe Añadieron que si nadie iba a prenderme en el plazo de cuarenta y ocho horas podía considerarme un hombre libre Recuerdo que a la salida me preguntó uno de ellos cuál era mi modo de pensar políticamente se entiende Repuse que estos particulares eran muy íntimos y no me creía en el deber de revelarlos a nadie porque lo que cuenta es la conducta de un hombre y no su pensamiento Aunque te parezca mentira me dio la razón» «¿Y qué hubo del *plaso*?» «El plazo expiró dos noches después Pero a las cincuenta y cuatro horas del registro fueron a mi casa otros falangistas esta vez sin modales ni maneras y se me llevaron preso a bofetadas y a empellones Te eximo de lo demás porque debes conocerlo por tu propia cuenta y mis dientes así como mi camisa hablan por sí mismos Al cabo de las palizas las torturas y los interrogatorios tuve el honor de pasar a presencia del mismísimo comandante Valdés nuevo gobernador civil de Granada la bella Me habló sólo unos instantes para volverme a pedir cómo pensaba políticamente y le repetí lo que dije al falangista en mi casa Replicó que en todo caso poco le importaba porque en la ciudad y en la provincia todos los maestros eran rojos Lo cual era un punto de vista idiota pero un punto de vista aunque yo no tuve arrestos para decírselo Es el único acto de mi vida del cual me arrepiento ahora» De súbito y al cabo de aquel parlamento el coche tose gime y se detiene a la salida de una curva «¿Por qué paraste?» le grita Trescastro al chofer El guardia de Asalto vuelve a encogerse de espaldas «Yo no paré Esta cafetera está averiada Desde que salimos de la Colonia no puede con su alma» «Tratad de repararla No vamos a quedarnos aquí eternamente» Descienden los dos números y el del fusil lo deja apoyado en uno de los árboles que bordean la cuneta Otro destello felino cruza por los ojos del Galadí pero en seguida vuelve a sepultarse en su retraída pasividad Trescastro abre la portezuela y pone un pie en tierra como si se apercibiese a huir al quedarse solo con nosotros Galindo González fuerza una fatigada sonrisa «El Rey Canuto nos tiene miedo Tarde o temprano nos pedirá perdón de rodillas como lo hacen los verdugos en las películas» Trescastro aparta la mirada y tienta la tierra con el pie pero no responde «¿Qué temes Rey Canuto? ¿Que te estrangule con las manos desnudas?» prosigue el maestro de Pulianas «La verdad es que podría hacerlo porque de joven doblaba un duro con los dedos y un hierro con las palmas Hacerlo en un santiamén Antes de que el esbirro de la Guardia de Asalto pueda alcanzar su máuser y dispararme No obstante no voy a intentarlo Ya sé que aquí nos huele a todos la cabeza a pólvora sin descartarte a ti Canuto porque algún día pagarás ante un buen piquete nuestros asesinatos y probablemente otros muchos más En fin de cuentas me limitaría a abreviarte el viaje a los infiernos Renuncio a tan alto honor porque a pesar de mi verborrea no quiero acortar mi vida ni siquiera en unos minutos Ya te lo dije antes no soy un héroe ni tampoco un mártir Sólo un republicano como otro cualquiera y un maestro nacional más bien parco de palabra aunque te parezca mentira» «¡*Arsa* y qué bien habla para ser parco de palabra!» alaba el Cabezas Luego incapaz de resistirse a la burla fácil añade «Si a usted le dejan hablar don Dióscoro no lo ahorcan» «No nos ahorcarán a ninguno de nosotros porque aquí Canuto y sus esbirros son gente de bien y civilizada» replica rápidamente el maestro «Te apuesto cualquier cosa a que nos acaban de un solo tiro muy rápido en mitad de la nuca» Hace un ademán con la diestra como si por un instante borrase la presencia de todos menos la mía y volviéndose penosamente sobre la pierna ortopédica encárase conmigo «Es curioso que hable de apostar en momentos como éste cuando todo lo que tengo en la vida es la vida y cuanto lego al mundo se reduce a mis dos hijos que ya son hombres y muy capaces de valerse Nunca fui fantasioso en ningún sentido ni pude imaginar un trance como éste De haberlo previsto creo que me portaría de otro modo aunque no sepa cómo Ahora comprendo aquellos nobles franceses de quienes habla Michelet que en su última noche y casi a la sombra de la guillotina se jugaban apasionadamente el dinero que ya no tenían y los bienes que habían perdido» sonríe y asiente a sus propias reflexiones con la cabeza «Nada lo dicho Es lamentable que nos encontremos aquí con lo mucho que me hubiese gustado hablar con usted de poesía y de tantas otras cosas Es una pena que no haya otro mundo para comentarlas a placer con la inmortalidad por delante»

Dióscoro Galindo González andará ahora en

algún teatro de esta espiral si no ha sido absuelto
y duerme en paz en la nada porque de gentes como
él será el reino de los cielos No obstante y aunque
figure en el reparto el drama que presencias desde
tu patio de butacas es el tuyo y te tiene a ti por
obligado protagonista También yo quisiera pre-
guntarte en este preciso instante mientras vuelvo
a verte maniatado en el Buick entre el Cabezas y el
maestro de Pulianas en tanto que el Galadí se
ensombrece en su ensimismamiento Trescastro
hurta el rostro a vuestras miradas y los dos guardias de Asalto se esfuerzan en reparar el coche
todo bajo la misma luna lejanísima qué piensas tú
mi hombre de la carne aquel a quien mataron en
una madrugada más distante que esta luna cuyo
ficticio reflejo se representa en tu escenario Pre-
guntarte de ti a mí muy privadamente y entre
nosotros si en verdad imaginas que todo esto es la
parodia de un crimen ingeniada por Valdés o bien
en alguna estancia perdida de tu interior que
compartes conmigo no te percataste sin confesár-
telo que dentro de nada os despenarán a todos
como si fueseis reses Por mi parte y en retrospectiva estoy cierto de que si te obstinas en creerlo todo
la burla de un asesino empeñado en tomarse por
loco tu engaño no es sino un recurso desesperado
para librarte a ti mismo de la demencia y salvaguar-
dar el privilegio de morir honorablemente y de
acuerdo con la razón en vez de ceder al pánico
contenido que habría de enajenarte Morir como
un ilustrado que subiese al patíbulo indiferente
a su suerte y convencido de que las mismas claras
leyes gobernarán un día la Historia de los hombres
y los astros de los cielos Morir como lo haría un
Lavoisier pongo por caso aunque tú fueses el poeta

surrealista que habló de la miel helada y vertida por la luna de la fiebre del mar de inmenso rostro de un cielo vuelto elefante de las golondrinas que abrevan en la sangre de un corazón en forma de zapato y de un guante de humo en un paisaje de llaves oxidadas Y ahora uno de los guardias no el chofer el otro el del máuser recoge su fusil distraídamente y cabizbajo se aproxima a Trescastro quien todavía tienta la tierra con el pie como si se aprestase a huir de todos vosotros «Es inútil» le dice «No podemos reparar el coche» «¿Qué significa eso? ¿Por qué no podéis repararlo?» se impacienta Trescastro «Haría falta aquí un mecánico Ni mi compañero ni yo lo somos» «Vuelve a intentarlo» «Ya le dije que todo era inútil» el número se limpia la palma en la cadera «Puede ser cualquier tontería o tratarse de algo muy serio En todo caso no lo sabemos» «¿Qué hago yo ahora?» «Esto es cosa suya Usted nos manda» Exasperado sale Trescastro del automóvil Piensas o quieres creer que él desearía prolongar la farsa Dentro de un momento te dices todo habrá concluido vergonzosamente para quienes se fingían vuestros verdugos Trescastro dará la orden de regresar a pie a la Colonia Carretera abajo y siguiendo el curso de la acequia desandaréis el camino en fila india y en cuerda de presos Un número al frente y otro detrás de vosotros con el propio Trescastro cerrando la comitiva O acaso quepa otra variante al cabo de esta tragedia inconclusa y monstruosa Tal vez ordene a uno de los guardias probablemente al chofer volver a la Colonia para que desde allí manden otro coche que nos lleve a Granada («La misericordia del gobernador es infinita y esta vez decidió haceros gracia de la vida») Entretanto habrá amanecido y cesarán los rumores de la noche Lo que pía lo que trina lo que liba seguirán a lo que repta lo que roe y lo que acecha Sólo el rumor de la acequia venida de Ainadamar permanecerá idéntico a sí mismo desatendido de los hombres y de sus crímenes o quizás la luna convertida en la difusa imagen de sí misma os contemple por igual desapegada desde los cielos azules Ahora revuélvese Trescastro y empuña la pistola en su mano temblorosa Se precipita por la puerta abierta del coche con los ojos desmesuradamente abiertos y los labios estremecidos para gritarle al Galadí «¡Tú baja en seguida!» La voz del Galadí quien tanto callara en las últimas horas o en la agónica eternidad que acabamos de vivir suena muy distinta Desgarrada se encrespa se quiebra o se hunde en abismos de su pánico «¿Es a mí? ¿Es a mí a quien llama?» «¿A quién iba a ser cabrón? ¡Baja en seguida! ¡Te lo ordeno!» El Galadí se encoge en la banqueta y parece ocultar poco a poco la cabeza entre los hombros Le suenan los dientes y tiembla como un azogado «¡Afuera! ¡Afuera!» ladra Trescastro «¡Paco! ¡Paco! ¡Que al menos nos vean morir como hombres! ¡Que nos vean morir como vivimos siempre!» grita el Cabezas Dióscoro Galindo González cierra los ojos y murmura algo que nadie comprende Será una oración o una blasfemia Quizás ambas cosas a la vez «¡Paco! ¡Paco! ¡Que no puedan burlarse nunca de cómo morimos! ¡Paco hermano mío Paco de mi *arma*! ¡No *sedas* ahora! ¡No te rindas!» Son tan grandes los esfuerzos del Cabezas de tal modo se le hinchan las venas de la garganta que se le diría a punto de romper las cuerdas que le sujetan los brazos Desesperado por el abandono del Galadí quien ni siquiera parece oírle se encara con Trescastro «¡Tú hijo de la gran puta mátame a mí el primero y te enseñaré a morir cuando te toque! ¡Mátame a mí el primero! ¡Te lo suplico!» «Ésta no es hora de gritos Cabezas» dice de pronto Dióscoro Galindo González sin abrir los ojos y sin que el Cabezas pueda escucharle en su exaltación «Morir como hombres no es hacerlo a gritos sino con decoro» «¡Afuera! ¡Afuera! ¡Afuera de una jodida vez!» brama todavía Trescastro botando como un endemoniado con la pistola en la mano Hecho un garfio el Galadí sigue encogiéndose en la banqueta sin replicar palabra A la luz de la luna la mirada se le enciende en lo alto del pecho Cuando Trescastro intenta prenderle por la camisa le cocea y fuerza a retroceder «¡Paco! ¡Paco! ¡No *sedas* no te abandones! ¡Que no digan nunca que temimos a la hora de la muerte!» «Morir como hombres no es hacerlo a gritos sino con decoro» «Métase el decoro en el culo» le replica el Cabezas sollozando abiertamente «¡Éramos como hermanos! ¡Éramos como hermanos!» Tú hombre de la carne mi otro yo en mí sientes una absoluta serenidad que te azara y desconcierta Todo era teatro como lo presentiste pero al cabo se redujo a un drama donde se muere de veras como en la plaza («¿Sabes tú qué repuso Pepe-Hillo, ya gordo, envejecido y castigado por la gota, cuando le aconsejaron dejar los toros? ME IRÉ DE AQUÍ A PIE, POR LA PUERTA GRANDE Y CON LAS ENTRAÑAS EN LAS MANOS») La muerte es la última demanda de una acabada representación Su inesperada presencia y la barbarie de la próxima matanza te aterran y asombran menos que tu propia insensibilidad rayana en la indiferencia Al verte en el escenario del infierno regresado tu espectro a la noche del crimen no comprendes las razones de aquella inercia tuya en la más irrevocable de las horas Tal vez decidiste que todo era nada y de la nada nada se sabe Quizás como hombre del teatro que eras pensaste que cualquier papel tiene exigencias imprevistas en los ensayos vueltas insoslayables a la hora de la definitiva representación Acaso llegaste a presentir que la inmortalidad no era sino otro drama el de la puesta en escena de todos los recuerdos en espera del final del insomnio Súbitamente Trescastro hace una seña al chofer El guardia de Asalto prende al Galadí por las piernas a la altura de las rodillas y lo arrastra afuera del coche «¡Matadme a mí el primero! ¡Matadme a mí el primero!» persiste la gritería del otro banderillero Dióscoro Galindo González renuncia a convencerle y vuelve a sacudir la cabeza refugiado en sí mismo en tanto bisbisea preces de descreído «¡Nunca Paco! ¡Nunca nunca nunca!» (ME IRÉ DE AQUÍ A PIE, POR LA PUERTA GRANDE Y CON LAS ENTRAÑAS EN LAS MANOS) Rueda el Galadí por tierra con las manos atadas y a los pies de Trescastro Por un momento sus chillidos os acallan a todos y ahogan el rumor de la acequia «¡Encarna! ¡Encarnita hijilla mía! ¡Encarna *corasón* no me abandones! ¡Encarna niña no dejes a tu padre! ¡Dame algo de la vida que te di al *consebirte*!» En seguida el otro guardia («Nosotros no somos voluntarios y nunca nos hubiésemos prestado a eso») se echa al hombro la culata del máuser y hace fuego

Un viento mudo, como el que parecía estremecer al Galadí en el Buick, le llevó a la sala donde se anticipaban las memorias de Sandro Vasari. En el escenario de los reyes de bronce, con gaviotas impasibles y posadas sobre los hombres bajo el cielo del Báltico, del triunfo de la *ragione nuda e chiara* en una tarde parecida a la de Corpus Christi y de la entrevista de Vasari y Ruiz Alonso en Madrid, surgía ahora la calle de una ciudad desconocida que sus recuerdos de 1928 o de 1929 adivinaron norteamericana.

En una esquina un poste de cemento semejante a los que señalaban las paradas de los autobuses en el Nueva York de su juventud, donde viera la cola de cesantes junto a San Patricio, antes de presenciar la aurora boreal sobre el lago Edem Mills cercado de junqueras salpicadas de caracolillas, distinguió el nombre de la calle en el cruce con una avenida desierta: BRIARWOOD DRIVE.

Por BRIARWOOD DRIVE corría un coche gris, que vino a detenerse ante una casa precedida por un jardincillo en cuesta y con azaleas floridas. Alguien hizo sonar el claxon y del porche descendió a grandes zancadas Sandro Vasari mientras un desconocido, con una carpeta de cuero debajo del brazo, se apeaba del vehículo. Los dos hombres se detuvieron para saludarse al pie de un seto de arrayanes. Sandro le llevaría media frente a su visitante y ambos aparentaban la misma edad. Mirándolos en mitad de la boca del proscenio, se dijo que frisarían el medio siglo por carta de más o carta de menos y pensó, de modo tan instintivo como inexplicable, que ambos podrían ser hijos suyos si no le hubiesen matado aquella madrugada en el camino de Ainadamar con el Galadí, el

Cabezas y Dióscoro Galindo González, maestro nacional de Pulianas. En aquel momento su muerte no se le antojaba casi ajena, como otras veces se lo pareciera en la espiral de los infiernos, pero sí lejanísima y cometida por gentes a quienes no podía perdonar ni aborrecer porque por un lado sabían perfectamente lo que se hacían y por otro nunca quiso considerarles sus enemigos. Echó rápidas cuentas con el pasado para decidir que su única vanidad, un punto inferior al orgullo, era haberse negado a decirle a Valdés que estaba loco.

En aquel porche encristalado y con las cortinas recogidas, que acaso en tiempos de otro dueño y en distinta generación fuera un invernadero, una mujer rubia y menuda, de edad incierta e indecible, saludó al recién llegado tendiéndole la mano. Él la besó en ambas mejillas pero ella volvió el rostro para no devolverle los besos. Mirándolos pensó que a un tiempo odiaba y temía a aquel hombre.

—Marina —le dijo—, supongo no pensarás ahora que os sueño a ti y a Sandro desde el día en que os presenté en la Universidad. ¿Cuántos años habrán pasado desde entonces? Tal vez treinta y cinco o más.

—No. Ahora estoy finalmente convencida de mi propia existencia —repuso sin vacilaciones pero tampoco sin mayor satisfacción—. Sandro y alguien muerto hace mucho tiempo me infundieron aquella certeza —miró las altas nubes que daban al cielo un tono de pizarra, de tejado de casa francesa recién lavada por la lluvia—. Dentro de poco empezarán las nevadas.

—No lo parece —terciaba Sandro Vasari.

—No lo parece; pero pronto llegarán las primeras nieves.

Sandro les invitaba a sentarse en el porche. Tres o cuatro estanterías bajas y repletas de libros desordenados parecían distribuidas a capricho. Se acomodaron a una mesa de hierro pintada de negro y Marina sirvió café para ella y para Sandro. Al recién llegado le ofreció coñac en una copa muy grande en forma de tulipa. Una fragancia a viejísimos toneles de madera y a vinos muy antiguos, oreados por los vientos del tiempo, parecía difundirse por el patio de butacas. Recordó los dos coñacs que tomara con Martínez Nadal en Puerta de Hierro y en su último día en Madrid, mientras pasaban las camionetas de los guardias de Asalto Princesa abajo y los chiquillos voceaban los periódicos. («...Me adelanté en varias generaciones a todo teatro, incluido el mío, naturalmente. Tal vez me anticipé en siglos, aunque te cueste creerlo.»)

—Una vez, cerca de tu casa, Sandro y yo vimos a los personajes de *La Gallina Ciega* bailando en la nieve —decía ahora Marina en tono abstraído—. Cuando desaparecieron quedó el título de otra obra de Goya en la hierba nevada: *Disparate furioso*.

Los dos hombres fingieron ignorar el comentario, aunque ella lo expresase en tono de absoluta veracidad. Sobre un velador, cubierto con un mantel rojo, distinguió un extraño aparato gris y achatado con una suerte de visor. Sandro Vasari vino a señalarlo con un vago ademán y luego dijo:

—Cuando me entrevisté con Ruiz Alonso, en Madrid, tenía la sospecha de que yo le ocultaba una grabadora. Me preguntó si pretendía escribir un libro acerca de la muerte del poeta y le dije que sólo quería escribir un sueño. Era la verdad.

—En todo caso cumpliste tu propósito —el

desconocido sacó de la carpeta de cuero un rimero de hojas de papel cebolla, mecanografiadas y encuadernadas a toda prisa con cartón. Lo dejó sobre la mesa, apoyada la palma abierta sobre las cubiertas—. Leí tu original y me pareció muy aceptable. Deberías publicarlo.

—No lo haré —Sandro Visari sacudía obstinadamente la cabeza—, aunque tampoco me arrepiento de haberlo escrito.

—¿Por qué ibas a arrepentirte? ¿Por qué no quieres publicarlo? No pretendo ser el abogado del diablo; pero reconozco que necesita un buen trabajo de corrección. Te señalé algunos pasajes al margen que tal vez podrías redactar de nuevo. Me refiero a aquella última pasada de piedra pómez, que Ortega creía indispensable para redondear no sólo el fondo sino también el contenido de cualquier original. Todo se reduciría a unos días de trabajo, antes o después de que yo llevase el libro a un editor.

—Puedes llevarlo a quien te plazca y decirlo tuyo, si gustas, para apresurar la edición. Te lo cedo de buen grado porque renuncié al original aunque no lamento haberlo escrito, como te dije antes.

—No comprendo nada. ¿Pretendes que publique el libro como si fuese mío? ¿Cómo pudiste imaginar que me prestaría a ello?

—Será mejor que lo olvidemos —vino a interrumpirles Marina—. Hablemos de cualquier otra cosa.

—De ninguna manera —replicaba Sandro Vasari y luego, en otro tono al recién llegado—: Si tú no publicas el libro, yo tampoco voy a hacerlo. Lo guardaré sin firmar en cualquier cajón y allí lo encontrarán mis felices herederos, sean quienes fueran. Es posible que entonces lleguen a creer que el original era tuyo. Con lo cual tampoco adelantarás nada al negarte a aceptarlo.

—La nieve llegará antes de lo que creíamos —decía Marina—. En esta parte del país, las primeras nevadas se funden en seguida. Desaparecen en dos días y son de un blanco rosado, como el de los corales viejos y las caracolas.

Desde aquella platea del infierno, él la miraba calladamente. Aunque su aspecto se hubiese detenido en algún punto muy alejado del pasado y los años pasaran sin enturbiar los menudos rasgos, creyó confirmarle una edad parecida a la de Sandro o a la de su visitante. («Marina, supongo no pensarás ahora que yo os sueño a ti y a Sandro desde el día en que os presenté en la Universidad.») Ninguno de los dos parecía haber oído su comentario, como si en los teatros de aquella espiral cupieran inadvertidos apartes. Por un instante se olvidó de ellos y de aquel sueño de Sandro Vasari, que luego fue un libro sobre su propia vida y su estancia en los infiernos, para recrearse en la contemplación de Marina. La blancura rosada y perecedera de las primeras nieves, en BRIARWOOD DRIVE, no era sino una inevitable analogía o una obligada identificación con la quebradiza fragilidad de aquella mujer.

—Perfectamente —parecía ceder el visitante—. Veamos cuál es el secreto de tan rara decisión. O tal vez prefieres que me lo cuente Marina, en el supuesto de que lo comparta contigo. En cualquier caso soy todo oídos.

—El secreto es simple aunque contarlo resulte laborioso —replicó Sandro Vasari, apoyando la palma por un momento en una de las rodillas del desconocido—. Lo traduciré a una fábula o a una parábola, como Gerardo Diego escribía elegías en forma de liebre. Imagina a tres seres como nosotros en su primer año en la Universidad. Uno de ellos, digamos el más parecido a una imagen ridículamente rejuvenecida de ti mismo presenta en el patio de Letras a los otros dos, caricaturas reverdecidas de Marina y de mí mismo. Si me disculpas el inciso y por mor de abreviarte el apólogo, a partir de ahora designaré con nuestros propios nombres a los protagonistas. ¿Me sigues?

—Al menos lo supongo. Continúa.

—El paso siguiente lo conoces mejor que nadie y voy a resumirlo, agrupando lo ocurrido en muchos años. Marina y Sandro devienen amantes en una casita, que tú mismo les alquilas debajo del puente de Vallcarca y no muy lejos del lugar donde don Antonio Machado y Ruiz, parte del reparto del manuscrito que hasta ahora te niegas a aceptar, vivió sus últimos meses en Barcelona. Como dirían en las películas cualquier parecido con la realidad será mera coincidencia.

—Comprendido. Prosigue.

—Marina tiene siempre la sensación de que alguien la contempla, a través de un espejo antiguo, cuando hace el amor con Sandro en aquella alcoba del puente de Vallcarca. Es el principio de un largo proceso, que aquí mismo te adelanto y concluyo, en el cual llegará a creer que ella y Sandro no son sino personajes de un libro tuyo siempre inconcluso. Antes, mucho antes, en aquella historia dispensable de la Universidad franquista y en los años siguientes a la guerra mundial

Marina aborta un hijo de Sandro a manos de una amable viejecita de la calle Montcada, cuyas señas naturalmente les proporcionas tú. Lo que nadie sabe en aquel punto es que Marina queda incapacitada para tener, otros hijos después del lance.

—Pasemos al segundo acto.

—Entre acto y acto transcurren muchos años, en los cuales Marina y Sandro dejan de verse. Ella contrae matrimonio con un caballero, tan dispensable como la protohistoria y de la cual no deja de ser un oblicuo producto. Sandro se marcha a las Indias de Eisenhower, se casa dos veces y dos se divorcia. Tiene dos hijos de su segunda mujer y se le mueren en un accidente de automóvil, del cual él sale ileso. Empieza entonces un largo proceso de alcoholización, del cual curará virtuosamente aunque nunca cure de la cura, que paga con buena parte de su talento. Antes y a raíz de un viaje suyo a España, para cerciorarse de que el maldito país no ha existido nunca y es sólo un disparate soñado por Goya Lucientes, vuelve a encontrarse con Marina en casa de quien lleva tu nombre. Resulta inevitable precisar que los amantes empiezan a vivir en pecado mortal y el dispensable caballero, casado con Marina, desaparece discretamente, mientras el Caudillo de las Españas se muere a plazos en la Clínica de la Paz. Te ahorro otra historia interpolada, como la del Curioso Impertinente, que se refiere a un libro propuesto a Sandro Vasari por quien lleva tu nombre y que Sandro no llega a escribir porque lo haces tú mismo o, por mejor decirlo, tu doble en mi fábula.

—Creo haber leído todo eso en alguna parte.

—Tal vez en el catecismo del padre Ripalda.

—Es muy posible. ¿Cuál es el lado oculto de la conseja?

—A Marina le correspondería contártela; pero no sé si querrá hacerlo —vio volverse a Sandro hacia la mujer, con gesto de deferencia que hasta entonces no advirtiera en aquel rostro de italiano, marcado por un chirlo en la mejilla—. Querida, puedes ilustrarnos con el estrambote de nuestra historia.

—El viernes a más tardar, toda la calle se cubrirá de nieve —dijo Marina. Mirándola a la luz indecisa del atardecer, que poco a poco descendía sobre el proscenio, creyó ver un Piero della Francesca. Una de las mujeres pintadas en la iglesia de San Francesco, en Arezzo, o en el *Díptico de Federigo da Montefeltro y Battista Sforza*, en los Uffizi—. A media mañana del domingo la fundirá el silencio.

—Está bien. Lo haré yo —proseguía Sandro ahora bastante nervioso—. Nadie se conoce, como bien dice el señor Goya Lucientes en uno de sus caprichos. Ni tú ni yo sabíamos que Marina había estudiado música, con mucho provecho, antes y después de su breve paso por la Universidad. Al menos yo no lo supe hasta concluir el original que ahora me traes. Se lo di a leer y me lo devolvió sin ningún comentario. Pocos días después, me pedía que le comprase un piano.

—¿Un piano?

—Exactamente. Un Wurlitzer, que escogimos juntos y en el cual se fueron mis modestos ahorros. Sólo entonces, cuando tuvo el piano, me reveló su propósito. Quería componer una sonata, inspirada en el original de mi libro.

—Una sonata —el recién llegado sacudía la

cabeza, como si se esforzara en comprender el verdadero significado de la palabra—. No acabo de entenderlo...

—Tal vez me expresé mal. Más que inspirarse en cuanto había escrito, la sonata sería su traducción en términos musicales. Acaso recuerdas que el libro se divide en cuatro partes, LA ESPIRAL, EL PRENDIMIENTO, EL DESTINO y EL JUICIO. Cuatro también tendría la sonata, aunque sus títulos no coincidieran necesariamente ni terminase con la muerte del Galadí, a manos del guardia de Asalto.

—¿Cómo podéis llamarla entonces una traducción?

—De gentes como tú será una de las bienaventuranzas —sonreía Sandro Vasari—. ¿Te paraste a reparar en que la música no sólo tiene su propio lenguaje sino también su sentido inalienable? Exigirle una coincidencia textual sería pedirle al mito que se limite a repetir la Historia.

—En cualquier caso, tal vez sólo sea el mito y la Historia no exista.

—Precisamente, precisamente. Quizás no seas tan tonto como yo creía. Del mismo modo, mi libro deja de existir en cuanto Marina lo transforma en sonata. Un año entero trabajó en su composición y el resultado debes juzgarlo por ti mismo. ¿Estás preparado o prefieres aguardar hasta mañana?

—Puedes empezar cuando gustes.

Ninguno de los dos se molestó en consultar a Marina. Desde la platea se dijo que parecía haberse desvanecido, en la conciencia de ambos hombres, como si fuerzas inapelables la hubiesen sacrificado a su propia música inédita. A la vez pensó que sólo un pederasta muerto podía reparar

en semejante inadvertencia. De inmediato cuanto
había de hombre en él, aun en el infierno, le llevó
a olvidarse de Marina mientras Sandro ponía en
marcha la grabadora («...difamarme por escrito
y en libros impresos. Aquel inglés o irlandés, el
mismo que recogió subrepticiamente cuanto dije
en una... ¿Cómo dijo que se llamaba?... Sí, esto es,
en una grabadora»). Los primeros acordes no
dejaron de desconcertarle. Por razones que no
pudo explicarse, contemplando a aquella mujer
parecida a las de Piero, no esperaba una música tan
descriptiva como la que vino a sorprenderle inadvertido. La sonata abríase con la evocación de una
tierra de nadie cubriendo el mundo entero, como
si el planeta, vacío o abandonado por la vida, girase
silenciosamente en el espacio infinito. De pronto
aquel tiempo inicial, iniciado de forma tan vasta
y desolada, concretábase en un signo aislado en
mitad de las soledades. Una tumba tan perdida
como un sepulcro en la Antártida. Una tumba, que
sin embargo era la suya, en la tierra despoblada de
los hielos y los yermos. El tema le confundía tanto
como el modo de aquella música. Hubiese cuadra-
do al final de una elegía y le recordaba la última
parte de la suya a Sánchez Mejías, acaso su mejor
poema concebido precisamente como una sonata
en cuatro tiempos; pero se le antojaba demasiado
obvio y solemne en el arranque de una obra para
piano. Abrió y cerró un paréntesis oblicuo para
acordarse de la frase que una vez le escribiera
a Gerardo Diego: «...nos gusta la música mala con
locura». Sin embargo aquélla no era música reprobable desde ningún concepto, más o menos social
e histórico de las artes, y por lo tanto no estaba
obligado a alabarla ante sí mismo. Sólo a seguirla

con todo interés, aunque su ejecución era bastante pobre. Deficiente y propia de alguien cuyas ideas corrían más veloces que sus manos y cuyos dedos habían permanecido mucho tiempo distantes del teclado. La elegía se transformaba de pronto en un grito sostenido de esperanza y venía a corregir su propio llanto por la muerte de Ignacio Sánchez Mejías, donde sólo anunciaba su misma voz y una brisa suave entre los olivos, para recordar al torero de cuerpo presente y alma ausente. Aquí en cambio la existencia se afirmaba en toda su pujanza, reiterándose y definiéndose a través de la propia muerte interminable, en términos muy parecidos a los suyos. («Cualquier instante de mi vida fugitiva y arrebatada, cualquiera de estos momentos, ahora presentes e imposibles en el escenario de la sala, es preferible a la inmortalidad en el infierno.») La espiral, que al decir de Sandro Vasari encabezaba el primer tiempo de la sonata, saltaba hecha añicos ante la ardiente vivencia de toda memoria. La suya en el restaurante de Madrid, conciliándose con Ignacio. («Anda, hombre, dime qué vas a comer y cómo se darán los toros este verano.») La de un Julio César imaginado y al resplandor de la aurora boreal, recitando dísticos blancos y soberbios como: «Prefiero ser el primero en una aldea / a ser el segundo en Roma». La de Martínez Nadal despidiéndose de él en la plataforma del expreso de Andalucía y alejándose luego por el andén, ignorante de que allí concluía su último encuentro en la tierra. La del hombre de la carne en su interior, preguntándole a Valdés si no se apartarían ambos de todo lo dispuesto; si no se obcecarían vanamente en improvisar un desenlace imposible. Si Sandro Vasari decía haber dividido el libro que escribiera sobre él, o el sueño que lo inspirara, en cuatro partes: LA ESPIRAL, EL PRENDIMIENTO, EL DESTINO y EL JUICIO, la música cortaba al través cuanto dividían las palabras y Marina exponía casi de entrada su entero propósito: reducir a una unidad irreductible la historia de un poeta. El primer tiempo concluía en una especie de fuga, una rápida declaración de principios con su nombre por contrapunto. La semblanza, venía a afirmar la música, iba a comprender no sólo la existencia sino también la muerte. La otra cara de la vida en función de la eternidad y aun el destino irrevocable que precediera al nacimiento del hombre en la tierra. Una pregunta académica y acaso innecesaria por lo obvia subrayaba la finalidad de la entera sonata en su aspecto formal. ¿Cabría incorporar a la inmortalidad y a la biografía mortal presentimientos como el suyo en la estación del Mediodía, cuando como buen andaluz creyó sus pasos medidos y prescritos desde un tiempo anterior a todos los tiempos? Casi sin transición adentrábase la sonata en su segunda parte, con un tema análogo y distinto contrapunto. Mientras éste establecía constantes referencias a versos y citas de su obra dramática, aquél devolvía al presente su calvario en Granada y en casa de los Rosales. La ejecución era también más depurada y acaso hábil en exceso para alguien habituado a la trabajosa torpeza de la primera parte. Pensó en dos Marinas conviviendo en la misma mujer, creada a imagen de las de Piero, la que concibiera la sonata sin nombre y la que la música exigía para su realización y concierto. Entre las dos y en otra tierra de nadie, como aquella que a veces creyó separarle a él mismo del hombre de la carne, vagaba una tercera Marina: la criatura patética y quebradiza, que miraba a los cielos como si fuesen un espejo y al parecer había visto bailar a los personajes de *La Gallina Ciega* sobre las nieves de antaño. Se olvidó de Marina o desaparecieron sus tres imágenes en las evocaciones literarias del contrapunto. Antoñito el Camborio, «Camborio de dura crin», iba prendido por cinco civiles dejando a su espalda un río de limones. El mismo Camborio moría acuchillado, murmurándole palabras perdidas en un golpe de sangre. Muerto subía Ignacio Sánchez Mejías por el graderío de una plaza vacía, en búsqueda vana de su cuerpo perdido. Campanas invisibles doblaban cada tarde en Granada por un niño. La luna iba por los cielos, con otro niño de la mano, como su madre, sonámbula, le rescatara a él de las aguas donde se hundía dormido. Una luz de jacinto iluminaba el teclado y su diestra, en tanto que su padre le contemplaba en la penumbra de la Huerta de San Vicente. Desde lo alto de unos barandales bañados por el resplandor de las estrellas, la sombra de una muchacha asomábase sobre una alberca, mientras él se repetía aquellas palabras que tantas veces se dijo en la espiral de los infiernos: «Yo creí que los muertos eran ciegos, como el espectro de aquella gitana, en un poema mío, que abocada al aljibe del jardín no veía las cosas cuando la estaban mirando». Otra mujer corría por su casa como una loca, perseguida por una pena que sería negra si fuese visible. Idéntico dolor azuzaba a un jinete por montañas imantadas, sobre un mar cruzado por trece barcos. Un amante aseguraba no haberse querido enamorar, como si el amor resultara de la voluntad y no de la pasión. Para cumplir consigo mismo y no con aquella que se le entregara, para portarse como quien era, le regalaba un costurero de raso antes de abandonarla. Una nota irónica, unos compases que se desdecían al repetirse, daba cuenta su propia mordacidad ante aquel poema. Universalmente conocido por su agudo erotismo, había sido escrito por alguien quien nunca se acostó con mujer ni quiso desearla. («Entonces como ahora te fue imposible replicar porque las palabras ardían como ascuas antes de convertirse en polvo en nada y el corazón parecía resquebrajarse a cada latido o volverse de piedra porosa y consumida como aquellos pájaros apresados por el ámbar antes de que el hombre pisase la tierra...») El tercer tiempo mudaba las tonalidades brillantes del anterior. Al principio al menos diríase pintado enteramente en sepia y oro, como los murales de Sert en la catedral de Vic que Dalí le había hecho admirar contra su propia voluntad. Volvió a confundirle tan súbito cambio, aunque para entonces se creyese habituado a las variaciones de la sonata. El visitante murmuró algo a propósito de cuán ajustadas juzgaba la música y la tercera parte del libro inédito. Sandro le obligó a callarse con un ademán impaciente. En aquel instante comprendió que la composición no se refería precisamente a él, vivo o muerto, sino a uno de sus hipotéticos fantasmas o alucinaciones. En otras palabras, al primero de los dobles suyos aparecidos en el infierno. («Muchacho, esto no es el infierno y nosotros no estamos muertos. El infierno lo conozco muy bien para desdicha mía y puedo asegurarte que está en la tierra. ¿Sabes tú dónde nos hallamos, verdaderamente?») El anciano atrabiliario decía soñarle en aquella pesadilla sepia y en el segundo piso de la calle de Angulo,

donde llevaba cerca de medio siglo oculto. Había-
se refugiado allí para evitar que le detuviesen; pero
convirtió luego el escondrijo en prisión voluntaria
a la medida de su orgullo. En su concepto, muy
bien expresado por la retórica un sí es no es
burlona de la música, el verdadero presidio o el
auténtico cementerio era aquel desdichado país
suyo, que en vano se creía libre después de la
muerte de un dictador y de la pretendida metamorfosis de un régimen en otro. («...recapacita
y acuérdate de los tiempos cuando te enseñé lo que
era un endecasílabo. Ahora me toca mostrarte
quién somos y dónde estamos.») No obstante una
nota repetida, como el goteo de una fuente en
primavera sobre el hielo del último invierno, vino
burlonamente a negar al viejo. «Tú no eres yo sino
mi sueño encarcelado», canturreaba el agua dialo-
gante, como en algunos poemas de Machado. «No
pasas de ser mi desvarío porque en tantos años,
encerrado siempre en casa de los Rosales, no
escribiste un solo verso; no esbozaste una pieza de
teatro. Yo, tan medroso, no hubiese renunciado
a ser quien soy sólo para salvar la vida oculta.»
Con el deshielo, la fuente se convertía en un
arroyo, luego en un río, que arrastraba al espectro
aguas abajo. La corriente llevábase sus braceos y su
griterío de polichinela en la *commedia dell'arte*. Le
reducía a su propia imagen rebotando por pulidos
pedregales. Después a la sombra de su sombra.
Luego a nada. Unos graves acordes hicieron pasar
por los cielos a don Antonio Machado, con sus
solapas manchadas de ceniza, con su termo verde
apretado contra el pecho. («A mí me gusta la
poesía y la música.») Desapareció Machado y se
detuvieron las aguas en una playa de doradas

arenas. Su otro yo en el desvarío, aquel que permaneció en Madrid cuando él decía haber partido hacia Granada y pasó luego por Francia hacia los Estados Unidos, al término de una guerra que daba por perdida, erguíase en la orilla con los brazos cruzados a la espalda. Era el más fuerte de los tres, como la música lo declaraba mientras el río perdíase en su cauce al igual que si nunca hubiese sido. Asumió su hombría latente con aquella mujer de mirada semejante a la de Melibea; rechazó el Premio Nobel de Literatura, por creerlo vanidad de vanidades y reconoció su vida de profesor universitario en América como un infierno, al cual se plegaba de grado y no sin lúcida ironía. Con todo era tan falsario como el viejo cobijado en la calle de Angulo. Implacable, la música aludía a su escéptica suficiencia y a su sarcástico desdén frente a la quebradiza condición del verdadero poeta. Algo del niño que fuera persistió en éste, hasta que dieron en asesinarle en su propia Granada. Si hubiese vivido cien años, la misma inocencia habría perdurado en su interior y en aquella tierra de nadie, que le distanciaba a veces del hombre de la carne. El tercer tiempo se encabalgaba sobre el cuarto, juntándose en una suerte de remolinos paralelos, donde tan pronto soñaba a cualquiera de sus espectros como eran los tres soñados por Sandro Vasari. La última parte de la sonata abríase luego con un juicio, por un lado solemne y por otro casi festivo, como si Antoñito el Camborio e Ignacio Sánchez Mejías le acusasen de haberlos dado por muertos en dos de sus poemas. Caracterizados a grandes trazos, comparecían Valdés, Ruiz Alonso, Trescastro y los guardias de Asalto. No les absolvía ni tampoco decíase perdonarlos. Con aquella voz que aprendió a reconocer como suya en la sonata, únicamente declaraba compadecerlos puesto que él, o el inocente con quien siempre conviviera, no hubiese soportado la muerte de un semejante en el alma o en las entrañas. De inmediato desaparecían todos sus verdugos porque en fin de cuentas, como la música no se recataba de afirmarlo, la inmortalidad de aquellas pobres gentes era parte de la suya. Del mismo modo que su memoria entre los hombres debíase parcialmente al prendimiento y a la muerte de Antonio el Camborio. Como si el recuerdo de aquel personaje de dos poemas suyos pudiese determinar de forma retrospectiva la música de Marina, traspasando al sesgo y por añadidura la propia eternidad, la sonata repetía entonces frases y alusiones de otros muchos poemas suyos, derramados sobre un ámbito sin límites como una lluvia de oro. Un jinete iba hacia Córdoba, a sabiendas de que nunca llegaría a la ciudad prometida porque la muerte iba a salirle al paso. Desde las torres de la misma Córdoba, identificando a un tiempo el fin del hombre y su finalidad, le contemplaba la muerte como una amante que luego descendería para aguardarlo a las puertas y al pie de los muros inaccesibles. Las manos cortadas de Santa Olalla juntábanse todavía, como preces decapitadas. Arroyos estrechos, pero caudalosos como bueyes de agua, embestían a los muchachos desnudos que nadaban en sus cuernos plateados. Un silencio avejentado, el de su perfil muerto y presentido en un estío lleno de peces rojos, tenía rubores de cocodrilo. En la ausencia de otro muerto, sonaban juntos el reloj y el viento, como en un verso de Machado que quizás inspirara el suyo sin que ahora alcanzase a recordarlo, la campana de la Audiencia daba la una sobre Soria dormida. La luna descendía a la fragua en busca de un niño y su polisón fragante era todo de nardos iluminados, en la noche de verano. La muerte transformaba a Ignacio Sánchez Mejías en la capilla ardiente y le convertía en un pardo minotauro. Por las calles de Madrid y camino de la estación de Atocha descendía lentamente su féretro sobre un carruaje. Un paisaje de América naciente, con silbantes ferrocarriles, vallas cubiertas de anuncios y tierras desventradas por minas de carbón contemplaba el paso de Walt Whitman, vestido de pana y con la barba cubierta de mariposas. No lejos de allí, en otro paisaje de escenario cubista dispuesto para un ritual o para un ballet, Amón violaba a su hermanastra Tamar y su padre, el Rey David, cortaba las cuerdas del arpa. Caída en tierra la lluvia de oro, la música parecía aquietarse y retroceder hacia el silencio por el camino de las primeras soledades, aquellas que sólo poblaba su sepulcro solitario. El oro derramado de los cielos apagábase poco a poco, como desaparecen cocuyos y luciérnagas a la hora del alba. Una única luz, ésta también dorada al modo de una llama en su justo centro, encendíase sobre su tumba. Esperaba el final de la sonata en aquel punto, sin querer confesarse su desencanto ante una conclusión un tanto convencional. Tal es decir la de unos acordes adelgazándose hasta desaparecer, a la manera que un arroyo luminoso y sonoro vierte sus últimos hilos de agua en un lago sin orillas, nunca descubierto por el hombre. No obstante Marina volvió a sorprenderle, sosteniendo aquel tiempo de la sonata hasta elevarlo a una nueva dimensión. La luz dorada en las soledades silenciosas dejaba de ser la de su tumba, para convertirse en su conciencia despierta y encendida en los infiernos. No le rodeaban ahora la espiral y la infinita eternidad (en el supuesto de que la espiral no fuese la infinita eternidad, en paciente espera del último muerto para la última platea), sino su propio inconsciente insondable e inacabable, donde cabía toda referencia aludida en el libro de Sandro Vasari. Allí, habitándole y redimiéndose en el poeta, el mismo Sandro, su visitante sin nombre, sus verdugos, sus padres, sus amigos a quienes siempre quiso, sus amantes a quienes nunca amó, sus paisajes del alma y de la infancia, las perspectivas verticales de Madrid y de Nueva York («Gas en todos los pisos», *Brother, can you spare a dime*»), el Cadaqués de Dalí y el castillo de Maqueda con Alberti y María Teresa, *La Gare Saint Lazare* y la estación del Mediodía, Machaquito y Vicente Pastor, los majos y las majas de los andenes, la Argentinita y Esperancita Rosales, los perros conjurados por Villalón y Dióscoro Galindo González, el Galadí y el Cabezas, Martínez Nadal y los Morla Lynch, *El Público* y el *Llanto*, sus espectros en el infierno y sus visitantes a media mañana, el viejo actor cesante, Isidro Máiquez y la Medióculo, Aquiles, el de los pies ligeros y José Antonio Primo de Rivera riéndose de Ruiz Alonso, sus sueños y todos los sueños de los vivos y los muertos, la zapatilla de oro y las chancletas de doña Juana la Loca. Allí, por último, la propia Marina compartiendo todo aquel mundo sin fondo y sin orillas con él, como lo haría una reina con el rey, su esposo.

—¿Comprendes ahora por qué no puedo publicar el original que me devuelves? —preguntó

Sandro al desconocido, mientras apagaba la grabadora.

—Sí, sí creo comprenderlo.

—Un destino desconocido, del cual lo ignoro todo salvo el hecho de que me trascendía, me obligó a escribir este libro, nacido de un sueño, para que Marina compusiese su sonata. Yo fui un medio, no un fin, y puesto que la sonata está terminada, mi novela, que llamaremos así por llamarla de algún modo, no representa absolutamente nada.

—Tampoco es ésta razón para destruirla.

—Tal vez no lo sea. Algunos resabios vanidosos me obligan a concurrir contigo en este particular, tan poco trascendental. Por eso me gustaría que la publicases bajo tu propio nombre y nos la dedicases a Marina y a mí. No te negarás a hacerlo, ¿verdad?

—¿Y en el supuesto de que me negase?

—Entonces la quemaría en el hogar, en cuanto caigan las primeras nieves. Esas que Marina anuncia para dentro de nada.

Marina no parecía escucharles. Encorvada y con los brazos extendidos, cruzaba las manos entre los hinojos. El pelo se le derramaba por la frente y las mejillas, ocultándole el rostro como a una penitente olvidada de las culpas cometidas o apercibiéndose a penar otras que aún no cometiera. Diríasela tan distante de la mujer que compuso la sonata para piano, como si una de las dos no hubiese existido nunca.

—Está bien —cedía el visitante—. Se cumplirán tus deseos y publicaré el original como si fuese mío. —Recogió las holandesas mecanografiadas y las deslizó en su cartera de cuero, para cerrarla luego cuidadosamente. Reparó en sus manos. Eran idénticas a las de Sandro Vasari.

—No te olvidarás de dedicarnos el libro cuando aparezca —insistió Sandro.

—No, no voy a olvidarlo.

—¿Podemos confiar en ello?

—Podéis confiar —encogíase de hombros el desconocido.

—Ahora me siento mucho mejor —replicaba Sandro. Su ironía era dolorosa y titubeante, como si deslizara por el filo de una navaja barbera.

—Yo, no —sacudió la cabeza el otro hombre—. En cierto modo comprendo o quisiera comprender tus razones para no publicar la obra con tu nombre. Por otra parte...

—Por otra parte...

—Quisiera saber qué harás con tu sonata, Marina. ¿También decidisteis destruirla?

No parecía atreverse a mirarla, como si tampoco esperase respuesta de la mujer. Marina levantó la cabeza e hizo un gesto indefinido, mientras le contemplaba con sus ojos grises. Después empezó a canturrear, casi en bisbiseos, una extraña melodía del todo ajena a la sonata.

—Destruirla o publicarla serían dos caras de la misma aberración —repuso Sandro—. La sonata es nuestra y vivirá con nosotros, mientras vivamos. Si me disculpas la obligada retórica del caso.

—Disculpado estás, aunque no te comprenda.

—También lo suponía porque nunca nos comprendiste, aunque Marina llegase a pensar que carecíamos de existencia fuera de tus sueños y de tus libros.

—A veces lo creo todavía —murmuraba Marina.

—Ya te dije que mi original no era ni más ni menos que un medio inadvertido para que ella compusiera la sonata —prosiguió Sandro, dirigiéndose al extraño sin escucharla—. A poco que repares en lo sucedido, advertirás una sabia consecuencia. Resulta lógico y en cierta forma inevitable que Marina escribiera esta música, como también es de razón que necesitase mi manuscrito para concebirla. Dicho sea de otro modo y esta vez para entendernos, la sonata es el hijo que nunca podremos tener de carne, de sangre y de huesos.

—Ya se me ocurrió y tuve que desecharlo. Por un lado, suena como una prosopopeya y por otro es demasiado razonable. La prosopopeya es una afectación y por tanto no cuadra a la verdad. El exceso de razón no es ni más ni menos... —vaciló unos instantes y luego repitióse en voz alta— ...ni más ni menos que la locura.

—¡Es la verdad! —ratificaba Sandro, esforzándose por contener su excitación—. ¡Es la verdad! ¿Acaso no lo ves?

—Sinceramente, no lo veo.

—Entonces escúchame. Marina está enferma y su dolencia tiene un nombre que no registran los tratados del alma, porque lleva tu propio apellido. Quizás aciertes cuando afirmas que padece un exceso de razón o de cochina lógica, como diría Unamuno. Tú gobernaste nuestras vidas, desde el día en que te plugo presentarnos en la Universidad, mientras monárquicos y falangistas, dos especies casi extintas hoy en día, se daban de porrazos ante el primer manifiesto de don Juan contra Franco, clavado en el tablón de anuncios. Yo, que siempre fui dado a la reticencia, te contaba detalladamente y muy a pesar de mí mismo nuestros lances de amor en aquella alcoba debajo del puente de Vallcarca...

—Nadie te obligó a revelarlos —observaba el recién llegado, con una nota de impaciencia en el fondo de la voz—. Todo esto es absurdo, Sandro, aunque sea la verdad.

—Tal vez no haya nada más absurdo que la propia verdad. Marina llegó a creer que alguien, quizás tú mismo, nos observaba detrás de aquel espejo, que los años volvieron de un negro lívido. Yo diría que lo ocurrido era distinto y desde luego más inexplicable. De un modo que nunca comprenderé, porque a Dios gracias no soy escritor ni taumaturgo, antes de mis revelaciones tú ya conocías cuanto iba a contarte, incluido el hecho de mi misma confesión.

—*«The act of love is identical to the act of lust»*, lo dice Graham Greene en alguna de sus novelas ejemplares. Hasta un ciego como Borges añadiría que cualquier pareja en el acto del amor, o del simple placer, es todas las parejas en cualquiera de estos actos.

—Me importa muy poco lo que digan esos viejos comediantes. Te ahorraré una nueva relación del aborto en la calle de Montcada, aunque no pueda ocultarte que también entonces lo creí anticipado por tu mediocre fantasía, con nosotros dos a modo de protagonistas. Olvidaremos muchos años, para volver a los de la agonía y tránsito del Caudillo Franco, cuando nos reuniste de nuevo a Marina y a mí y me encargaste un libro sobre la vida y la pintura de Goya.

—Dirás ahora que lo hice a sabiendas de que no ibas a escribirlo.

—Lo hiciste a sabiendas de que no iba a escribirlo, aunque naturalmente tú sí publicaste otro acerca de mi incapacidad para terminar el mío.

—Sandro, yo soy más dueño de vuestro destino que del mío.

—Posiblemente eres menos dueño del tuyo que del nuestro, porque tú también te pliegues sin saberlo a otra voluntad. De hecho poco me importa, pues desde aquel día lejanísimo que nos reunió a los tres en el patio de Letras, el pleito es sólo nuestro por lo que a mí concierne. ¿Prosigo?

—Como gustes.

—Después de olvidarme de Goya, soñé a nuestro poeta asesinado en los infiernos, hablé con Ruiz Alonso y redacté este libro, que sí he terminado y por esto te lo cedo. Por ser todo mío de la cruz a la fecha —descansó la palma sobre la carpeta que contenía el original, muy cerca de la de su visitante. Desde la platea, volvió a sorprenderle el parecido entre las manos de los dos hombres—. No te ocultaré que a veces, mientras escribía, tuve la sospecha que de nuevo era tu muñeco, tu Doppelgänger a imagen ajena. Me dije entonces: «...tiene razón Marina. Él sueña que me esfuerzo en llevar adelante este libro. A mí no se me hubiese ocurrido nunca empezarlo, pues jamás me interesó mayormente la poesía de aquel desdichado, aunque todavía la jaleen en cátedras, tablados y manuales tantos años después de su muerte».

—¿Por qué lo terminaste entonces?

—Inadvertidamente, para que Marina compusiese su música. Creo habértelo dicho antes. Cuando oí la entera sonata, después de haberla escuchado a retazos y sin demasiada atención, comprendí que era nuestro hijo y nuestra libertad porque tú habías perdido todo poder sobre nosotros.

Por primera vez contábamos con algo nuestro y creado a espaldas tuyas. Algo que nos libertaba para siempre y nos convertía a nosotros mismos en nuestra propia y única razón de ser.

—¿Cómo debo interpretar todo eso?

—Como te plazca. Tal vez como una historia de amor. Repara en que ahora soy yo quien te revela nuestro presente y nuestro pasado inmediato y no al revés. Vivimos una circunstancia diametralmente opuesta a la de mis confesiones, después de las tardes bajo el puente de Vallcarca. Cuando en cierto modo yo sabía que sabías, sin necesidad de hacer de *voyeur* detrás del espejo. Ahora sé también que suceda lo que suceda, será para bien y que nunca más volveremos a vernos.

Desde el patio de butacas, creyó advertir en el proscenio un silencio de desenlace, tan imprevisto como irrevocable. A la vez y en una de aquellas súbitas vacilaciones, a las cuales era tan propenso en el infierno como en la tierra, pensó que acaso y a pesar de lo dicho por Sandro Vasari, la representación de los recuerdos ajenos proseguiría interminablemente. De tal suerte que la apariencia de su súbito final fuese sólo debida a una súbita fatiga, que de improviso empezaba a vencerle. No obstante, en el escenario, vio ponerse en pie al desconocido y tomar la carpeta que contenía el original.

—Supongo que me invitáis a marcharme.

—No hay prisa ninguna —replicó Sandro, todavía sentado y abriendo los brazos en un ademán impreciso—. No te pedí que te fueses y de hecho puedes quedarte cuanto te plazca, porque ya perdiste todo poder sobre nosotros. Yo sólo dije que nunca más volveríamos a vernos.

—Es posible que tengas razón. ¿Estás verdaderamente dispuesto a renunciar a tu libro?

—Te lo cedo de buena gana y no cambiaré de parecer.

—Muy bien —apoyó una palma en el hombro de Marina. Ella titubeó unos instantes para acariciar luego fugazmente aquella mano, como si fuese la de una estatua.

—Te acompaño hasta el pie del jardín —dijo Sandro Vasari, mientras el desconocido se encogía de hombros—. No te pierdas en el laberinto de calles a la salida de este barrio y apresúrate. No vaya a alcanzarte la nieve en la carretera.

Bajaron juntos hasta el seto de arrayanes por el pradejón en cuesta y él observó que ni una sola vez Marina volvióse a mirarles. De súbito el cielo empezaba a oscurecerse y un silencio absoluto, sin viento y sin pájaros, descendió sobre la calle. No se oía crecer la hierba, cubierta de manchas pardas de otoño, pero sonaban los pasos al pisarla.

—Perfectamente. Supongo que aquí nos despedimos para siempre.

—Aquí nos despedimos para siempre —ratificó Sandro Vasari—. Buena suerte con tu libro.

—Os lo dedicaré a ti y a Marina.

—No debieras; pero haz lo que gustes.

—Lo haré de todos modos.

El hombre a quien Sandro acusara de haber gobernado sus vidas, como si de títeres soñados se tratara, abrió una portezuela del coche, arrojó la cartera sobre uno de los asientos tapizados y volvió a cerrarla. En aquella quietud sonó el golpe como un pistoletazo, mientras estremecíase Marina y por primera vez se volvía a mirarles. Al otro lado de la calle, en algunas de aquellas casas también separadas por jardincillos en cuesta, empezaban a prenderse las luces. Diríase que se iban encendiendo solas, como si cada tarde velasen puntualmente la ausencia de seres idos, o muy distantes, en un mundo sólo poblado por Sandro, Marina y aquel visitante. Desde la platea, pensó en voz muy baja: «Dentro de poco será otoño en la tierra».

—Cuando llegues al final de Briarwood, tuerces a la derecha. Luego, pasado el primer semáforo, tomas la calle inmediata a la izquierda —precisaba Sandro Vasari.

—Lo sé, lo sé. No te preocupes.

—No me preocupo en absoluto. Pero ya te dije que esto es un laberinto.

—Dicen que la única manera para escapar de un laberinto es ir siempre a la izquierda.

—Tal vez fuese cierto en otros tiempos y en distintas latitudes. Hoy en día y en este país, no lo es.

Sonreía el desconocido cuando abrió la otra puerta del vehículo. Por un instante, mientras Marina les miraba y las nubes parecían elevarse en los cielos, se dieron la mano con la frialdad de dos extraños. Luego, en un impulso súbito y mutuo, antes de que el desconocido entrase en su automóvil y Sandro se alejara de vuelta a la casa, se abrazaron estrechamente. Después el coche se alejó camino del laberinto.

Se apagó el proscenio y se hizo la nada en el escenario. Recordando aquel abrazo, pensó en el de don Quijote y Cardenio en su primer encuentro en Sierra Morena, al cabo del capítulo XXIII de la primera parte. Al leerlo en la adolescencia, vaciló en la vocación que ya se había trazado diciéndose que nunca podría escribir nada tan hermoso y tan veraz. Ahora, muerto aunque no juzgado y en la espiral del infierno, admitió de buen grado no haberlo escrito, mientras una súbita fatiga se iba adueñando de él. Unos pastores le han contado al caballero la historia de Cardenio, el enloquecido de amores que corre casi desnudo por los breñales, unas veces muy cuerdo y otras enajenadísimo. Apenas dispone el azar el encuentro de los dos locos (el Roto o de la Mala Figura y el de la Triste), don Quijote desciende de Rocinante, se acerca a aquel otro desconocido y lo abraza contra su pecho. Cardenio, acaso el menos insensato de los dos, le aparta luego un poco de sí y se mira en sus ojos para ver si le reconoce. O acaso para comprobar si en aquellas pupilas alcanza a distinguirse a sí mismo, con la debida y la imprescindible claridad que exige el saberse vivo. Años más tarde, le dijo a Dalí en Cadaqués que nunca había leído nada más profundo ni creía tampoco que se hubiese escrito. Cardenio se ve en don Quijote, como don Quijote se ve en Cardenio. Cada uno de los dos hombres es el prójimo y el espejo del otro: su confesor, su imagen y su testigo. A la vez y aunque tengan que pasar siglos para que alguien llegue a advertirlo, Cardenio es también Cervantes abrazándose a la más lograda y la más universal de sus criaturas para toparse consigo mismo en sus ojos. No, nunca había escrito nada semejante en una obra bastante extensa para los pocos años que anduvo en la tierra. No, tampoco lo lamentaba. Era sencillamente así y con la inesperada fatiga venía una serena resignación. De todos modos y un poco a pesar de sí mismo, admitió que Cervantes había determinado su vida de escritor (puesto que el propósito de no escribir jamás fue muy fugaz), de la misma manera que tanto tiempo después de su muerte él condujo a Sandro Vasari y a través suyo a Marina a crear aquel libro y aquella sonata. Influir de aquella forma, a la vuelta de los años o a la vuelta de los siglos, en semejantes desconocidos era la única y la verdadera inmortalidad. Más no pensó porque aquel agobio infinito se lo impedía, mientras lentamente iba resbalando hacia el centro de sí mismo, donde le aguardaban la paz, el sueño y una luz muy oscura parecida a la nada.

Índice

La espiral 9

El prendimiento 71

El destino 123

El juicio 185